OCT 1 1

Kobieta
i mężczyźni

Manuela
Gretkowska

Kobieta
i mężczyźni

Świat Książki

Projekt graficzny serii
Małgorzata Karkowska

Ilustracja na okładce
Corbis

Redaktor serii
Paweł Szwed

Redaktor prowadzący
Ewa Niepokólczycka

Redakcja
Maria Fuksiewicz

Redakcja techniczna
Lidia Lamparska

Korekta
Bożenna Burzyńska
Elżbieta Jaroszuk

Świat Książki
Warszawa 2007
Bertelsmann Media sp. z o.o.
ul. Rosoła 10, 02-786 Warszawa

Skład i łamanie
Joanna Duchnowska

Druk i oprawa
GGP Media GmbH, Pössneck

ISBN 978-83-247-0557-3
ISBN 83-247-0557-0
Nr 5848

Klara pochyliła się nad mężem. Trudno mu było się ułożyć nie na miękkiej i wygodnej kanapie, ale we śnie. Pokonywał w nim przeszkody, przybierał pozy pływaka, nurka, stawiając mniejszy opór przepływającym mu przez głowę myślom. Klara znowu go okryła podniesionym kocem. Przycisnęła jego szczupłe, wysportowane ciało, żeby nie próbował od razu zrzucić z siebie ciepłej wełny albo może jej rąk. Trzymając go przez chwilę w objęciach, zastanawiała się, ile w tym czułości, a ile przemocy. Wystarczy sił na bycie domową cheerleaderką zagrzewającą do seksu, rozmowy, spaceru?

– Już szósta, idziesz ze mną? – zabolały ją ręce, puściła koc.

– Zgaś światło – schował twarz między poduszki.

W nią też tak się chował, w jej pochwę niby w zakładkę rzeczywistości. Byli ze sobą blisko tylko nadzy. Rozbitkowie po miłosnej katastrofie; zniknęli wspólni przyjaciele, na dno poszło dawne życie, dom. Zostały dwa ciała wyrzucone na brzeg małżeńskiego łóżka.

– Wrócę – wstała. Wystarczyło to powiedzieć, ale dodała: – Wrócę przed północą.

Wyłączyła nocną lampkę. Jej światło było na tyle słabe, że przez chwilę się zawahała, czy nie pozwolić mu, by samo opadło spod klosza jak pożółkły od chłodu liść. W mieszkaniu zapadła zimowa ciemność. Tafla podłogi oświetlona ulicznym blaskiem zadrżała od przejeżdżającego tramwaju. Przed lustrem w przedpokoju Klara związała włosy. Równo przycięte lśniły na szorstkiej przędzy białego płaszcza. Gdy szła do drzwi, pod obcasami trzeszczało miękkie drewno czereśniowych desek. Wolała je od lakierowanych paneli przypominających sztuczne zęby: błyszczące, ułożone rządkiem w protezy prawdziwej podłogi. Dla Klary to, co naturalne, było dobre i bezpieczne. Dlatego siedem lat wcześniej przestała być chirurgiem.

1994

– Proszę podpisać – prosiła Klara zwijającego się z bólu pacjenta. Była prawie pewna, że to krwawiący wrzód. Jeszcze raz przejrzała papiery chorego.

– Panie Darku, za tydzień ma pan urodziny, trzydzieste piąte.

Była czwarta rano, jej druga noc na izbie przyjęć. Mówienie sprawiało jej tyle trudu, co jemu słuchanie:

– Będzie pan balował, wszystko się zagoi.

Otarła mu z twarzy pot. Otworzył usta, zdążyła odskoczyć, zanim splunął krwią. Sanitariusz wbił mu w zaciśniętą pięść długopis.

– Tutaj – podsunął zgodę na operację. – Niech pan słucha lekarza.

Chory rzucił długopisem w okno. Szczupły, prawie chłopięcy, miał kilkudniowy zarost i popękane od wysiłku żyłki w oczach.

– Gdzie jest jego żona? Był ktoś w domu? – Klara dostała wyniki z laboratorium.

Wykrwawiał się, trzeba było podłączyć natychmiast kroplówkę.

– Jego żona nie mogła przyjechać... – Lekarz z karetki szykował się do następnego wezwania.

– Coś gadał, że się pokłócili – przypomniał sobie sanitariusz.

9

- Dlaczego on jest w garniturze na gołe ciało? – Pomogła pielęgniarce rozebrać go z czarnej, odświętnej marynarki.
– Sam się tak wystroił – sanitariusz wzruszył ramionami.
Klara już nie namawiała chorego. Sala operacyjna powinna zrobić wystarczające wrażenie. Metaliczny szczęk narzędzi chirurgicznych był dowodem szermierki ze śmiercią. Do końca dyżuru zostały trzy godziny. Przyjmowała rutynowe zgłoszenia; zatrucia, złamania. Miała zapytać, jak idzie na operacyjnym, gdy przyszedł anestezjolog.
– Odpał zupełny. Klara, on się nie zgadza, nie, bo nie.
– Jeszcze go...?
– Ciągle przytomny skurczybyk.
– O co chodzi? Jehowa?
– Nie, uparł się. Wezwaliśmy psychiatrę.
– Zostań, pięć minut. – Wskoczyła do otwierającej się właśnie windy z wózkami.
Kiedy go przywieźli, miała za mało czasu. Bała się, że postawi złą diagnozę. Czytając wywiad, pytała go, czy pił. Ale ludzie się mylą w kłamstwach, on też się mylił, że nie podpisze. Umiała przekonać najnieznośniejszych pacjentów; zramolałych staruszków i rozwrzeszczane dzieci. W ich uporze znajdowała szczelinę, przez którą przetaczała zdrowy rozsądek.
Pacjent leżał odwrócony do ściany, drżał z bólu i osłabienia.
– Panie Darku – wzięła go przyjacielsko za rękę, sprawdziła słaby puls. – Pomogę panu. Proszę mi też pomóc i powiedzieć dlaczego.
Zamknął oczy, popłynęły mu łzy.
– Słyszy mnie pan?
Odwracał się coraz bardziej do ściany.

– Ma pan krwotok... krwawienie z przewodu pokarmowego – potarła mu kartką siną rękę. – Skazujesz się na śmierć. Tego nie wolno, to eutanazja.

– Eeeu, euta, ta, a w dupie mam, na co umrę – prawie wrzasnął, zamieniając ból we wściekłość.

– No to do cholery nie umieraj, jak ci nie zależy! – sądziła, że dotrze do niego krzykiem. Więcej się nie odezwał. Wmurował milczeniem w ścianę.

– Zawzięty facet – powiedział w dyżurce chirurg. – Takich przywożą z więzienia po połyku.

– Byłem u niego, normalny człowiek. – Lekarz z karetki tak jak Klara skończył nocny dyżur.

Obydwoje zostali solidarnie z dzienną zmianą, wspierając kolegów.

– Rozumiem, ze strachu ludzie różne rzeczy robią, ale jego tak boli, że każdy normalny wolałby pod nóż. Wariat? Po kiego dzwonił na pogotowie? – Anestezjolog chodził wokół stołu.

– On umiera na złość żonie, odeszła od niego – odezwał się psychiatra. – Ubrał się elegancko, dał jej ostatnią szansę.

– Obyczajówa, no taak. Baba nie przyjedzie, nie przekona go. Lepiej być wdową niż rozwódką, przyzwoiciej – denerwował się chirurg.

Klara miała wrócić ze szpitala do przesiąkniętego lekarstwami mieszkania, gdzie czekała zrakowaciała po mózg matka. I nie mogła podmienić końcówki jej życia, wydawanej z niego boleśnie reszty, na to dogorywające za ścianą sali operacyjnej. Po czterech godzinach wykrwawiania chory zaczął bredzić, psychiatra mógł wreszcie zezwolić na spóźniony zabieg. Pacjent umarł podczas operacji. W przechowalni leżał jego czarny garnitur i zarzygane lakierki, czarne, bez sznurówek.

Spacerowała korytarzem, przyglądając się porannemu słońcu, które przepalało w niej nocny koszmar.

11

– Dzień dobry, moja droga – usłyszała serdeczny głos profesora Kaweckiego. Przeszedł wolno koło niej ze swoim nieodłącznym skórzanym kuferkiem. W drodze do sali operacyjnej zdjął płaszcz i rozwijał się z szala. Uważano go za dziwaka i fantastę wynajdującego w najzwyklejszych chorobach zbyt wiele przyczyn. Po tym jak założył studium akupunktury, dobrowolnie skazał się na przedemerytalne wygnanie z grona poważnych lekarzy. Wzywano go do przypadków beznadziejnych, by zapewnić chorym ostatnią szpitalną posługę, a Kaweckiemu udwodnić nieskuteczność jego metod. Pracowała z nim rok na chirurgii, potem zajął się swoją chińszczyzną. Przy każdym przypadkowym spotkaniu w szpitalu proponował jej asystenturę. Klarę zastanawiało, dlaczego uparł się na nią.

Tym razem uśmiechnął się porozumiewawczo, nic nie mówiąc.

– Zgadzam się, panie profesorze! – zawołała za nim. – Ale pod jednym warunkiem, proszę powiedzieć, dlaczego ja?

– Bo mi się pani podoba. – Nie odwrócił się.

Od kiedy pamięta, zawsze chciała być lekarzem. W dzieciństwie wybrała specjalizację, rysując na lalkach czerwoną kredką ślady po operacji. Mając dwadzieścia siedem lat, była chirurgiem. Powołanie zamieniło się w zwykłe wołanie do pracy na zastępstwa i nagłe wypadki, gdy zachorowała jej matka. Klara poświęcała jej cały swój czas, wiedząc, że z tą diagnozą zostało pół roku nie życia, ale umierania. Matka, póki była przytomna, chciała ulżyć córce i prosiła o miejsce w hospicjum. Po przerzutach do płuc i mózgu spadała z łóżka. Jakby instynktownie chciała już znaleźć się bliżej ziemi i mniej cierpieć. Klara wstrzykiwała jej maksymalne dawki morfiny. Ból był zrostem między ciałem i duszą, rozrywanym przed śmiercią z każdej tkanki.

Przenosząc się do pogotowia, miałaby mniej pracy i mogła lepiej zająć się matką. Wyleczenie było niemożliwe, tego nikt oprócz szarlatanów nawet by nie próbował. Zadręczała się więc analizowaniem niewyłapanych na czas symptomów poprzedzających chorobę; kłucia, zawroty głowy, nudności.

Natrętnie powracał do niej głos profesora Kaweckiego z jego mantrą: „Dla medycyny chorobą jest zaburzenie materii, niewydolność organu. Akupunktura zajmuje się tym, co chorobę poprzedza – zaburzeniem funkcji. Za późno leczyć chorobę w rozkwicie, mądrzej do niej nie dopuścić".

Nie żałowała porzucenia chirurgii. Napięta i skupiona podczas operacji, nie potrafiła wyhamować, rozluźnić się jak inni, pijąc. „Nie nadaję się. Jestem przemęczona", zdołała popatrzeć na siebie z boku, gdy przy wyrostku robaczkowym powstrzymywała się, by z tą samą fachowością nie wyciąć pacjentowi profilaktycznie reszty narządów. Pogotowie też ją męczyło, miała dość ciężko chorych i wypadków. Wydawało się jej, że przyjeżdża do nich ciągle za późno. Po pracy, przekręcając klucz w zardzewiałym zamku, też czuła się ciągle spóźniona. Nie mogła uratować własnej matki, nie uchroniła jej przed chorobą, po co więc była lekarzem?

Poszła do Kaweckiego, bo nie miała dokąd iść. Wycofując się coraz bardziej z medycyny, z chirurgii do pogotowia, potem do przychodni, może skończyłaby w firmie farmaceutycznej. Byłaby dobrze opłacanym, obwoźnym handlarzem pigułek. Znajomi lekarze, którzy już to robili, powtarzali w samoobronie: „Z czegoś trzeba żyć, nie?". W przypadku Klary to było pytanie: „Po co?". Przygotowywała się nim do śmierci matki.

13

– Panie profesorze, powie pan teraz, dlaczego zaproponował pracę u siebie? – Klara ćwiczyła odmierzanie grubością kciuka odległości na ciele pacjenta.

– Odpowiedź w pani rękach, od razu wiedziałem, że się nadają – podał srebrną igłę ze złotą nasadą. – Mnie zajęło rok, co pani trzy miesiące. Proszę zamknąć oczy – przyłożył jej dłoń do boku leczonego chłopca. – Przesunąć palcami, o tutaj, wyczuwa pani? – prowadził delikatnie. – Tak. – Nie sądziła, że będzie od nowa uczyć się ludzkiego ciała, czytać je brajlem. – Punkty do nakłucia są... cieplejsze, minimalnie.

– Pół stopnia! Energia, ożywia nas energia! – Profesor uwielbiał mówić o nieuchwytnej energii przeszywającej świat skurczem życia.

Przy obcych maskował swój entuzjazm, zastępując „energię" słowem „funkcjonowanie". Wśród swoich uczniów, nie krępując się, szydził z zachodniej medycyny ślepej na meridiany: – Te subtelne ścieżki energii oplatające organizmy.

W przyciasnym fartuchu opinającym brzuch biegał wokół pacjenta, tłumacząc działanie akupunktury. Przypominał dziecko pochłonięte konstrukcją zabawki. Kilkunastocentymetrowe słupy wysokiego napięcia z igieł wbijał w cielesny krajobraz zagłębień i wzniesień. Czekał, aż popłynie między nimi prąd uzdrawiającej energii. Jej zaburzenie powodowało osłabienie narządów, słabe narządy jeszcze bardziej blokowały jej przepływ, prowadząc w rezultacie do chorób i śmierci.

Kilka dni po pogrzebie Klara zbierała z grobu zmarznięte bukiety i wieńce. Na ostrym wietrze powiewały szarfami: „Kochanej pani profesor – wychowankowie II LO", „Wychowawczyni, maturzyści 1985". Przystawała odpocząć, wytrzeć łzawiące oczy. W bocznej alejce od śmietnika stał dziwny biały pomnik. Zamiast imienia, nazwiska i dat wyryto wielkimi, czarnymi literami MAMA. Wszystkie inne groby ze swoimi zapisanymi od góry do dołu tablicami wydały się nagle wystającymi z ziemi fiszkami osobowymi. Klara usiadła na małej ławce przy stogu śmietnika, usypanym z wieńców i żałobnego brokatu. Przestała powstrzymywać łzy. Szlochając, zatykała usta zwiniętą rękawiczką, wtykała ją między zęby niby knebel choremu na padaczkę. Trzęsła się z płaczu i zimna. Jeśli w błysku światła zaczyna się padaczkowy atak, to ona miała atak smutku, w którym przeraźliwie jasno zobaczyła swoje położenie: Jest zupełnie sama. Ojciec nie przyleciał z Australii na pogrzeb. Uciekł od nich, gdy Klara miała pięć lat. Od tego czasu widzieli się ze dwa, trzy razy. Paweł, najlepszy kumpel ze studiów, ma praktyki w Stanach. Przyjaciółka Joanna po urodzeniu dziecka nie miała dla niej czasu. A ona sama zrezygnowała z ambicji i zostanie akupunkturzystką, pośmiewiskiem dla mniej zdolnych, ale robiących specjalizacje. Zaczynała razem z nimi, w niczym nie była gorsza i odpadła. Ma mieszkanie po matce, żadną pensję i nikogo.

– To niesprawiedliwe, MAMO, mamusiu!

Że umarłaś. Że mój wykładowca, wielka miłość od ostatniego roku studiów, nie zostawi żony.

Przekonała się o tym, zaglądając przypadkowo do jego biurka.

– Klara, a czego ty tam szukasz? – zawołał do niej z łazienki swojego gabinetu.

Spotykali się u niego późnym wieczorem po wyjściu sprzątaczek.

– Wino mi się rozlało. – Zakryła plamę papierowym ręcznikiem. Sprawdziła, czy nie przelało się do szuflady.

Na samym wierzchu leżało zdjęcie jego żony porysowane mazakiem; poprawki ust, oczu. Za miesiąc miał otworzyć własną klinikę urody. W przeprowadzkowym rozgardiaszu mieszał dokumentację z prywatnymi papierami.

– Operujesz ją?

– Kogo? – udawał zdziwienie. – A, prezent urodzinowy. – Wychylił się z łazienki owinięty na biodrach jednorazową serwetą. – Drobne poprawki.

– Moim kosztem?

– Co?

– To nie korekta, ty jej robisz moje usta i oczy.

– Ten wykrój jest dla niej najlepszy, najmniej cięć, a że ty masz podobne oczy... Przypadek. – Wklepał w twarz perfumy i swoim zwyczajem natarł nimi owłosienie łonowe, poklepując pieszczotliwie jądra. Higiena była u niego rodzajem gry wstępnej. – Nie bądź zazdrosna, wiesz, że nie ma... – nie dokończył, całując ją w usta.

– Nie ma? – Odepchnęła go i usiadła przy biurku, chcąc lepiej przypatrzeć się fotografii. – Nie ma o co, bo jest po czterdziestce? Wiesz, jak się czuję? – Jakby zdarł ze mnie skórę i zaniósł ją do jaskini, okryć swoją żonę, pomyślała.

– Przeginasz, pokaż. – Założył okulary z wąskimi szkłami.

Krople wody skapywały z muskularnego torsu pasującego bardziej do trzydziestoletniego kulturysty niż do lekarza w średnim wieku. Kochając się z nim, była naraz z dwoma mężczyznami: młodym i dojrzałym. Albo z Minotaurem o ciele młodzieńca w rogatej masce zasłaniającej prawdziwą twarz. Próbowała ją podejrzeć. Dlatego nauczyła się przy nim przeżywać orgazm z otwartymi oczami. Podniecać się tą widzialną różnicą między miażdżącymi muskułami a czułością jego spojrzeń i pocałunków. Ich sprężyste ciała wchodziły w siebie, ale głowy nie pasowały. Klara nie mogła dotrzeć do tego, o czym on naprawdę myśli, co jest kłamstwem, co mądrością pięćdziesięciolatka.

– Piękne jest do siebie podobne – wyrecytował zawodowy slogan. – Jesteś moim kanonem urody, więc się nie dziw... Ale, ale ty masz górną wargę zupełnie inaczej zaokrągloną, Klara... – przejechał pieszczotliwie palcem po jej ustach.

– Chirurg plastyczny tak potrzebuje muzy jak gronkowca – wstała. – Nie wierzę ci, w nic.

– Co nie? Ewidentnie. Gdzie ty widzisz podobieństwo? – Wpatrywał się w zdjęcie, zasłaniając się nim przed Klarą. – Może trochę dolna, ale to już nie ode mnie zależy. Siedemdziesiąt procent kobiet ma tak samo zbudowane mięśnie okrężne, co ja ci będę mówił – włożył jej rękę między nogi i przyciągnął.

Poczuła, że zaraz wepchnie w nią pachnący palec i zrobi z niej pacynkę. Lalkę pożądania nadzianą na poruszającą nią dłoń.

– Nie chcę. Z kochanki jest czasem żona, nie żebym chciała za ciebie wyjść, ale żonę przerabiać na kochankę? Pogięło cię?

– Czy ty nie jesteś przed okresem? – zaniepokoił się złośliwie.

– Nie rób ze mnie wariatki. I nie bój się, nie jestem w ciąży, jeżeli o to biega, nie wrobię cię. Spadaj.

– Klara...

Zawracając od drzwi, przyznałaby się do pomyłki. Dała się zaczarować obietnicom, wyjazdom na weekendy. Taktownie nie wypytywała, kiedy zamieszkają razem. To on, wyczuwając moment, snuł plany: „Przeprowadzisz się do mnie po rozwodzie albo lepiej kupimy nowy dom za miastem. Zrobisz specjalizację i będziemy wspólnikami. Może najpierw anestezjologia?". Im bliżej było otwarcia kliniki, tym mniej miał dla niej czasu, odwoływał spotkania.

– Gdybyś potrzebowała pomocy, możesz na mnie liczyć – zapewniał.

Rzeczywiście, kupił matce Klary specjalne łóżko dla obłożnie chorych. Przysłał masażystkę, załatwił dyżury pielęgniarek. Widywali się raz na tydzień. Płacił za jej taksówkę z Żoliborza do centrum. Szybki seks przy zgaszonym świetle, najlepiej na stojąco wśród obitych kolorową skórą mebli na chromowanych nogach. On wpatrzony w okno, w pulsujące pod nimi miasto. Ona z twarzą przy szybie, wypychana rytmicznie tam, skąd przyjechała – w stronę szarych ulic.

– Pierdolona Warszawa – wbijał się między jej pośladki. – Powiedz coś świńskiego – popijał ze rżniętej, kryształowej szklanki swoją dzienną dawkę whisky.

– Ty.

Uwalniała się i opierała plecami o jeden z perskich dywanów zawieszonych na ścianie. Wymyślała pozycje dla akrobaty z twarzą mędrca.

– Patrz na mnie – trzymając go za gęste, szpakowate włosy, podnosiła mu głowę.

Miał mieć erekcję spojrzenia, twardo, prosto w nią, do ostatniej kropli.

Potem padali na kanapę, zaśmiewając się ze swoich udawanych perwersji. Minotaur zasypiał w pół słowa. Zapadał w ciężki, prawie zwierzęcy sen.

Nie sprawdzając, gdzie według biletu jest jej miejsce, rozpoznała w półmroku sali kinowej profil Joanny z zadartym nosem i platynowe loki – to było jej pierwsze wyjście po urodzeniu Michasia.

– Nie dawaj mi kukurydzy i zabierz czekoladki, przecież karmię – opędzała się od Klary.

Z *Czterech wesel i pogrzebu* wyszły przed końcem, Joanna miała przemoczony stanik.

– Włożyłam podwójną wkładkę, nie mogę nosić ze sobą dojarki. – Osuszała sutki w toalecie. – No, trudno, ciekinie, też przyjemnie. Mleko będzie weselsze, tak się śmiałam.

– Pomóc ci?

– Nie. A ty się chociaż uśmiechnęłaś, bido jedna?

– Aha, na tym polegają komedie romantyczne; facet zakochuje się w kobiecie, można się uśmiać do łez. – Klarze przypomniały się licealne i studenckie miłości, z których się sobie zwierzały. Do czasu, gdy Joanna na drugim roku prawa poznała Marka i przestała chodzić po swojemu, z kilkoma chłopakami naraz.

– Pokłóciliście się? – wystarczyło jej spojrzeć na Klarę.

– Nie.

– To dlaczego mnie wyciągasz do kina? Nie spotykacie się?

– Kiedy? Za dużo wszystkiego: Mama, klinika.

– Nie spotyka się z tobą, spotyka się z inną, nie ma innej możliwości.

– Nie lubisz go.

– Wciąż tak się szoruje? Może by lepiej wyczyścił sobie życiorys.

– Nie zależy mi.

– Kup mu na Gwiazdkę odkamieniacz, pod penisa. „Wysika się i zdezynfekuje, wytryśnie i nie zardzewieje" – parodiowała reklamy.

Klara trzepnęła ją plecaczkiem. Rozdzwonił się telefon komórkowy Joanny. Wyciągnęła słuchawkę z radiostacją. Dostał go od firmy jej mąż. Jedną z pierwszych komórek w Polsce, ponadkilowe berło ważniactwa.

– Dobrze, bardzo dobrze zrobiłeś. Całuję. – Zawinęła

telefon w kocyk i włożyła do torebki. – Michaś rozpacza. Wpadniesz do nas?

– Odprowadzę – nie chciała już słuchać życiowych rad. Opowiedziała Joannie o absurdalnym pomyśle profesora. Zamierzał ją wysłać do Chin.

Przeszła pieszo spod domu Joanny na Żoliborz, potykając się o krzywe chodniki. Mówiła w myślach kilkoma głosami: przyjaciółki, dziewczyn odwiedzających jego gabinet. Były za ładne na operacje plastyczne. Robił im operacje seksualne na młodych, chętnych ciałach. Złaziły się do jego kryjówki labiryntem ulic. On, prawdziwy Minotaur, przyjmował ich ofiarę. Pożerał też młodość Klary.

– Zostawię go – wmawiała sobie i czekała, kiedy ją znowu do siebie wydzwoni. – Nie jestem idiotką, powtarzam historię z ojcem – już dawno znalazła wytłumaczenie. – Nie pozwolę, żeby znowu ktoś mnie tak potraktował.

Ojciec zostawił je, gdy Klara była mała. Bez pakowania walizek, trzaskania drzwiami. Rano jeszcze jedli wspólnie śniadanie przy stole nakrytym ceratą, a wieczorem nie odebrał jej z przedszkola. Jakby zdecydował się na rozwód po pracy w magistracie i nie zdążył zabrać ze sobą córeczki. Matka i córka były więc rozwiedzione z tym samym mężczyzną.

– Muszę go zostawić, bo zwariuję. Nie można kochać potwora – powtarzała, siedząc przy matce, która kilka dni przed śmiercią zapadła w śpiączkę.

Starcza twarz opinała czaszkę, na rękach było widać zarys kości. Wyłażą szprychy życia – pomyślała Klara. – Jesteśmy tak podobne, powinnyśmy umrzeć razem.

Zdjęła czarną sukienkę i pończochy. Wkłuwała sobie igły specjalnie w najwrażliwsze miejsca; pod paznokcie, w stopy i brzuch. Kręciła nimi zgodnie z pouczeniami profesora: „Manipulując igłami, pobudzamy skuteczniej punkty energetyczne". Naciskała za mocno, jątrząc ból.

Wpół rozebrana, grzała się ciepłem mieszkania. Był w nim jeszcze oddech matki, jej zapach. Wyłączyła telefon i wzięła za porządki. Wieczorem obijała się między dwoma pokojami, siadała przy stole w kuchni, płacząc do pustej szklanki po winie. Znowu biegała wokół mieszkania, dotykając jedną ręką ścian. Przesuwała palcami po kafelkach, kilimie z Cepelii i wypaczonych, drewnianych oknach. Jedno, drugie okrążenie, kolejne. Czuła się dziewczynką prowadzoną za dłoń wzdłuż każdej ściany i wspomnienia. Wolną ręką wyjęła z torebki proszki nasenne. Sama nie potrafiła przerwać tej gonitwy. Obudziła się naga, oparta o stół w kuchni. Przyniosła z szafy ubrania i zakryła nimi przeraźliwie puste oparcia krzeseł. Wyglądały jak wyprostowane plecy: Minotaura w swetrze pożyczonym nad morzem i ojca w trenczu modnym z początku lat siedemdziesiątych. Krzesło matki ubrała w jej letnią sukienkę. Nie wiedziała, że jeszcze jest, ta sama szara sukienka. W czerwone kropki, z guzikami z przodu, naszyły się w jej myślach na wypoczętą twarz matki: dwie dziurki oczu i wąska nitka ust. Klara miała ochotę udekorować pusty taboret czymś dziecinnym, ale nie będą na razie rozmawiać o dzieciach. Ma być przyjemnie.

– Nie musicie nic mówić, widzę, że się zgadzacie – usiadła za stołem. – Sprzedam mieszkanie, przykro mi... Sąsiedzi też się poprzeprowadzali, poumierali. Na naszym piętrze sami nowi. Kochani, spotykamy się razem ostatni raz – przemawiała do ubranych krzeseł. – To, co tu się działo, zostanie między nami.

Była stanowcza jak zawsze, gdy chciała coś ukryć.

Przychodziło jej to o wiele łatwiej od okazywania uczuć. Umyła włosy i zatykając mdłości skórką starego chleba, ruszyła do miasta. Profesor Kawecki dał jej tydzień wolnego po pogrzebie. Wytrzymała trzy dni.

– Panie profesorze, zdecydowałam się, jadę.

– Wiem, wiem – poklepał ją po ramieniu. Z lubością żuł goździki dla ich zapachu i właściwości znieczulających. – Już złożyłem pani podanie w ambasadzie.

– Ale...

– Trzeba poczekać na wizę studencką. – Zapiął marynarkę rozchylającą się na opasłym brzuchu.

– Skąd... Ja dopiero dzisiaj...

– Złotko moje, pani Klaro – raczej tłumaczył, niż przepraszał. – Stary człowiek ma doświadczenie, bo już sił nie ma, możliwości – zaśmiał się dobrotliwie.

Była oburzona, ale i wzruszona jego troską. Wszystko przewidział, znowu. Może więc ta kilkudniowa szarpanina była tyle warta, co rozpacz w piaskownicy. Wystarczyło wytrzeć jej nos i pokazać, gdzie jest lepsze miejsce na zamek? A jeżeli wyczuł, co się z nią działo przez ostatnie dni? Dotknęła starannie rozczesanego przedziałka, sprawdziła, czy nic nie przyczepiło się do puchowej kurtki. Ręce czyste, tylko pod paznokciami zostały resztki tynku.

– Klaro, ten wyjazd ma naprawdę sens. Jest takie chińskie przysłowie: „Powiem ci, to zapomnisz. Pokażę – zapamiętasz. Zainteresuję cię – wtedy zrozumiesz".

Postanowiła sprzedać mieszkanie przed wyjazdem. Wybrała agencję najbliżej domu. Nie miała pojęcia, na czym to wszystko polega, procenty, banery – wychwalane w reklamówce firmy „Weber – nieruchomości".

– Herbaty, kawy? – Właściciel skrupulatnie wypytał

Klarę o metraż, remonty. Słuchał, notował, wreszcie zapytał, dlaczego pozbywa się tych uroczych dwóch pokoi z oknami na południowy wschód i kuchnią od zachodu. – Proszę wybaczyć, ale to ważne. Ludzie potrafią się wykłócać o brakujące centymetry pod zabudowę, a i tak najpierw pytają, dlaczego mieszkanie jest na sprzedaż.

– Są nieufni, takie czasy.

– Nieracjonalni. Dom może być dobrze albo źle zaprojektowany i do przeróbki. Ale co mają mury do tego, że ludzie je zostawiają, i czy byli w nich szczęśliwi?

Klarze wydawało się, że zawiesił głos, czekając na jej zdanie: Czy jest szczęśliwa?

Byli w podobnym wieku. On pewny siebie, ubrany sportowo: sztruksowa marynarka, markowe dżinsy. Nie odrywał od niej wzroku, nie było w tym jednak nic z kupieckiej służalczości. Nie miał też bezczelności domorosłych biznesmenów. Tych przerośniętych z socjalizmu chłopców w komunijnych garniturkach posługujących gorliwie do pierwszych, kapitalistycznych obrzędów.

Rozmawiali o budowie metra do placu Wilsona, skuteczności leków przeciw grypie, o akupunkturze. Obracała nerwowo bransoletkę zegarka. Coraz częściej sprawdzała na nim nie godziny, lecz ich stratę. Irytowały ją nieważne słowa, ornamenty grzeczności.

– O, mam coś specjalnego – starał się ją zatrzymać.

Podszedł do szafy. Był wysoki, energiczny i miał smutne, ciemne oczy. Poruszał się ostrożnie, jakby nie chciał naruszyć brązowej powagi ich spojrzenia.

– Oryginalna mate, zna pani? Chile – wyjął kartonowe pudełko.

Pamiętała mate z *Gry w klasy*. Rozsypująca się książka związana sznurkiem, pożyczana w klasie maturalnej.

– Chyba wolałam *Sto lat samotności*.

– Ha, dobre czasy – zalał słomiane mate wrzątkiem. –

Z tego całego magicznego realizmu został jedynie Fidel Castro ze swoimi przemowami. Nic dziwnego, że Márquez się z nim przyjaźni. Nie wiedziała pani?

Pijąc mate, nie podejmowała rozmowy.

– Sprzeda pani mieszkanie i otworzy gabinet w okolicy? – domknął drzwi. Z ulicy dochodził huk młotów pneumatycznych.

– Interesuje pana medycyna alternatywna czy własne zdrowie?

– Wyglądam na chorego?

– Kiedy pan się badał, mierzył ciśnienie? – Podając mu rękę na powitanie, wyczuła chłód dłoni, długopis zostawiał zbyt długo białe wklęśnięcia między jego palcami.

– Dawno, kiedy uciekałem z wojska. – Odebrał telefon: – Weber, słucham, mhm. Proszę zadzwonić po szesnastej, do widzenia. – Sprawiał wrażenie tak zajętego Klarą, że inni klienci mu przeszkadzali.

– Daleko pan uciekł z wojska?

– Do Legii Cudzoziemskiej. Serio, chciałem zorganizować legiony wyzwoleńcze, ale Polska sama się uratowała. Sądzi pani, że coś z sercem? Nie? Z ciśnieniem?

– Podejrzewam.

– Bez słuchawek, na wygląd, naprawdę?

– Naprawdę sprzeda mi pan mieszkanie w miesiąc? I się zbada?

– Z ręką na sercu.

Jego uśmiech był recepcją w dobrym hotelu. Zapewniał komfort i solidność.

– Powiesimy w oknie baner, damy ogłoszenie w gazecie, Żoliborz jest zawsze modny. Zostawi pani klucze czy będziemy się umawiać?

– Po co?

– Klienci oglądają... – oddał jej dowód, z którego nic nie spisał.

Willa Joanny na nowym, podwarszawskim osiedlu wyróżniała się masztem z biało-czerwoną flagą. Postawił go Marek – jej mąż. Był dumny z bycia Polakiem i mnożył tę dumę przez kolejne dzieci. Oboje marzyli o wielodzietnej rodzinie, własnej procesji ciagnącej się za wiecznie niewidzialnym w domu bogiem-ojcem żywicielem i niańczącą dzieci matką. Coniedzielne msze, patriotyczne programy telewizyjne pampersów utwierdzały ich, że idą w dobrym kierunku.

Klara, odwiedzając Joannę, dawała się wciągnąć w wir domowego entuzjazmu. Kołysząc becik z Michasiem, pozwalała sobie odetchnąć od niewiary w życie rodzinne. Zapach jabłecznika, przypalonej kaszki, porzucone w łazience męskie skarpetki, szczekanie psa i dziecięcy harmider były przecież dowodami na miłosną codzienność.

– Buju, buju – tuliła do swojej czarnej, żałobnej sukienki płaczącego Michasia. – Nie rozumiem, przychodzą ciągle ludzie, oglądają, marudzą i nic.

– Nie martw się, sprzedasz. Wiesz, jaki jest teraz ruch w interesie? Sześciu naszych znajomych kupiło domy obok. Chyba się zrzucimy na wspólne ogrodzenie – Joanna wlewała ostrożnie syrop na łyżeczkę.

– Mamo, sprzedaj! Sprzedaj go wreszcie! – Pięcioletnia Gabrysia w okularkach popchnęła palcem becik.

– Dzieci się nie sprzedaje, wypij.

– On nie jest dziecko, dzieci są ładne. To no-wo-ro-dek i gruby – powiedziała, marszcząc nosek z obrzydzenia.

– Też taka byłaś.

– Aha i co, daliście mnie psu do ogryzienia? – złapała się rączkami za chude boki. – Włóż go do miski Suni, ona lubi go lizać.

– Gabrysia! – ostry głos Joanny tłumił jej rozbawienie. – Ani mi się waż dawać Michasia psu do lizania! Idź się bawić, przeszkadzasz nam.

Dziewczynka żałośnie popatrzyła, skubiąc flanelowy fartuszek w kotki. Z falującymi blond włosami i przekorną miną była miniaturą Joanny sprzed lat. Zbuntowanej, rozpędzonej w biegu po swoje – prowodyrki studenckich strajków.

– Zobacz, kochanie – Klara ukucnęła przy małej. – Dzidziusie rodzą się grubiutkie, bo są w opakowaniu. Tłuszczyk jest taką watką, papierem do owijania prezentów, żeby niczego nie połamać, nie potłuc. Maluszki mają maciupkie paluszki... – mówiła czule, wpadając w ton własnej matki. Była nią, powtarzając podobnie zdrobnienia. Jakby włożyła jej ulubioną, wyjściową suknię: „Klarusiu, kochanie, przytul misia, zobacz, taki malutki. Obudzisz się i mamusia z tatusiem już będą".

– Ciociu, po co nam Michaś – Gabrysia zrozumiała ją po swojemu. – Kto takie prezenty daje?! Chyba pedofil!

– Ty wiesz, kto to jest pedofil? – Joanna łyknęła z butelki dziecięcy syrop.

– Zły pan od dzieci, a co? – Mała kichnęła i rozsiadła się w fotelu gotowa do towarzyskiej konwersacji.

– Już, szu, szu – Joanna wyprowadziła Gabrysię.

Gorączkujący Michaś kwilił i skwierczał spod wełnianej czapki. Klara pocałowała go w policzek, parował skwaśniałym nabiałem. Tłusty i miękki, mógł być równie dobrze paczką masła zapakowaną w becik.

Joanna wzięła synka, przełożyła go sobie przez ramię.

– Co mówiłaś? Nie masz chętnych? Niemożliwe.

– Też mi się wydaje niemożliwe. Tłumy chodzą po mieszkaniu: młodzi, staruszkowie. Siadają nawet na sedesie sprawdzić, czy wygodny, paranoja. Zaprzyjaźniłam się już z agentem.

– Dzwoniłaś do... – Joanna specjalnie nie wymówiła imienia, jakby jego przywołanie było nietaktem w porządnym domu. – On ma kontakty, pół miasta mu się przewala przez klinikę.

– Jośka, przestań mnie sprawdzać, powiedziałam: zerwaliśmy.

– No to podzwonię po naszych znajomych. Jeden drugiego teraz ściąga, potrzeba ludzi w ministerstwach, wszędzie. Markowi proponowali departament... Wyobrażasz sobie, jemu! On przy biurku prędzej zaśnie niż w łóżku – zachichotała. – A może byś wzięła kredyt i kupiła coś koło nas? Podłączą zaraz kanalizację, będzie porządna droga i autobus do centrum.

– Myślałam, że wyłożą wam do Warszawy czerwony dywan. – Klara znała szczegóły budowy tego osiedla przywilejów; ziemi za bezcen, pieniędzy z gminy na plac zabaw w wiosce, gdzie nie było chodników i ciemną drogę rozświetlało migotanie zniczy po rozjechanych. Okoliczni nazywali nowe osiedle „podwodnym". Mówiono, że sprowadzeni do jego budowy masywni, ostrzyżeni na łyso Rosjanie byli bezrobotną załogą łodzi podwodnej.

– Potrzebuję czegoś bliżej szpitala, Grochów albo Saska. – Wzięła od Joanny przewinięte dziecko.

Najchętniej w apartamentowcu, gdzie idealnie prostych ścian nie naginał jeszcze do sufitu ciężar nieszczęść. U niej na Żoliborzu warstwy tynków zaokrągliły kąty i leżąc na łóżku, zamiast w sufit wpatrywała się w sklepienie pieczary. Gaz ulatniający się ze starej instalacji przedwojennego domu wydawał się gnijącym smrodem zamurowanego stworzenia. Ktoś je przytargał i ukrył na gorsze czasy; powojenne, nadwojenne. Dokarmiał wiadomościami z gazet spuszczanych w toalecie: 1939 – Führer in Warschau, 1953 – śmierć Stalina, Marek Hłasko, towarzysze, 1976 – podwyżka cen cukru, 1981 – obywatelki i obywatele. Po 1990 pożywną gazetę zastąpiono w niektórych mieszkaniach dietetycznymi płatkami papieru toaletowego.

Matka Klary była historykiem, wolała jednak wykładać bezsporną geografię. Córka nauczyła się od niej, że ten kraj, a szczególnie Warszawa, leży nad tektonicznym rowem nieszczęść. Tutaj od zawsze ścierały się dwie płyty kontynentalne: wschodnia i zachodnia. Ludzie Wschodu pogodzili się z tym, czego ludzie Zachodu nie byliby w stanie przeżyć. Polacy byli na styku, w najgorszej sytuacji: musieli żyć tak, że nie potrafili się z tym pogodzić. W wiecznych pretensjach i kompleksach. Nowy apartamentowiec byłby dla Klary najlepszym z rozwiązań, na które nie było jej stać.

Mieszkania nie udało się sprzedać mimo zapewnień Webera, że są chętni. Na dowód przyprowadzał ludzi w jesionkach, kożuchach, futrach. Klara mijała się z nimi w ciemnej klatce schodowej. Zwiedzanie swojego domu wolała przeczekać w kawiarni, ucząc się podstaw chińskiego z kartek skserowanych dla niej przez profesora. Zdecydowała się oddać Weberowi klucze, prosząc, żeby dzwonił wyłącznie z poważną ofertą. Przyszedł punktualnie, właśnie wychodziła.

– Siesie – przytrzymał jej dłoń z kluczami, znowu miał lodowate palce.

– Słucham? – Klara polubiła go, chociaż kojarzył się z udręką odwiedzin. – A! *Sie sie* – powtórzyła po chińsku „dziękuję". – Przepraszam, pomyłkowo nie dałam ich wczoraj pańskiej żonie – rzuciła mu klucze.

Poczerwieniał.

– Nic o tym nie wiem. – Nigdy o niej nie mówił, nie nosił obrączki. – Jutro powieszę w oknie baner.

– *Sie sie* – zbiegła ze schodów.

Na zakręcie zjechała z poręczy, trzymając ręce w kieszeniach i krusząc w nich ulubione petit-beurre'y. Była znowu dziewczynką, wyrwała się z domu, zostawiając za sobą poplątane sprawy dorosłych; Webera z żoną. Mijając litanię wytartych schodów, wiedziała, co będzie dalej, który pręt wystaje, gdzie ją podrzuci i kiedy bezpiecznie zeskoczyć. Otworzyła oczy, o mało nie przewróciła przygarbionego sąsiada z jamnikiem.

– Dzień dobry, pani doktor – skarcił ją, niesforną dziewczynkę w żałobie.

Weber zbyt nachalnie odwzajemnia sympatię – myślała, czekając na tramwaj do centrum. Za długo patrzył jej w oczy rozszerzonymi źrenicami, stawał za blisko. Nie pasował na męża spotkanej wczoraj kobiety. Klara zobaczyła ją przed zamykaną agencją. Mocowała się ze spuszczaną kratą. Uwiesiła się jej, ciągnąc z całych sił w dół. Krata zacięła się i kobieta w nastroszonym futerku zawisła nad ziemią, machając raciczkami kozaków. Zeskoczyła w kałużę, ochlapując siebie i nadchodzącą Klarę. Klnąc, otworzyła drzwi, zapaliła światło w agencji.

Klara zajrzała, nie umawiała się z Weberem. Spotykali się zawsze u niej, kiedy przyprowadzał klientów. Tym razem było jej po drodze – wracała od ślusarza. Gdyby podrzuciła klucze, nie musiałaby następnego dnia być w domu, miała tyle spraw do załatwienia przed wyjazdem.

– O, spóźniłam się, mogę zostawić? – klucze były jeszcze ciepłe po wyjęciu ze szlifierki.

– Dla kogo? – kobieta miała usta sklejone szminką.

– Dla pana Webera.

Nie przepuściła Klary pod kratą. Wysunęła otwartą plastikową torbę zawieszoną na ramieniu. Wystawały z niej ubrania albo skłębione szmaty.

– Pani jest? – zawahała się, czy zostawiać klucze sprzątaczce.

– Jego żoną.

Klarze nie wypadało cofnąć ręki, włożyła ją głęboko

do podsuniętej torby. Ale na kłamstwo zareagowała odruchem obronnym i zanim pomyślała, wepchnęła sobie klucz pod rękawiczkę. Nie ufała tej kotleciarze. Może mówiła prawdę i była żoną Webera, ludzie dobierają się w konstelacje nieprawdopodobieństwa. Gdzieś jednak wyczuła swąd kłamstwa, pewnie między nimi – domyśliła się. – Kotleciara jest na zapleczu małżeństwa, magazyn forsy. On wychuchana witryna. Może mafia sprzedała go babonowi za długi reinkarnacyjne – uśmiechnęła się, wysiadając z tramwaju. – Weber wierzył w wędrówkę wcieleń. W inne bzdury nie, powtarzał, ale wędrówka dusz jest logiczna.

– A ty gdzie? – otoczyły ją rękawy granatowego płaszcza Minotaura.

Zakrztusiła się herbatnikami. Oglądając wystawy przy Świętokrzyskiej, nie zauważyła jego górującej nad tłumem szpakowatej czupryny. Padający śnieg wygłuszał kroki przechodniów. Byli sami w sterylnie białej sali operacyjnej do wybebeszania uczuć. Przyciągnął Klarę za szalik. Pociekły jej łzy.

– Bardzo, bardzo lubiłem twoją mamę.

Nie mógł przyjechać na pogrzeb. Przysłał największy wieniec. Jedno z tych żałośnie bezużytecznych, przystrojonych kwiatami kół ratunkowych rzucanych przez grabarzy na świeży kopiec.

– Zabierz łóżko – poprosiła.

– Lepiej oddaj do szpitala, przyda się wam.

– Mhm... – powstrzymywała płacz.

– Klara, kochanie, nikt by więcej nie zrobił, pomogłaś jej.

– Morfina, nie ja.

Pociągnął ją w stronę kawiarni na rogu Nowego Światu. Wybrał stolik daleko od okna, przy fortepianie.

– Zimno? – wytarł jej zmarznięte, zapłakane policzki. – Zjedz coś ciepłego – przywołał kelnerkę.

– Nie, wystarczy herbata.

– Dobrze cię widzieć, weź przynajmniej grzańca.

– Herbata i pączek.

– Schudłaś, martwię się o ciebie. Słyszałem...

– Daję sobie radę – przerwała.

– U Kaweckiego? – zapytał z politowaniem.

– Lecę do Chin, w czwartek.

Zabrał z tacy przechodzącej kelnerki koniak.

– Chociaż łyk – podsunął jej kieliszek. – Chcesz być znachorką? Dlaczego nie powiedziałaś, że idziesz do tego...

– Profesora.

– U mnie zarobisz i przynajmniej się czegoś nauczysz.

– Ooo, taak – wypiła koniak.

Nie lubiła alkoholu, po jednym piwie była pijana. Ale próbowała mu pokazać, że coś się zmieniło – jej wytrzymałość.

Nie słyszała, co mówił. Jego kapryśne usta smakosza jeszcze się poruszały. Z braku wykwintnej potrawy czy gładkiej skóry musiał smakować chociaż powietrze.

– Nie dzwonisz do mnie, bo tęsknisz – powiedział ciepło.

– Co?

– Jesteśmy tacy sami. Ale to ty powiedziałaś koniec, rozumiem. Wiesz, jak mnie kusi zadzwonić do ciebie, idę biegać, katuję się bieganiem.

Labirynt Minotaura był pełen oszustw, fałszywych korytarzy odcinających odwrót. Klara już dawno zrezygnowała z tropienia jego pokrętnych wymówek.

– Masz niezłą kondycję.

Nie usłyszał drwiny.

– Zaczerwieniłaś się.

– To koniak. Muszę iść.

– Klara, zostawmy bzdety, tak rzadko się zdarza... tak... mnie nigdy, żeby dwoje ludzi było naprawdę ze sobą, wierz mi.

– Co mam ci powiedzieć?

– Nic, wystarczy mi na ciebie patrzeć, jesteś piękna.

Znała jego rytm, jak kobiety przyzwyczajone do rzewnego bełkotu pijaka. Po wyznaniach oczekujące obelg. Teraz powinien powiedzieć coś, co ją dotknie. Nic obraźliwego, wystarczy znokautować czymś poetyckim – kawałek z Cohena albo porównanie do Audrey Hepburn ze *Śniadania u Tiffany'ego*.

– Kiedy zejdzie z nas farba młodości, wszyscy jesteśmy siwi – zawinął sobie wokół palca jej mokry od śniegu kosmyk włosów.

Skąd on to wytrzasnął? – zastanawiała się. – Na prasę nie miał czasu, chyba że branżową po niemiecku. Książki czytał wyłącznie w podróży. Kupował je na lotnisku, sprawdzając listę bestsellerów. Szukał czegoś poważniejszego, w twardej okładce. Zabierał ze sobą lekturę i kochankę. Klara była z nim w Tunezji i Grecji. Pływała, opalała się, a on na materacu sumiennie przewracał kartki książki, mocząc palce w basenie. Podejrzewała, że z każdej spowiadał się żonie. Przykładając jedną rękę do wycieńczonego serca, drugą wodząc po złoconych literach sensacyjnych przebojów, przysięgał na swoje bestsellerowe alibi.

– Kochanie, w kółko konferencje, potem spałem i czytałem. Oderwać się nie mogłem, sama zobacz, jakie ciekawe...

Solidne tomy ustawiał u siebie w gabinecie. Na krótko pojawiały się między nimi okładki niepasujące do kolekcji. Tomik poezji amerykańskiej, album grafiki komputerowej, raz nawet wprowadzenie do ceramiki Słowian. Były to przerywniki niezobowiązujących przygód prawdopodobnie ze studentkami. Chude książczyny w porównaniu ze starannie dobranymi lekturami świadczącymi o wyrobionych przyzwyczajeniach.

– Klara, przy pakowaniu znalazłem listy od ciebie. Pamiętasz, wysłałaś mi na Mazury swój dyplom.

– Aha, poleconym. Idę, muszę odebrać wizę, zamkną mi konsulat.

– Podwiozę cię – sięgnął po portfel.

– Nie, dzięki.

– Tylko cię podwiozę.

Ani jej oschłe odmowy, ani jego obietnice nie miały znaczenia. Prawdziwa rozmowa toczyła się pod blatem okrągłego stolika, między nogami. Wilgotna pochwa i naprężony członek sczepiłyby się jak psy, gdyby wreszcie stąd wyszli i trafili do jego gabinetu albo lepiej do hotelu. Tam byłoby intymniej, bez zbędnych wspomnień. Pamięć o ich związku służyła Minotaurowi do powtarzania tego samego numeru. Ustalił otwierający Klarę szyfr; usta, sutki, łechtaczka, łechtaczka ustami i sutki ręką, jednocześnie. Kiedy szykował się w łazience, włączała telewizor i bawiła się hotelowym sejfem zazwyczaj ukrytym w szafie. Lubiła wyobrażać sobie przechowywane w nim kosztowności. Wciskała 1, 9, 6, 3, rok swoich urodzin. Oprócz dokumentów nie miałaby niczego, co warto by włożyć do sejfu. Zamykała skasowane bilety tramwajowe. Minotaur zachodził ją od tyłu.

– Piękna – całował ją – i bestia – komplementował swój członek przyłożony do jej twarzy.

Odsuwała napletek, dobierając się językiem do główki. Miał niezwykły wykrój cewki moczowej będącej normalnie przecinkiem, nacięciem bez wyrazu. U niego zadarta do góry układała się w filuterny uśmiech na czubku średniej wielkości prącia. To go uczłowieczało. Nie był kawałem mięsa z erogennym szlakiem do przecierania językiem. Kochaliby się godzinę, może dłużej, gdyby nie obowiązki Minotaura. Wychodząc, wzięłaby z hotelowej łazienki buteleczki balsamu i płynu do kąpieli. Na pamiątkę czułego luksusu.

Umówiliby się jeszcze parę razy, potem on zacząłby odwoływać spotkania i znikać w wolne dni. Jej miejsce w klinice zająłby ktoś wmuszony przez wspólnika. Minotaur oczywiście się odkuje, wykupi udziały i będą wreszcie razem. Dojrzała miłość to nie szczeniackie wygłupy, to odpowiedzialność – pouczał ją, na wypadek gdyby upierała się z nim zostać. Dla niej bycie z nim stałoby się tresurą w aportowaniu samej siebie na komendę pana i warowaniem pod jego drzwiami.

– Nie odwoź mnie, nie trzeba – wstała.

– Jak chcesz – ugryzł ją lekko w dłoń, którą przytrzymała go na miejscu.

Wymyślił kiedyś, że piękne kobiety powinno się całować w pierś.

– To jest hołd i przyjemność. – Gdy byli sami, sięgał na przywitanie do dekoltu Klary i cmokał z szacunkiem tuż nad sutkiem. – Zobaczysz, wróci taka moda.

Pokazał pocztówkę przywiezioną z Krety. Starożytna tancerka w długiej spódnicy i gorsecie podtrzymującym nagi biust. Dał pocztówkę do powiększenia i powiesił w poczekalni.

– Nie zapominaj o nas – włożył ręce pod jej płaszcz i pogładził piersi.

Dwa dni przed wyjazdem do Chin, plecak i podręczna torba – najważniejsze rzeczy w mieszkaniu Klary, pakowane i rozpakowywane na przemian, znalazły się w kącie. Bagaże ustąpiły miejsca niespodzianym gościom. Joanna przyprowadziła znajomego prawnika. Uznał mieszkanie za idealne na kancelarię. Cenę za rozsądną. Przejrzał wyciąg z hipoteki i następnego dnia, ze względu na wyjazd Klary, mieli podpisać u zaprzyjaźnionego notariusza wstępną umowę.

Po ich wyjściu przyglądała się oszołomiona sprzedanym ścianom. Bojąc się, że znowu wpadnie w stan podobny do tego po śmierci matki, gdy biegała między pokojami, wyszła przezornie z domu. Pozbywała się biografii; znanych na pamięć zakamarków, zapachów. Musiała odetchnąć świeżym powietrzem, bez poczucia winy. I odebrać klucze od Webera. W agencji zastała jego żonę. Przy biurku na obrotowym krześle mężczyzna o wyglądzie notorycznego księgowego; blady, wąsaty człowieczek w okopach cyfr. Siorbał kawę dolewaną mu do plastikowego kubka przez Webcrową. Z kobiety nastroszonej futerkiem i trwałą zamieniła się w kobietę zmechaconą. Włosy jej oklapły, różowy sweterek miał wypryski supełków. Wcześniej, podczas pierwszej wizyty Klary u Webera, agencja była nowoczesnym biurem. Teraz z tą dwójką ospałych ludzi prowincjonalną poczekalnią na bogactwo.

– Dzień dobry, sprzedałam mieszkanie i chciałabym odebrać moje klucze – Klara nie kryła entuzjazmu.

– Słucham? – księgowy się uniósł.

– Niestety, bez pomocy agencji. Mogę odebrać klucze? Zostawiłam panu Weberowi.

Weberowa stanęła za obrotowym krzesłem, była zapasowym oparciem księgowego.

– Niemożliwe – powiedział z przekonaniem.

– To ta – Weberowa szturchnęła go znacząco.

– Ja jestem Weber... jestem właścicielem. Do mnie pani się zgłosiła?

– I zostawiła klucze, co? – dogadywała kotleciara.

– Tak... to znaczy nie, wtedy nie – przyznała Klara.

– O co pani chodzi? – Chwycił się nerwowo za przerzedzone wąsy. Rozdzielone kępki wyglądały na czarne przerwy między kłami wyrastającymi z wargi.

35

– Mogę rozmawiać z panem Weberem, kiedy będzie? – zaniepokoiła się Klara.

– Powtarzam pani, to ja. A pani? Gdzie to mieszkanie? – otworzył teatralnie segregator.

– Na Krasińskiego, Morawska Klara – szukała razem z nim. – Trzydzieści osiem metrów.

Nie wiedziała, co ma udowodnić; że naprawdę istnieje w rubryce na sprzedaż?

– Dwadzieścia tysięcy dolarów – dorzuciła, chcąc uwiarygodnić siebie i absurdalną sytuację.

– Nie mamy żadnych zgłoszeń z Krasińskiego, prawda, Joluś? Dobry punkt Krasińskiego, cegła. W komputerze też nie – kliknął myszką. – O co pani właściwie chodzi?

– O klucze.

– Te, których pani mi nie dała? – natarła Weberowa.

– Spokojnie, Joluś – odpychając się od biurka, znowu podjechał do Klary. – Jeżeli bierzemy lokal do sprzedaży, podpisujemy umowę i wieszamy firmowy baner. Umowy nie ma...

– Pan Jacek miał powiesić dzisiaj.

– Jacek? – Księgowy okręcił się na krześle niczym z obrotową sceną i szepnął w stronę kulis, do zmechaconej Weberowej. – Ja pieprzę, trzy z dwudziestu – przeliczał utraconą prowizję. – Sześćset zielonych twój Jacuś nam przeputał.

– Mój, jaki on mój, twój bratanek. Aaach – odepchnęła go z krzesłem na kółkach. – Ty i on po jednych piniądzach jesteście.

– Ja go tu puszczałem?

– A kto miał naprawić komputer? Mrygał – złapała się za grzywkę i przebierając palcami, odruchowo ją natapirowała. – Ciekawe, ile ci jeszcze klientów podebrał, rodzina...

– Jacuś? Noo niee, pewnie panią w komputer wpisał i się zepsuło – przypomniał sobie o Klarze. – Nowoczesność ciągle się psuje, nie? Trzeba ją naprawiać i na tym polega postęp – klepnął komputerowy ekran.

– Skoro była pani u nas zapisana – przymilnie wtrąciła Weberowa – proszę z łaski swojej rzucić okiem, czy mieszkania nie kupił któryś z naszych klientów – podsunęła segregator. – Ludzie podpisują, a potem dogadują się za plecami...

Noc zaczęła się przy konfesjonale uchylonych drzwi. Klara w ciemnym przedpokoju oparta o łańcuch zasuwki słuchała Jacka Webera. Stał na korytarzu przygarbiony, pełen pokory.

– Pozwoli mi pani wytłumaczyć?

– Mnie? To biznes pańskiej rodziny. Kluczy nie potrzebuję, nowy właściciel dorobi jutro nowe – nie oburzało jej okantowanie Weberów, sami wyglądali na cwaniaków. Była wściekła na siebie, że dała się nabrać. Polubiła go, nawet jej się spodobał.

– To wszystko nie tak... – schylił pokornie głowę.

– Mieszkanie sprzedałam i naprawdę mnie to nie interesuje.

Znała takich kolesi. Dorabiali się na szczękach przy ulicznych straganach. Awansowali do własnych sklepów, zakładali poważne biznesy. On też próbował rozkręcić własny. Z braku prawa legalna kradzież była nazywana przedsiębiorczością.

– Kakałko wzmacnia ciałko – przyszedł jej do głowy wierszyk z dzieciństwa i bezwiednie go powiedziała, wdychając z klatki zapach piwnic i gazu.

– Słucham? – szukał w ciemności przycisku do prądu, gasło światło.

– Przepraszam, jestem zmęczona – domykała drzwi, kończąc rozmowę. – A wie pan co, jednak kakałko, bo to, co pan zrobił, to gówniarstwo.

Nie ruszył się znowu zapalić światło.

– Kupiłbym pani mieszkanie.

– Nie dziwię się, tyle razy je pan oglądał, też by mi się spodobało. Dobranoc.

Nasłuchiwała pod drzwiami, czy już poszedł. Chował za sobą kwiaty. Zanieś je ciotce, jej są bardziej potrzebne – pomyślała z litością o wszystkich Weberach; zmechaconej, mężu na kółkach i cwanym bratanku. Klara nie miała rodziny, ta od strony ojca przepadła razem z jego odejściem. A matce, osieroconej w dzieciństwie jedynaczce, nie zależało na kontaktach z dalekimi kuzynami. Nie utrzymywały więc sadomasochistycznych związków rodzinnych; maso, bo nie sposób zerwać więzów krwi, sado, bo trzeba je podtrzymywać wspólnymi świętami, ustalając hierarchię krzywd.

W korytarzu ktoś się potknął, zaszczekał pies. Klara dosłyszała przestraszonego staruszka z jamnikiem. Natknął się na stojącego w ciemnościach Jacka i krzyknął:

– Kto to?!

– Światło zepsuli! – wyjrzała sąsiadka z naprzeciwka. – Od śmierci Morawskiej spokoju nie ma, w dzień i noc się kręcą.

– Wie pani, ta jej mała Klara już w pogotowiu nie pracuje, zwolnili ją i w a-gen-cji dorabia – staruszek podniósł ujadającego pieska.

– No, no, no – kobiecina dziabnęła wzrokiem Webera stojącego przy schodach i schowała się za framugę, przymykając drzwi. – Gdyby dożyła... na lekarkę ją kształciła. Pójdę za dnia i powiem, niech zrobi z nią porządek, wstyd!

– Pani nie zamyka, poświeci – staruszek, trzęsąc się, poczłapał do bezpieczników w rogu korytarza.

Resztki prądu wysypały się z nich iskrami.

Klara nie miała zamiaru wtrącać się do rozmowy pani Alzheimer z panem Parkinsonem. Ich starcze narzekania były komentarzem bezradności do tego, co działo się na jedynej ich scenie klatki schodowej. Tworzyli antyczny chór przygrywający sobie waleniem w rury i ściany, wołający o karę za występek przeciw przedawnionym bogom przyzwoitości.

Klarę nie obchodziły lamenty wścibskiego, bezsilnego chóru, z zasady przysrywającego bohaterom. Postanowiła się wtrącić ze względu na pamięć matki. Otworzyła gwałtownie:

– Nie mówiłam, że się wyprowadzam?! – krzyknęła, żeby dotarło do przygłuchego staruszka i wszystkich nasłuchujących drzwi. – Wyprowadzam się i ludzie przychodzą obejrzeć mieszkanie. Ten pan też jest z a-gen-cji nie-ru-cho-mości. Proszę, panie Jacku.

Zapaliło się światło. Weber skwapliwie skorzystał z zaproszenia. Usiadł w przedpokoju na wycieraczce.

– Proszę pozwolić mi skończyć – mówił spokojnie.

Nikogo nie chciał oszukać ani okraść, przypadkowo był w biurze wuja, gdy przyszła sprzedać mieszkanie. Skorzystał z okazji... Trochę się zna na mieszkaniach, jest architektem. Zajmuje się ogrzewaniem geotermicznym, ciepło głębinowe – oparty o drewniane drzwi, ze skrzyżowanymi nogami był podobny do figury młodego, smagłego Buddy pod drzewem oświecenia z gabinetu profesora. Właściwie on też wygłaszał kazanie mające ją oświecić. Zaczynała powoli rozumieć. Chciał Klarę poznać, umówić się, przekonać czy... Ona na nic nie miała czasu: „Dzień dobry cię, do widzenia, tu łazienka, tam kuchnia". Kiedy prosił o leczenie, twierdziła, że jeszcze nie przyjmuje pacjentów. Szykowała się do podróży i nie wiedziała, czy wróci.

– Absurd, żartowałam.

– Wiem, ale się bałem. Nie wiedziałem już, kogo przyprowadzić, byli u ciebie wszyscy moi znajomi, nie mogłem ciągle sprowadzać jakichś emerytów.

– Że co?

Wychodząc kiedyś za Jackiem i jego człapiącą wolniutką klientką, łączniczką AK z żoliborskich oddziałów, widziała ich w bramie liczących drobne.

– Gdyby nikt się nie znalazł, ja bym kupił. Nie oszukałbym cię, nie zostawił na lodzie.

– Płaciłeś im? Ile?

– Wystarczająco.

– Zwariowałeś.

– Mam prawo – wstał.

Była jego ideałem. Nie wyobrażał sobie wcześniej, kim mogłaby być. Po prostu weszła do biura i dotychczasowe życie wydało mu się fotograficzną ciemnią, w której czekał na wywołanie z pamięci jej twarzy.

Klara sięgała mu do ramienia. Wpatrywała się w jego granatowy sweter. Przynajmniej wzór włóczki był logiczny. Na tyle skomplikowany, że nie pozwalał się wydostać nitce. Jakby przewidywalność ściegu zamiast ułatwiać jej ucieczkę, skazywała na bycie ciągle wplątywaną. Klara też to przerabiała. Te same, powtarzające się rozkochane spojrzenia, szaleńcze pomysły wciągające w pętle uczuć. „Miłość *macht frei*", mogłaby sobie wydziergać na czole.

Stali blisko, nie wiedząc co dalej. Opowiedzieli sobie przeszłość; teraźniejszość była żenująca.

– Odwieźć cię jutro na lotnisko? – Jacek bardziej prosił, niż pytał.

Staruszek majstrował przy korkach. W kamienicy błysnęło i zgasło.

– Nie mam świec – Klara się cofnęła.

– Zapałki są w kuchni? – poszedł za nią.

Ich wyciągnięte przed siebie ręce zetknęły się. Były długim, roziskrzonym lontem. Coraz gorętszym i krótszym. Przesuwającym się wzdłuż palców, sięgającym szybko ramion. Potknęli się o łóżko albo jedno z nich pociągnęło drugie, Klara nie była pewna. Jej ciało było wymazane przez ciemność, więc na to pozwalała. Znowu przez chwilę błysnęło światło.

– Nie chcesz? – Jacek był zaskoczony jej nagłą obojętnością.

– Nie mam, no wiesz... gumek.

– Jestem czysty.

– Nie.

– Nie musimy – dalej ją całował po brzuchu, włożył dłoń w rajstopy.

Czuła przyjemność, zwykłą przyjemność wygłodniałego ciała. Wolałaby już skończyć, nie udawać, że jest coś więcej: wyznania, pieszczoty.

Robiąc Jackowi miejsce koło siebie, dotknęła stojącego przy łóżku plecaka.

– Poczekaj, zapomniałam – przepakowywała go już tyle razy, że bez trudu znalazła torebkę z lekami. Miała pudełko prezerwatyw, na wszelki wypadek. W Chinach groźniejsza od AIDS była żółtaczka typu C, nieuleczalna, przenoszona drogą płciową.

Klara podarła opakowanie. Zapachniało rękawiczkami chirurgicznymi. Z Minotaurem nie używali prezerwatyw, wierzyła mu. Był w separacji, nie przyznawał się do kochanek. Gdy zaczęła go podejrzewać, przekonała samą siebie, że ktoś tak dbający o higienę nie sypia z byle kim bez zabezpieczenia. Znalazła w jego kosmetyczce, ukryte w bocznej kieszeni, pudełko rozmiar XL. Tak dużego nie miał, grupowego seksu nie był w stanie uprawiać – zapadał po orgazmie w niemal kataleptyczny sen. Bałby się, że ktoś, korzystając z okazji, go wydupczy. Jego nastawienie do gejów przekraczało zwyczajową wśród lekarzy niechęć. Czuł do nich paniczne obrzydzenie. Płacił za to najbardziej dla siebie dotkliwą stratą – finansową. Podczas konsultacji, wyczuwając geja, podsuwał wszelkie możliwe zagrożenia skutecznie odstraszające od operacji.

– XL? – Była bardziej zdziwiona rozmiarem niż tym, co znalazła.

Minotaur przyglądał się otwartemu pudełku, szukając odpowiedzi. Na pewno gdzieś była w niezawodnym katalogu kłamstw, wystarczy przypomnieć sobie pierwsze skojarzenie, chociaż pierwszą literę, od której się zaczyna:

– Sssprawdzam sobie prostatę, są cieńsze od rękawiczek i nawilżone.

Rano lampa zapaliła się, doświetlając mętne słońce. Jednocześnie włączyło się radio, zapowiadając, kto sponsoruje godzinę ósmą rano. Przynajmniej tak to zrozumiała na wpół przytomna Klara. Jacek leżał obok i uparcie się jej przyglądał.

– Chodź, coś ci pokażę – wstał, odrzucając koc, którym chciała się zakryć.

Poszli do łazienki.

– Ładne z nas monidło – objął ją, żeby zmieścili się w wąskim lustrze kadrującym ich do piersi. – Powiesimy sobie takie w salonie, tylko my będziemy wiedzieli, że na dole jesteśmy goli i trzymamy się za narządy – zakrył dłonią jej podbrzusze i przykrył palcami Klary skurczony od chłodu penis.

– Masz ciepłe ręce. Zawsze miałeś lodowate.

Było jej chłodno w stopy od kafelków, mroziło odbicie dobranej pary w lustrze.

– Zimne? – zastanowił się. Ile razy ją widział, strasznie mu zależało zrobić wrażenie, nie wygłupić się. Z nerwów... – Chyba cię kocham.

Zawstydzona słowami przestała się krępować nagości. Wolała całować, dotykać, niż mówić. Wrócili do ciepłej pościeli. Było o wiele lepiej niż za pierwszym razem. Bezwstydnie podstawiała mu do ust piersi, nasunęła pospiesznie prezerwatywę. Od krzyku Klary pootwierały się na klatce schodowej ciekawskie drzwi i za progiem rozszczekał pies.

Oboje złapali się poręczy łóżka, jakby w tym samym momencie dopłynęli do brzegu basenu, zdyszani i mokrzy.

Tej nocy ani rana nie powinno być – myślała Klara. Miała się porządnie wyspać, przed południem zamówić taksówkę na lotnisko. Jacek od miesiąca zadomawia się w jej mieszkaniu, umeblował przyszłość ślubnym monidłem i jest w niej; tak to sobie zaplanował. Ona nic nie planuje, jej ciało wreszcie oddycha. Czarne rajstopy i ciemna sukienka rzucone na dywan były wreszcie odpadniętym strupem żałoby.

Jackiem wstrząsnęły dreszcze. Leniwe fale wypłukujące rozkosz.

– Ale cię telepie – Klara okryła go kołdrą.
– No, wiesz – udał oburzenie.
– A co?
– Wpadłem w rezonans ze szczęściem.
– A ja... Nie wiem w co.
– Ma pani prawo, poczekam.

Wysiadła z autobusu lotnisko – centrum. Na pekińskiej ulicy zabolały ją oczy. Była niewyspana, po dwunastu godzinach lotu miała piasek pod powiekami. Prawdziwy piaskowy kurz nawiewany z pustyni Gobi.

Drogę zajeżdżały czarne rowery przypominające rój chrząszczy pobrzękujący metalicznymi pancerzami błotników. Poruszały się instynktownie, skręcając całą chmarą i przyspieszając albo stając nie wiadomo dlaczego. Ruchem nie kierował policjant ani światła. Klara, poddając się rytmowi, ruszyła tam, gdzie wszyscy – do skrzyżowania. Nie musiała szukać tasówki. Ciężki plecak i biała twarz były znakiem przystankowym dla kierowców proponujących podwiezienie. Wybrała coś, co przypominało profesjonalną taksówkę, wytapetowaną od środka zdjęciami Mao. Wyjęła notatnik i pokazała kierowcy, z którego dworca ma pociąg do Szangu. Wyrywając kartki tego samego notatnika, pisała później Jackowi:

Przy kasie czekał mój przewodnik, dwumetrowy, tacy Chińczycy się zdarzają. Kupił bilet i wsadził do pociągu. Bez niego nie dostałabym się na peron. Przewodnicy-opiekunowie opłacani są z mojego stypendium i dlatego... Opiszę ci potem. Najpierw podróż. Wagon bez przedziałów, jazda dwa dni. Opluwanie ścian i jazgot radia nadającego marsze albo wrzaski. Radia nie można wyłączyć ani ściszyć.

Sądziłam, że pasażerowie częstują mnie ryżową bryją z grzeczności, ale to była ciekawość. Jak tylko wyjęłam swoje kanapki i zaczęłam jeść, kilkadziesiąt osób zamarło. Przyglądali mi się bez żadnego skrępowania. Komentowali każdy okruszek. To jeszcze nic, można się przyzwyczaić, przedział trzeciej klasy, żadnego cudzoziemca. Gorzej z kiblem: nieosłonięta drzwiami dziura. Nie korzystałam. Jestem wytrzymała, bardziej niż na to wyglądam. (Może ci się ta wiadomość do czegoś kiedyś przyda, he, he. Na marginesie: W naszym domu nie było ojca. Za to między mną i matką był zawsze męski układ: żadnego mazgajstwa, histerii. Myślę, że mnie tak wychowała z braku ojca, zastępując go twardymi zasadami).

Nocą wyłączyli radio i światło, weszliśmy na swoje prycze.

44

Wyobraź sobie, ile ich było, jeżeli chrobot był głośniejszy od hałasu pociągu... Karaluchy. Powyłaziły z drewnianej podłogi, zza ścian. Wezmę do ręki szczura, węża, pokroję trupa, ale karaluch... Przesiedziałam noc zawinięta po czubek głowy kocem. Nie jadłam i nie piłam, nie chcąc biegać do kibla, nie spałam. Po dwóch dniach wyszłam zdrętwiała na peron w Szangu, lał deszcz. Tysiąc osób znalazło swoją rodzinę, taksówki, wózki, a ja stałam i stałam z bolącym brzuchem. Wyobraziłam sobie dworcową toaletę i wolałam się zesikać, nie było widać w deszczu. Moja pierwsza przyjemność od kilku dni, pierwsza chwila samotności na kompletnie opustoszałym peronie. Poszłam do poczekalni przebrać się. Podchodzi do mnie kobiecina – mój przewodnik, w skrócie lady Pixi (podobna do myszy Pixi albo Dixi z Disneya).

– Dzień dobry, dzień dobry. Dobze się cuje? – mówłła po angielsku bardziej ze świstem między brakującymi zębami niż z akcentem. Nie wyszła po mnie na peron: – Przecież pada desc. Dużo descu.

Miała rację, dużo racji popieranej przez miliard podobnie myślących. Miałam się o tym przekonać na miejscu.

Hotel koszmarny, szpital też. Co byś powiedział na taką definicję tutejszego syfu: „Brud jest po to, żeby się nie ranić o rzeczywistość"?

– *Good* masyna, masyna! – pokazują mi w szpitalu zachodni złom wyrzucony na cele charytatywne. Akupunktura według Chińczyków to zabobon, przyszłością są antybiotyki, nawet na ból żołądka. Po pracy wracam do hotelu i uczę się chińskiego, tylko po co? Nikt ze mną nie rozmawia.

Dzięki za doglądanie mieszkania i pomoc Joannie. Wiesz, czego mi najbardziej brak z domu, o czym marzę? Ta duża butelka ludwika do mycia naczyń. Polałabym nią swój pokój, zdezynfekowała siebie. Wszędzie pachnie zjełczałym mlekiem i rozgotowanym ryżem. Jest jeden duży, europejski sklep, ale z jedzeniem. Oprowadza po nim jak po muzeum student anglistyki, przewiązany złoto-czerwoną szarfą. Kupuję angielskie herbatniki, strasznie drogie.

To, co napisałeś... masz rację, taka jestem. Nie mam żalu o ten mieszkaniowy cyrk, Jacek, wszystko w swoim czasie. Gdybyś powiedział mi wcześniej, może wcale nie byłoby dobrze. Stąd to wygląda inaczej, w każdym razie na naszą korzyść.

Mówiłam ci, że jestem wytrzymała i uparta. Przyjechałam się czegoś nauczyć. A tu szpital nie taki, jak obiecywano, hotel nie taki, coś w ogóle nie tak. Bardzo nie tak, gdy spotkałam w uniwersyteckiej stołówce pierwszego nie-Chińczyka: René. Biały to on całkiem nie jest po pół wieku sinologii. Na dzień dobry zaczął się ze mnie śmiać.

– Po co ci to? – zerwał mi ze szpitalnego fartucha identyfikator. – *Bene, bene.* Znasz włoski? Chińskiego na pewno nie.

Jest chyba typowym Holendrem, wysokim, rudym. Lubi mówić do siebie po włosku, żeby wydawać się sobie samemu bardziej egzotycznym. René ma zdiagnozowaną „schizofrenię", według niego „odmianę holenderską". Po pierwszym ataku, czterdzieści lat temu wyjechał do Chin i ozdrowiał. To znaczy tak sądzi: „jego choroba jest zlokalizowana w Holandii, w psychiatrycznym szpitalu w Rotterdamie, na oddziale piątym, w sali dwa". Cytuję ci mniej więcej dosłownie, on w to wierzy – im dalej od tamtego miejsca, tym lepiej dla niego. Nie wiem, czy jest normalny, jest adekwatny do tego, co dzieje się tutaj. Przeżył rewolucję kulturalną, zesłano go na przymusowe prace do wsi w pobliżu Tybetu. Każdemu, kto podważał jego chińskość, cytował od tyłu książeczkę Mao i dowodził, że zmienił wygląd od lektur burżuazyjnych. Wolał tu umrzeć, niż wyjechać. To jego uzdrowicielskie miejsce, wyczuł je jak ptaki linie magnetyczne Ziemi – gdzie założyć gniazdo i lecieć na zimę. Jacek, wierzę mu, to może najlepiej oddaje mój stan umysłu po trzech chińskich tygodniach. René chodzi w wyświechtanym mundurku i mruży oczy, upodabniając się do żółtych. Patrzy na ciebie zupełnie normalnie i nagle chytrze mruży, sprawdzając, czy ktoś go obserwuje. Pije litrami chamskie chińskie piwo, wygląda na pyzatego siedemdziesięcioletniego Holendra i nagle robi się mniejszy, skośny i chiński. Można dostać schizofrenii. Nie wiedziałam, czy mu wierzyć, kiedy powiedział:

– Napisali ci, panienko, na tym identyfikatorze: „Nie rozmawiać z nią", i to w dość perfidnym stylu, trudnym do odczytania dla początkujących.

Uwierzyłbyś? Zapytałam o to Pixi. Coś pomamrotała zakłopotana, czyli to prawda. Spakowałam rzeczy i za radą René przeniosłam się do lepszego hotelu, gdzie mieszkają zagraniczni studenci. On podejrzewa, że ktoś na mnie oszczędza, okradanie stypendystów to normalka. Pociąg z Pekinu też powinien być droższy – pospieszny i pierwsza klasa, z prawdziwą kołdrą i drzwiami w kiblu.

Mam bardzo dużo czasu. Zabarykadowałam się w pokoju. Jem zapas herbatników, przeżyję tydzień. Żądam przeniesienia do tradycyjnego szpitala i tego hotelu. Nie będę wegetować trzy miesiące, biletu powrotnego nie mogę zmienić.

Na chińskiej prowincji ludzie się nie buntują. Niepokorni znikają, nie dając złego przykładu. Jacku, jestem tysiąc kilometrów od Pekinu, każdy kilometr zmniejsza moją szansę. Konsulat o mnie nie wie. Ja też nie wiem, co ryzykuję, ale nikt nie chciał ze mną rozmawiać. Ja swoje, Pixi – w zaparte – swoje. Pokazała pieczątki, papiery, wszystko się jej zgadza, łokej, łokej. Białe słowo przeciwko żółtemu.

W hotelu jest Niemiec i Kanadyjczyk, mają kamerę i będą filmować każdego, kto zbliży się do mojego pokoju. Wyślą Ci ten list, o ile na poczcie nie połknie go cenzura.

Sąsiedzi, Niemiec i Kanadyjczyk, są gejami i filmują głównie siebie, swój miesiąc miodowy. Właśnie się poznali. Przynoszą

47

mi ciepłe jedzenie i herbatę, chyba że się zapomną. *Drang nach Osten*, analne parcie na Wschód.

Wreszcie przyszedł ktoś od stypendystów, polityczny. Tutaj nie wiadomo, kto jest kim, oni też nie za bardzo kumają, kim jestem, a skoro odważyłam się na coś takiego, to muszę mieć za sobą kogoś ważnego. Nie otworzyłam, powiedziałam mu przez drzwi, że pracuję dla wojskowości. Jak by nie było, szpital na Szaserów, gdzie miałam praktyki, jest wojskowy. Nie wiem, skąd mi to przyszło do głowy, że podlegam attaché wojskowemu i nie wyjdę, póki nie zagwarantują mi godziwych warunków pracy. Za drzwiami cisza, nie słyszałam jego odejścia na paluszkach. Następnego dnia rano czekał wóz z firankami – oni wieszają autentyczne koronkowe firaneczki dla ważnych pasażerów. Pojechaliśmy do szpitala, gdzie leczą tradycyjnie. Mam już kolejki pacjentów – rozeszło się, że u lekarki z Bolan (Polski) nie boli. Chińscy lekarze dźgają igłą jak sztyletem, dla nich ważny jest efekt. Dużo się uczę, zwłaszcza z diagnozy. Wracam nocą, poprawiam notatki i zasypiam na amen. Jestem szczęśliwa, ja jestem chyba szczęśliwa, gdy jestem zmęczona (dziękuję za wtedy, he, he, dobudzić się nie mogłam).

Pytałeś, dlaczego nie leczą wszędzie akupunkturą. Z tego, co widzę, leczą ostatnie pokolenie. Mao po zrujnowaniu kraju nakazał powrót do tradycji – igieł i ziół, nic innego nie mieli. Dzięki upadkowi Chin odżyła akupunktura. Teraz przez rozkwit kraju i wiarę w zachodnie leki tradycyjne leczenie zanika, zgodnie z chińską filozofią przemian. Poczytaj *I-czing*, tam też sukces jest początkiem upadku, a od upadku zaczyna się zwycięstwo. W rezultacie akupunktura na wygnaniu jak buddyzm tybetański podbije Zachód. Wiesz, ile za wizytę bierze tutaj profesor? Kilka centów, na Zachodzie kilkadziesiąt dolarów. Igła akupunktury będzie igłą magnetyczną przyciąganą przez biznes i pokaże kierunek zachodni. Chińscy specjaliści emigrują. Może więc mam przyszłość? A my? Pozdrowienia od René, widział listy od Ciebie i z pisma wyczytał Twój charakter: wytrwałość, rozwaga (?), pasja. I powinicneś jeść więcej czekolady na wyrównanie energii. Ode mnie całusy, jeszcze miesiąc. Nie widuję Pixi, może nie mam już opiekunów.

Nie uwierzysz – René postanowił wrócić do Europy. Wysłał ofertę do belgijskiego miasteczka, gdzie leczy się pacjentów nie w szpitalach, ale w domach. Od średniowiecza mieszkańcy Geel przyjmują do siebie chorych. Mocno się zdziwią René. Dlaczego ten zatwardziały Chińczyk wraca? Może to powrót do zdrowia, może nawrót choroby? Wiele lat nie przebywał z kimś z Europy, zaprzyjaźniliśmy się. Widocznie nadszedł czas odlotów. Będę za tydzień.

Przeprowadzkę do Ciebie uznajmy za tymczasową. Niezdrowo zamieszkać razem po jednej nocy i miesiącu odwiedzin. Nałogi są niezdrowe, zwłaszcza po odwyku, prawda?

Ostatnie dni w Pekinie Klara odpoczywała. Najchętniej zostałaby w hotelu, odsypiając noce zarwane nauką. Wyrzuciła reklamówki wycieczek do Muru Chińskiego. Czuła się otoczona murem Chińczyków. Wychodząc z hotelu przy dworcu, przedzierała się przez kartonowe barykady bezdomnych robotników. Spali w pudłach, na których wypisywali swój wiek i co potrafią. W metalowych klatkach, nieco dalej spały psiakowate oposy, króliki, koty. Czekały na poderżnięcie w ulicznych restauracjach. Pod szpitalami koczowały rodziny wieśniaków, a często i sami chorzy w kolejce do łóżka. Łóżka, tak jak i szpital, pracowały trójzmianowo. Leżący na nich rano chorzy zwalniali je po południu, a ci następni nocą. Klara obserwowała przez okno te wysepki oczekiwania. Nie było w nich nic upokarzającego. W Chinach bierność to wysiłek cierpliwości, nie rezygnacja – pomyślała, widząc heroiczną mękę czekających. – Czekanie wymaga tyle energii, ile uliczna krzątanina. Energii do walki z niewidocznym czasem. Jego ukrytym wektorem będącym strzałą zanurzoną w truciźnie przemijania. Dlatego małe strzałki czasu, zwane wskazówkami zegara, pokazują na nas, nie na godziny. Celują prosto w nasze krótkie życie.

– Poproszę jeden bilet do Pałacu Letniego – Klarze sprawiało przyjemność mówienie po chińsku. Umiała się porozumieć w najprostszych sprawach, przeczytać tytuły gazet. To, co dawniej wydawało się jej azjatyckim dziwactwem – różne rozumienie tego samego słowa w zależności od wysokości wypowiadanego dźwięku – uznała za sensowne. Po polsku też co innego znaczy: „Nie mogę się doczekać", wypowiedziane grzecznościowo albo z nadzieją. Nie znała prawdziwego tonu słów w listach Jacka, przeczuwała, że nie ma to znaczenia. Były pocztowymi stemplami, tatuażem dat na ich byciu razem. Gdyby nie on, wracałaby po trzech miesiącach do pustego mieszkania z meblami w przechowalni.

– Sprzedam ulgowy. Dla cudzoziemców jest droższy, ale pani ładnie mówi – biletera Pałacu Letniego rozbawiła wymowa Klary i ośmieliła pustka przy kasie.

– Możemy zrobić sobie razem zdjęcie? – pokazał plastikowy polaroid.

Klara przyzwyczaiła się na prowincji do pozowania. Była ezgotycznym misiem zakopiańskim uśmiechającym się i machającym do obiektywu łapą. W Pekinie pełnym cudzoziemców nikt jej po to nie zaczepiał. Niziutki, o dziecięcej buzi bileter w mundurku ustawił samowyzwalacz i przytulając się, powtarzał: *Cheese, cheese*.

Cesarski ogród był zdziczały. Wąskie ścieżki prowadziły wzdłuż muzealnych pawilonów. W wiśniowych kredensach przedmioty z epoki ostatnich cesarzy: futerały na paznokcie, wachlarze, misterne pudełka otulono zabytkowymi tkaninami. Przypominały skamieliny opadające na dno czasu wyłożonego cielistym jedwabiem. Klara zatrzymała się przy strojach dam cesarzowej Cixi. Zaciekawił ją opis hierarchii dworu. Zdobione paciorkami suknie w feniksy należały do „wewnętrznych dam", skromniejsze, bez bogatych ozdób do „zewnętrznych".

Ciekawe, do którego kręgu zaliczyłby mnie Minotaur – wspominanie go bez żalu, ze złośliwością, sprawiało jej satysfakcję. – Miejsce żony zajęte, na młodziutką konkubinę już się nie nadaję. Chyba by mnie ulokował między damami zewnętrznymi, w gorszych sukienkach. Najważniejsze to przykleić odpowiednią plakietkę, od razu zna się swoje miejsce.

W kasie przy wyjściu zobaczyła przewodniki po Letnim Pałacu i angielskie broszurki o dworze cesarskim. Mogła sobie na nie pozwolić, w Szangu, nie wychodząc prawie ze szpitala, zaoszczędziła trochę pieniędzy. Czekała, aż bileter obsłuży szkolną wycieczkę, przyglądała się pocztówkom i książkom. Niewidoczne dla ustawionych przy okienku, w szufladzie, suszyło się jej polaroidowe zdjęcie: ucięta kadrem głowa, korpus w białej bluzce prześwitującej pod światło. Bileter przyklejony pod ramieniem był trzecią piersią z wywalonym obleśnie jęzorem zamiast sutka.

2003

Minutnik w kształcie jajka odmierzał czas pacjentki. Jej gołe stopy przykrywała bibułka jednorazowego prześcieradła. Srebrne igły ze złotymi nasadkami chwiały się na pomarszczonym brzuchu kobiety. Po niej Klara miała jeszcze do wieczora dziesięciu pacjentów.

Wbijanie igieł było podobne do rzucania lotkami. Środek tarczy to choroba. Klarze najczęściej udawało się w nią trafić. Przyjmowała codziennie, półgodzinne seanse po osiemdziesiąt złotych od dwunastej do dwudziestej z przerwą obiadową. Gabinet urządził Jacek, podobnie jak wspólne mieszkanie w apartamentowcu, kupione po ślubie. Dzięki ruchomym ścianom było podzielone bardziej na strefy niż pokoje. Jego pracownię, japońską sypialnię i kolonialny salon, gdzie gromadzili zwiezione z podróży bibeloty. Klara w pracy potrzebowała czegoś funkcjonalnego. Poczekalnia i pokój zabiegowy były zaprojektowane minimalistycznie; przestrzeń, lekkość, proste, drewniane meble, zawsze świeże kwiaty i chińskie wazy.

Siedząc przy leżance i mierząc puls pacjenta, w oczekiwaniu na dzwonek zegara, wysłuchiwała zwierzeń. Nie musiała czytać gazet ani oglądać telewizji. W swoim własnym gabinecie w centrum Warszawy obserwowała to, co jej matka nazwałaby rowem tektonicznym po wstrząsie społecznym. Słynny rów we wschodniej Afryce pokazywał przekrój ziemi sprzed milionów lat ze zmiażdżonymi szczątkami humanoidów. Nadwiślański obnażał ludzkie gruzowisko. Podobnie było w Chinach, tam też po ustrojowej obsuwie wypłynęła magma brutalności. Prymitywny, gburowaty brak form, przy którym zachodnia grzeczność wydaje się obłudą, a skromność skrywanym perfidnie poczuciem wyższości.

Klara wyczulona na mowę ciała pacjentów widziała różnicę między przychodzącymi do niej obcokrajowcami i Polakami. Holendrzy, Francuzi podawali rękę na powitanie. Dla Polaków dłoń lekarza była nietykalna. Należała do wyższej kasty albo do pariasa grzebiącego w nieczystościach i trupach. Ludzie Zachodu zachowywali się naturalnie, poruszając płynnie po orbicie przeznaczonej dla pacjenta. Polacy ugrzecznieni albo przesadnie energiczni byli w swoich ruchach nieharmonijni. Wybici przez historię z toru normalności, zajmowali wskazane miejsce w życiu naprowadzeni wrzaskiem rodziców, nauczycieli, małżonków. Zawodowych pouczaczy perorujących z telewizji.

– Pani doktor, ja już nie wytrzymuję w tym kraju – Klara słyszała równie często, co narzekania na urojone bóle nerwicy w głowie i sercu.

Chiny były dla niej Polską w powiększeniu. Musiała tam jeździć na szkolenia. Gdy zdobyła najważniejsze dyplomy i wiedzę docenianą przez chińskich profesorów, ograniczyła wyjazdy do corocznego kursu w pekińskim szpitalu uniwerysteckim. Zabierała ze sobą lekarzy uczących się u niej akupunktury. Profesor Kawecki nie prowadził już wykładów. Był na emeryturze i chorował. Podczas jednego z jej wyjazdów umarł.

Gdy go odwiedziła ostatni raz, było upalne lato. Profesor siedział w oplecionej różami altance swojej wiejskiej działki. Popijał cierpką herbatę według własnego przepisu i żuł aromatyczne goździki.

– Po tych wertepach nie dojedzie żadne pogotowie – denerwowała się Klara. – Trzy domy na krzyż w głębi lasu.

– Dojedzie, dojedzie, moja kochana, ale nie zdąży. Moja energia się wyczerpuje, po co to przedłużać maszynami – mówił z wysiłkiem. – Na cholerę siedzieć w betonie, w mieście. Tu przynajmniej widzę, jak pięknie rośnie moja trumna, zobacz no te sosny.

Nie przerywała mu. Miał rację, ona tylko bezradne, troskliwe banały.

– Mówię ci, Klara – łapał rozrzedzone ciepłem powietrze. – Bóg bierze palnik słońca i podgrzewa szalkę z bakteriami. Najsłabsze – starcy i dzieci zdechną. To będzie znowu mordercze lato – opuchlizna przeszkadzała mu w uchwyceniu filiżanki.

– Przecież pan nie wierzy w żadnego boga, panie profesorze – wolała zmienić temat.

Zniszczone zawałami serce nieregularnie ćwiczyło bezruch, Kawecki łapał oddech.

– Nie wierzę, a co – próbował być dziarski. – Ale się trochę boję... – przymknął oczy, przełykając herbatę. – On tak pędzi na spotkanie ze mną, że się zderzymy i będzie po mnie – zarechotał zadowolony. – Katastrofa.

– Nawet z Boga pan żartuje – poprawiła mu poduszkę wsuniętą między plecy i drzewo.

– Nie żartuję, wzięliśmy ślub kościelny. W tamtą sobotę Wicia wsadziła mnie w taksówkę i pojechaliśmy do kościoła, coś tam pozałatwiała wcześniej, ja podpisałem i proszę. Chodź do nas! – zawołał żonę ciągnącą leśną alejką wózek z zakupami. – Dla Wici to ważne, uczyła się u nazaretanek.

Klara poszła za nią do kuchni. Pomagała profesorowej kroić wiejski bochen chleba na kolację urządzaną w altanie. Jeszcze ciepły, brudzący od spodu mąką, zostawiał biały, rozgrzany pył jak wąwozy latem w Kazimierzu. Miasteczko przyprószone wapienną mąką, z porannym zapachem piekarń. Klara uciekała myślami od śmiertelnej oczywistości. Nie umiała oszukiwać siebie ani pocieszać innych. Milczała, siekając nożem podsuwane ogórki i pomidory. Żona profesora miała siwe włosy tak mocno ściśnięte w kok, że jej zmarszczki na twarzy sprawiały wrażenie zaczesanych do tyłu.

– Jacek przyjedzie? – podała Klarze butelkę żubrówki.

– Nie mógł, klient go trzyma pod Krakowem, będzie za tydzień – podcięła nożem zakrętkę.

– Szkoda, pożegnaliby się, Tadzio go bardzo lubi.

Profesorowa rozlała żubrówkę do trzech kieliszków.

– Raczej nie powinien... – powiedziała cicho Klara.

– Oczywiście, ale zażyczył sobie z sokiem malinowym. Oj, dziecko, po co te ceregiele. I on, i my wiemy. Trzeba się cieszyć, że jeszcze jest – piła z butelki długimi łykami. – Mówił ci o ślubie? – Wyciągnęła zębami firmową trawkę pływającą w wódce.

– Tak. – Klara była zaszokowana przemianą dystyngowanej profesorowej.

Nie wiedziała, czego się spodziewać, ataku histerii?

– Nie jest w tym najważniejszy ślub, bardziej sakrament chorych przy okazji, rozumiesz, ostatnie namaszczenie. A naprawdę, coś innego. – Kurze łapki przy jej jasnych oczach zbiegły się w jedną uśmiechniętą zmarszczkę.

– Tak? – Klara sądziła, że profesorowa chce jej przekazać swój sekret.

– Ile lat jesteście małżeństwem?

– Dziewięć.

– Będziecie tyle co my, pięćdziesiąt dwa, zrozumiesz – spojrzała przez otwarte okno. – Tadziu! Ty się nie ruszaj, tobie to szkodzi!

W Galerii Mokotów wystawiono olbrzymi telewizor plazmowy. Rozdzielczość tego, co nadawano ze stacji telewizyjnych, nie dorównywała jeszcze temu, co można było w nim zobaczyć. Dlatego puszczano na okrągło ten sam film z wideo, rejs po Wenecji.

– Gdyby Canaletto zobaczył, dostałby psychozy – Jacek wpatrywał się w ekran.

– Chodźmy – Klara pociągnęła go w stronę schodów.

– Jakbym był dzieckiem i pierwszy raz zobaczył kolorowy telewizor marki Beryl. – Szedł z nią, ale nadal się odwracał urzeczony widokiem. – Kupię.

– Zwariowałeś.

– Stać mnie.

– Wątpię – nie szło mu ostatnio w interesach.

– Sprzedam firmę.

– Na telewizor? – przystanęła.

– Dobrze mieć przed sobą chociaż ładną perspektywę, i to za jedyne szesnaście tysięcy, z dobrą rozdzielczością.

Jacek wygłupiał się, ale Klara wyczuwała desperację. Firma była dla niego gwarancją wolności, nie wspominał o sprzedaży czy wejściu w spółkę.

– Coś się stało? – po powrocie z Chin odsypiała różnicę czasu. Była wykończona upałem, zajmowaniem się studentami.

Dwa dni spała, budziła się na jedzenie. Kochała się z Jackiem przez sen, kiedy kładł się przy niej, odkrywał prześcieradło i po wpatrywaniu w jej nagość potrącał twardym członkiem. Pierwszy raz wyszli z domu dzisiaj, na zakupy.

– Właściwie nic, oprócz pogrzebu profesora. Nie wybierzesz się na cmentarz? – nie mógł zrozumieć, dlaczego Klara to odwleka.

– Pojutrze.

– To zależy od wpływów księżyca, promieniowania

gwiazd? Słyszałem o feng shui grobów, kierunek pomnika ma podobno wpływ na dobrobyt rodziny, byłaś jak jego córka, o to chodzi?

– Przestań, nie wierzył w przesądy.

Po śmierci matki przerażały ją świeże groby. Ziemia z dołu, spod trumny usypana w miękki kopiec. Na to wieńce i wiązanki. Gnijący ogród nad trupem.

Odczekała jeszcze kilka dni. Zapowiadano koniec upałów. Wybrali się razem; Jacek znał drogę wśród olbrzymich, identycznych kwartałów nowego cmentarza. Było duszno, przed burzą. Krążyli monotonnymi alejkami bez drzew. Kiedy wreszcie doszli, ukucnęła przy grobie profesora. Odsunęła kwiaty i szarfy.

Jacek zrobił jej komórką zdjęcie: Szczupła, opalona kobieta w krótkiej lnianej sukience bez rękawów i skórzanych sandałach, z długimi do ramion kasztanowymi włosami. Za nią zamazane kolorowe tło.

Fotografował ją w różnych sytuacjach, najczęściej zwykłych; jedzącą, czytającą książkę, wychodzącą z domu. Lubił na nią patrzeć, łapać moment, który za chwilę przestanie należeć tylko do niej, do jej fotogenicznej twarzy, zgrabnego ciała. Będzie do cyfrowej obróbki w jego rękach i wyobraźni. Tym razem nacisnął zoom, kadrując jej dłonie: obrączkę, błyszczące paznokcie po dyskretnym, francuskim manikiurze, wchodzące pod nie grudki cmentarnej ziemi. Palcem wydłubała w grobie dziurę, otworzyła torebkę.

– Co ty robisz? – Jacek pochylił się do niej.

Podniosła głowę, rozmazała ziemią łzy.

– Nie dam przecież kwiatów.

– Nie musisz. Ten wieniec, o ten – znalazł przywiędłe róże – jest od nas. Wiesz, co powiedziała Kawecka na pogrzebie? Stanęła nad trumną, po księdzu i mowach pochwalnych. Cała się trzęsła, ale powiedziała swoje:

„Wcześniej czy później tak to się kończy" – i zawołała grabarzy.

– Była pijana?

– Skąd, trzymałem ją pod ramię. Silna, twarda kobieta. Wypiliśmy potem.

– Będziesz się śmiał, ale to dla niego, on zrozumie – przeżegnała się, klęcząc. – Wreszcie chłodniej – odwróciła twarz do wiatru.

– Co zrozumie?

– Pamiętasz, kiedy się poznaliśmy, pracowałam na pogotowiu. – Ta historia sprzed dziesięciu lat wróciła do niej, gdy zastanawiała się, ile zawdzięcza Kaweckiemu, kim dla niej był. Nie jako profesor, wymarzony nauczyciel, ale znak.

Tamtej nocy wezwano karetkę Klary do gorączkującego dziecka. Zwykłe mieszkanie w bloku. Niewyspani rodzice krzyczącego z bólu, białowłosego chłopczyka.

– Pani doktor, spał, w dzień nic mu nie było i nagle gorączka, trzyma się za ucho – panikowała matka.

Z pokoju obok rozległo się metaliczne dudnienie i pisk.

– Idź go ucisz – poprosiła męża. – Brat.

– Bratu nic nie jest? – Klarę zaniepokoiło wycie drugiego dziecka zza ściany.

Ojciec wszedł do pokoju chłopców podzielonego zamiast ścianą kratami. Wisiał na nich uczepiony rękami i nogami identyczny, kilkuletni chłopiec.

– Musieliśmy ich rozdzielić, nie dajemy rady, nadaktywni – matka rzeczywiście wyglądała na wycieńczoną.

– Mają ADHD, oba – usprawiedliwiająco powiedział ojciec.

Zamknięty bliźniak skakał na klatkę, potrząsając nią dla większego efektu.

– Jeden drugiemu spać nie dawał, rzucali w siebie, czym się dało, to wstawiliśmy przegrodę, ale człowiek nie upilnuje. Wszystko im zabrałam, to kupą się rzucali przez kraty – opowiadała kobieta, kołysząc na kolanach chorego synka.

– Kałem – poprawił ją zawstydzony mężczyzna.

– Jakim kałem, sraczkę wtedy mieli. I co, pani doktor, groźne to? Zaraźliwe?

Klara obejrzała dokładnie chłopca, zajrzała mu do ucha, świecąc latarką.

– Nic sobie nie wkładali? – zobaczyła coś dziwnego. – Koraliki, plastelinę? – nie dawało się wyciągnąć najprawdopodobniej przyrośnięte do błony bębenkowej.

– Człowiek nie upilnuje, ale chyba nie. Sam powiedz pani doktor – matka szturchnęła kilkulatka.

– Nie – zapłakał.

– Muszę go zabrać. Proszę się nie martwić, nic zakaźnego. Zawieziemy go na laryngologię.

Rano, przed końcem dyżuru dostała od laryngologów prezent. Zawinięte w gazę ziarenko groszku. Wciśnięte głęboko w ucho dziecka od ciepła i wilgoci wypuściło mały kiełek, za który, badając, pociągała pincetą. Klara stała z groszkiem na dłoni. W zapachu środków dezynfekujących, cierpienia przetaczającego się korytarzami pogotowia kiełkujące ziarenko było magiczną kuleczką z innego świata. Dowodem na przetrwanie. Instynktownie podsunęła je w stronę światła, słońca wschodzącego za oknem. Tak zastał ją profesor Kawecki.

– Wykiełkował w uchu dziecka, przedziwne – pokazała mu groszek.

– Niewiarygodne – zachwycił się. – Początkowe trudności, dobry znak.

– Początkowe, panie profesorze?

– W takiej mądrej księdze Chińczyków *I-czing* kiełek jest dobrą wróżbą czegoś nowego. Nie, żebym nalegał, ale przypominam o mojej propozycji.

Klara skończyła opowiadać Jackowi historię o groszku:

– Następnego dnia zdecydowałam się odejść z pogotowia do Kaweckiego. Czy ty mnie w ogóle słuchasz?!

Wiał coraz silniejszy wiatr, sypał kurzem w oczy.

– Miałam ten groszek, na pamiątkę.

– Wsadziłaś go? – Jacek rozłożył nad nimi płócienną marynarkę.

Pierwsze, ciężkie krople zatamował wiatr. Skręcał się w małe trąby powietrzne. Kwiaty, brokatowe szarfy i doniczki przelatywały między grobami odbijane gwałtownym podmuchem. Klara z Jackiem podbiegli do meleksu posuwającego się powoli główną aleją. Jazda samochodzikiem zarzucanym wiatrem sprawiała wrażenie wycieczki po upiornym wesołym miasteczku. Cmentarz lewitował metr nad ziemią kolorowymi śmieciami.

– Tajfun – krzyknął do nich kierowca. – Klimat się zmienia!

– Tfu! – siedzący z łopatą w kącie meleksu grabarz wypluł szarpanego wiatrem papierosa. – Niedugo wszyscy sie bedziemy chować pod ziemiom – stwierdził z satysfakcją.

W domu Klara myła w wannie zapiaszczone włosy. Spłukiwała pianę, zanurzając się pod wodę. Zastanawiała się, czy łatwo się utopić albo dlaczego samobójcy z foliową torebką na głowie nie zrywają jej w ostatniej chwili, gdy włącza się automatyczny pilot instynktu?

Samobójstwo to gwałtowna śmierć, ale dla tych, co zostają – pomyślała. – Przecież samobójca umiera powoli, miesiącami planując finał. Rzadko zdarzają się samobójstwa tak gwałtowne, impulsywne, że nieprzewidziane nawet przez tego, kto je popełni. Ktoś niemający nigdy samobójczych ciągot nie wiadomo czemu strzela do siebie albo skacze przez okno. Ledwie się pożegnał po udanej kolacji, śmiał się, wybierał na weekend i nagle koniec, bez powodu i symptomów. Może to jest zawał mózgu, skoro jest zawał serca? – Klara przecięła dłonią pianę. – Dlaczego ja o tym myślę? Przez cmentarz? Profesor umarł po dobrym życiu – znowu zanurzyła głowę, zmywając szampon. – To przez Jacka.

Najpierw udawał wesołość, teraz normalność. A ona słyszała smutek. Wyczuwała go z daleka, w podróży. Docierał do niej spod jego słów, z głębi nastroju jak podwodne skargi wielorybów. Melancholijne głosy niesione tysiące kilometrów w oceanach. Podobno psy też słyszą infradźwięki, te najniższe i najwolniejsze, ocierające się o bezruch śmierci. Dlatego wyją, ostrzegając przed nią domowników, przed jej krokami, schodzącymi coraz niżej.

– Mogę? – Jacek wszedł do łazienki.

Sikał, siedząc, nie lubił stać i wąchać swojego moczu.

– Idziesz spać? – sięgnęła po suszarkę.

Wyglądał na zmęczonego, zaczerwienione oczy, zapadnięte policzki.

– Jeszcze pooglądam, i tak się budzę w nocy, wolę się teraz pomęczyć.

Dotknęła szyi Jacka, pogłaskała punkt rozluźniający napięcie. Po jego nakłuciu wiotczeją mięśnie, myśli kleją się sennie jedna do drugiej.

– Trzy igły i śpisz – zaproponowała.

– Nie – odsunął się. – Nie działa, ostatnim razem nic mi nie pomogło.

– Niemożliwe.

– Nie chcę.

Unikał jej spojrzenia, dotyku. Na fotelu przed telewizorem mimo upału zawinął się kocem w ochronny kokon.

Skończył się jego ulubiony western, zaczął program

z politykami. Ich wyuczone na kursie samoprezentacji kabotyńskie rozkładanie i składanie rąk. Przesadne gesty zamieniające rozmowę w audycję dla głuchoniemych – głusi na wszystko politycy i niema reszta oddzielona ekranem. Prowadząca spotkanie sławna dziennikarka miała w ustach grymas burdelmamy, co niejedno już widziała, więc nie spodziewa się po gościach ludzkich odruchów. Róbcie swoje i wychodźcie, panowie, dobranoc.

– O czym oni mówią? – Klara w podkoszulku stanęła za Jackiem. – Tego się nie da słuchać – podeszła do półki z książkami poszukać *I-czing*.

– Słuchać? Nie ma czego słuchać, to żenujące odgłosy naszej demokracji – zmienił program.

Wichura, uderzając w okna, przesunęła talerz anteny. Zobaczył na ekranie nieznane dzieło Warhola. Kobieta zapowiadająca pogodę powielana przeskokami obrazu. Być może geniusz Warhola polegał na pokazaniu zakłóceń w odbiorze. Przeszkód w ludzkiej komunikacji. Dlatego jego portret Marilyn Monroe, przypominający jąkanie oczami, zawiera głęboko humanistyczne przesłanie?

– Co ty oglądasz? – Klara wzięła drugiego pilota i przełączyła na kablówkę, gdzie toczyła się tradycyjna fabuła obrazów.

Pocałowała Jacka w nieogolony policzek. Nie musiał oddawać pocałunku, wystarczyłby minimalny ruch głową, że poczuł i przyjął go przez skórę, w krew.

– Nie siedź długo – poprosiła.

– Aha.

Położyła się do łóżka z książką. Białe ściany sypialni, pomalowane na biało deski podłogi i mleczne zasłony z surowego jedwabiu były panoramicznym ekranem do wyświetlania snów.

Klara chciała znaleźć w *I-czing* – *Księdze przemian* fragment o kiełkującym ziarnie. Czytanie chińskich przepowiedni zachwalanych przez Kaweckiego wydawało się jej stosowniejsze od modlitwy za jego duszę. Nie mogła się jednak skupić. Do każdego zdania przymierzała swoje małżeństwo. „Gdy męskie spotka żeńskie, następują «Początkowe trudności», czego obrazem jest kiełkujące ziarno" – nasze spotkanie było jedną, wielką trudnością – zgodziła się Klara. – „Trudności przemieniają się w czwartą przepowiednię «Młodzieńcza głupota»" – zaznaczyła palcem.

Dla kogoś z boku wiedli młodzieńcze życie bez zobowiązań. W pracy nie musieli słuchać szefów, nie dali się też zakuć w dyby kredytów. Póki spełniali swoje marzenia – podróże, urządzenie własnego domu, nie musieli się zastanawiać nad sensem tego, co robią. Mieli szczęście, ci z mniejszym zatrzymują się na marzeniach przed trzydziestką. Nie mogąc ich spełnić, wmawiają sobie, że szczęście nie polega na tym, czego nie osiągnęli, ale na tym, czego nie stracili; praca, rodzina, zdrowie. A mogliby stracić, gdyby szarpnęli się na to, czego chcieli jeszcze w połowie trzydziestki. Dociągając do czterdziestki, przestają marzyć i uznają to za sens życia. Po czym piją, żeby odważyć się na ćwiartkę, chociaż setkę marzenia, albo wpadają w depresję, żeby nie robić już nic. Zanim się wykończą, zazwyczaj zdążą przerzucić swoje nałogi, pokręcenie i beznadzieję na dzieci.

Klara i Jacek nie planowali dziecka, przynajmniej z początku. Od paru lat zostawili to przypadkowi, nie używając żadnych zabezpieczeń. Klara nie rozumiała heroizmu par decydujących się na sztuczne zapłodnienie. Zatruwanie się hormonami i mękę nieudanych prób. Zmieniając sobie podpaski, nie widziała w nich poronionej płodności, groźby jej utraty razem z menopauzą. Sprawdzała, czy razem z krwią wypływają skrzepy i ciało się prawidłowo oczyszcza.

Nie miała instynktu macierzyńskiego, wiedziała, że to się zdarza. Mija, gdy w piersiach płynie mleko, a w organizmie oksytocyna, hormon miłości.

Nie znała zadowolonych matek, wszystkie narzekały na ojców dziecka, dziecko albo siebie. Jeśli były szczęśliwe, to właśnie tym zwierzęco hormonalnym szczęściem odbierajacym rozsądek. Ale gdyby zapytać o prawdziwe zadowolenie i spokój, straciły je. Joanna, jej najlepsza przyjaciółka, po urodzeniu dwójki dzieci wpadała z byle powodu w cichy szał. Nie krzyczała, nie rzucała talerzami. Dostawała czerwonych plam i tików nerwowych. Była teraz w ciąży z trzecim...

Klarze chodziło o spokój, kontrolę nad tym, co możliwe. Dziecko było zupełną niewiadomą. Jacek... łatwiej zniosłaby kłótnie niż jego uniki. Od dwóch lat wpadał w chandrę, od pół roku miał zjazd nastroju. Pomagała mu akupunkturą. Cierpliwie się zgadzał, chociaż nienawidził kłucia. Igły codziennie niby śrubokręty dokręcały mu poluzowane części w harmonijną całość. Udało się podnieść kąciki ust, pojawił się nikły uśmiech. Wystarczył miesięczny wyjazd Klary do Chin i po powrocie zastała go w jeszcze gorszym stanie.

Zajrzała znowu w *Księgę przemian*, po „Młodzieńczej głupocie" była piąta przepowiednia „Czekanie".

– Co mi innego zostało? – odłożyła książkę.

Leżała w ciemnościach. Popłynęła jej łza, wzdłuż skroni na poduszkę, ze zmęczenia czytaniem, z żalu. Telewizor zgasł, za przymkniętym oknem szumiały topole, przeczesując miejski hałas.

– Śpisz? – Jacek położył się koło niej.

– Nie.

– Wiórka – powiedział smutno. Zamiast „kochanie" mówił do niej „Wiórka", skracając wiewiórka. Była prawie ruda i chrupała twarde herbatniki, kruszyła nimi po

67

domu, zostawiając w najdziwniejszych miejscach zapasy połamanych ciastek. Przyzwyczaiła się do nich, rzucając palenie przed dyplomem. Ich chrupanie uspokajało ją i zatykało głód. Przydawały się w szpitalu – dla dzieci były słodyczami, dla staruszków pocieszeniem serdeczności. Mogła nimi częstować bez względu na schorzenie.

– Wiórka – powtórzył bezradnie.

Pogładziła go po twarzy, po szorstkim podbródku. Przyłożył sobie jej dłoń do ust, pomyślała, że przeprasza. Położyli się na boku, obejmowali gwałtownie, przedzierając do siebie przez zaporę ciała. Nie było w tym namiętności. Zwykłe pragnienie zaspokajane małżeńską rutyną. Jacek nie miał w sobie zła. Był przez to pozbawiony skali, jaką dawał seks z Minotaurem. Poniżającym Klarę i wynoszącym ponad przeciętną rozkosz dawaną przez sprawnych, przewidywalnych kochanków.

Po spazmie wspólnego, bezgłośnego orgazmu Jacek wtulił się w nią. Nie mógł zasnąć. O czwartej zadzwonił telefon, przyłożył go jej do ucha. Nie poruszyła się.

– Klara – wziął ją za bezwładne ramię. – Joanna rodzi.

– Co? W taki wiatr? – nie mogła się wybudzić. – Zaraz, zaraz – obiecała jej przecież znieczulenie.

– Zawiozę cię – Jacek sięgnął po spodnie.

– Bez sensu, ty śpij. Ma już skurcze, mogę nie zdążyć. Powiedz mi tylko, gdzie stanąć.

– Co za problem, plakietka jest w schowku przy kierownicy, wjedź na parking dla personelu, który to szpital?

– Prywatna klinika, ta co zawsze – Klara narzuciła sukienkę, sweter. – Tam nigdy nie ma miejsca, kurcze.

– Dostali abonament?

– Zazdrościsz?

– Dobrze ci było?

– Jak zawsze, abonament – pocałowała go w dłoń natartą jej zapachem.

Jacek się jeszcze uśmiechał. Chciałaby, żeby ten uśmiech odwlekł zakrzepnięcie jego twarzy w codzienną obojętność.

– Zapomniałaś – podał skórzaną torbę po Kaweckim.

– Przecież to szpital – wzięła wąską torebkę z chińskim pudełkiem jednorazowych igieł.

Przed porodówką Marek w krawacie i zielonym kitlu na garniturze pił kawę, obgryzając jednorazowy kubek. Zaciskał zęby, zostawiając ich ślady w mlecznym styropianie.

– O której się zaczęło? – Klara w pośpiechu zakrywała ochraniaczami buty.

– Dawno – znowu zagryzł kubek. – Coś się zacięło, nie rozszerza.

Zawsze zadziwiał ją umiejętnością sprowadzenia do technicznych opisów tego, co widział i czuł. Uważała, że minął się z powołaniem, powinien pójść na politechnikę, a nie kończyć historię. Po dyplomie nie pracował nigdy w swoim zawodzie. Załapał się do prawicowej gazety, która okazała się wylęgarnią politycznych talentów. I posad, gdy jego kolesie zajęli państwowe stanowiska.

Przy rodzącej była tylko położna. Siedziała na stołeczku między jej rozłożonymi nogami. Pięćdziesięcioletnia kobieta, do tego stopnia schludna, że wyprana z kolorów.

– Nareszcie, chodź, chodź do mnie – Joanna podparła się łokciem, wychylając zza ogromnego brzucha. – To moja najlepsza przyjaciółka, Klara, mówiłam pani.

Joanna uczesana w kitkę i z udającymi piegi plamami ciążowymi mogła być podlotkiem. Spoconym od gry w plażową piłkę ukrytą pod za krótką sukienką. – Zrób coś, bo zwariuję – poprosiła.

69

– Nie trzeba się denerwować – położna nadal zajmowała się kroczem Joanny. – Poczekamy, urodzimy.

– Dostałam speeda i nic – podniosła rękę z przyklejoną kroplówką.

– To znaczy? – Klara przyglądała się rulonom wykresów mierzących pracę serca.

– Nie ma dobrego rozwarcia, masuję szyjkę macicy, musi pomóc – położna obracała palcami głęboko w pochwie Joanny.

– Pani Ania masuje od dwóch godzin, w żadnym innym szpitalu by mi tego nie zrobili – chwyciła za maskę inhalatora.

Wszechmogąca Joanna, kierowniczka Kosmosu, poklepująca z tym samym entuzjazmem taksówkarzy, co dyrektorów, by spełniali jej życzenia, leżała pokonana. Z bosymi nogami w metalowych strzemionach ginekologicznych wpadła w starannie wypolerowane sidła na kobiety. Poród trwa krócej lub dłużej z komplikacjami, potrzask rodzinny zostanie wiele lat. Na razie miała znieczulenie – ssała gaz rozweselający.

– Przy Michasiu tak nie było, rodziłam godzinę. Przy trzecim powinno być łatwiej. Sprawdź, może coś nie tak – szepnęła.

– Zaraz wrócę – Klara wybierała się do lekarza.

– Nie, nie, najpierw znieczulenie – zaprotestowała spod maski Joanna.

– Muszę coś uzgodnić – uspokoiła ją.

Wróciła szybko z dyżurki. Wacikami ze spirytusem wytarła Joannie spoconą skórę na szyi.

– Da się wytrzymać? Bardzo boli? – spytała współczująco, szykując igły.

– Kurwa, kurwa, kurwa – powtarzała szeptem, żeby nie urazić położnej z drewnianym krzyżykiem na piersi.

Klara widziała z bliska każde drgnięcie jej twarzy, pot

70

mieszający się ze łzami. Pamiętała ją podobnie skupioną w schronisku, gdy Joanna, studentka pierwszego roku, zjechała sama z gór ze złamaną ręką.

– Klara, to nie najlepszy pomysł w tej sytuacji – Marek wszedł do sali.

– W jakiej? Twojej czy mojej? – jęknęła Joanna.

– Nie wiem, co na to lekarze – stanął między żoną i Klarą.

– Eeech, tu nie takie cuda, i w wodzie się rodzi, i przychodzą magicy z dzwonami, co kto chce – położna nie przerywała masowania. – Akupunktura pomaga, a pani Joasia poleży jeszcze troszeczkę.

– Marek, ja też jestem lekarzem i nie robię nic bez porozumienia z ginekologiem. Wiesz co, może wy się lepiej porozumcie między sobą – Klara odsunęła się od łóżka.

– Pysiu! – Joanna nie miała ochoty dyskutować.

Nabrała powietrza i zaczęła jęczeć, coraz głośniej. Nie miał na to żadnych argumentów.

– A róbcie, co chcecie – zrezygnował ze źle ukrywaną ulgą. – Jestem obok, jakby co, dzwońcie – przy drzwiach zrywał z siebie zielony fartuch, wyplątywał się z rękawów i tasiemek.

Między kobietami panowała harmonia współpracy. Pulchna położna precyzyjnie i delikatnie uciskała najintymniejsze zakątki obnażonej Joanny. Klara podkręcała igły na rozgrzanym od wysiłku ciele przyjaciółki. Nie przyjmowała nigdy porodu, jego przebieg pamiętała z praktyk. Został jej w pamięci akapit o czekaniu na poszerzenie kanału rodnego, rozstępowaniu się kości miednicy. Rozsuwał się kościotrup, szkielet śmierci. Ustępował przed napierającym, miękkim życiem.

– Jezu, lepiej, prawie nie czuję – westchnęła Joanna. – Mój syneczek też się nacierpi – pogłaskała pępek korkujący naprężony brzuch.

– Nie boli? To i ja będę mogła mocniej – położna przysunęła sobie krzesło.

– Marek zawsze tak... przeżywa?

– Klara, sorry za niego. Nie spał, młyn w pracy, a ja miałam rodzić za dwa tygodnie. Wszystko się pokręciło, ale on też przesadza. Wiesz, gdzie poszedł? Do kościoła obok, chodzi codziennie na mszę i ma swojego przewodnika albo spowiednika. On mu nagadał, że akupunktura to zabobon. Ja bym duszę oddała, żeby nie czuć, ale facet nie zrozumie. Pani Aniu, ile jeszcze? – zawołała.

– Od razu się rozluźniło. Czekamy, cierpliwości – położna zajęła je opowieściami o skomplikowanych przypadkach. O swojej praktyce w Stanach, gdzie nauczyła się indiańskiej akuszerki i haitańskich masaży porodowych. – Trzeba się odprężyć, zrelaksować i nie walczyć z bólem, pani Joasiu – bujała się na taborecie. – Pierwsza faza porodu jest bierna, można tylko czekać, aż ciało się otworzy. Jest pani rośliną, czeka i trwa, poddaje się temu, co konieczne. Druga faza – zmieniła spracowaną rękę – to zwierzęcy wysiłek, trzeba przeć z siłą niedźwiedzicy, kobieta jak puma musi walczyć o swoje dziecko. Po roślinie i zwierzynie kolej na malutkiego człowieka, dzidziusia.

U Joanny reszta etapów minęła błyskawicznie. Różowy chłopczyk wyślizgnął się na kolana lekarza. Na czole miał plamkę, znamię otarcia o kanał rodny, pamiątkę po szkielecie Joanny. Marek, zanim przeciął pępowinę, liczył paluszki zaciśniętej łapki.

– Jeden, dwa, trzy, sześć. Nie, Joasiu: jeden, trzy – mylił się ze wzruszenia.

– A co tu liczyć, przecież widać, że pięć – położna oddała rozkrzyczane maleństwo matce.

Grudniowa Warszawa – od dołu śniegowa chlapa, od góry wilgotne, zimowe ciemności. Przez ten błotny tunel przeciskają się ludzie ze świątecznymi błyskotkami. Ciągną bezwonne choinki. Kiedyś pachniały lasem, wiele lat temu, w dzieciństwie. Dzieci pachną, dorośli śmierdzą. Są brani za kark i wsadza się im głowy w rzeczywistość, jak szczeniakom w odchody. Tym sposobem ludzie i psy uczą się, czego unikać.

Jacek miał wstręt do życia, klasyczną depresję. Zaszył się w mieszkaniu, najchętniej nie wychodziłby ze swojego pokoju. Jesienią padła jego firma „Ergo – inteligentne domy". Parterowe, samowystarczalne domki z drewna, stali i przetwarzanego w nowej technologii papieru o termice lepszej od supercegieł.

– Po co komu inteligentne domy w tym kraju, panie! – przekonywali go zwalniani robotnicy, gdy dawał im papiery do pośredniaka. – My znajdziemy robotę w try miga, ale klienta na te swoje domy pan nie znajdziesz. Normalni ludzie nie chcą mieszkać w puszkach, jak pogorzelcy w kontenerach.

Biorąc się za produkcję „Ergo" Jacek uważał inaczej – to idealne domy dla Polaków: łatwe do złożenia i transportu, z bateriami słonecznymi, a przede wszystkim trwałe i niedrogie. W naszym klimacie wytrzymają pół wieku, w tropikach krócej. Po przeróbce można je podłączać do termicznego ogrzewania z ziemi.

Nie zamierzał zostać społecznikiem, ale nie sprzedając nic od pół roku, przestał czuć się biznesmenem. Oddał więc zalegające mu na składzie, niedrogie konstrukcje inteligentnych domów ofiarom tsunami w Indonezji. Nie był całkiem bezinteresowny, chciał się ich szybko pozbyć i zrezygnować z kosztownych magazynów.

W polowych warunkach, bez montowania prądu i hydrauliki dałoby się z „Ergo" skręcić przyzwoity barak.

Przez Polskę, zwłaszcza przez polską wieś, też przechodziła fala tsunami – alkoholowego. Poszkodowani woleli jednak mieszkać w swoich zrujnowanych chatach. Przezorniejsi, na przykład górale, budowali wielopokoleniowe schrony.

– Zobacz – Jacek odrywał ręce od kierownicy, pokazując Klarze mijane, piętrowe domy między górami. – Same kamienice bez tynku.

– Nie stać ich.

– Akurat, obrzucenie chałupy to drobiazg, wiesz, ile wybulili na fundamenty? Twierdze sobie budują, wsiowy gotyk, od razu straszy. A te chude, betonowe kolumienki? Widzisz? Kto to wymyślił! Miały być dworkowe kolumny, a co to jest, rury kanalizacyjne wywaliło przy drzwiach?

Jechali przez Cieszyn do Austrii na narty, od lat mieli swój ulubiony pensjonat w Pelsen.

– Prześpijmy się, nie wyrobię – za Bielskiem Jacek skręcił na Szczyrk.

– Ja poprowadzę.

– Muszę odpocząć, położyć się.

Po drodze milczał, zbywał Klarę, gdy próbowała go wciągnąć w rozmowę. Denerwowało go radio, im dalej od Warszawy, tym mniej stacji ze znośną muzyką. Audycje były czopkami wpuszczanymi do uszu. Rozpuszczały się, oblepiając mózg gównianym lukrem świątecznych życzeń i pogadanek.

– „Trójka – radość słuchania!", zabijania chyba – wyłączał radio, żeby po kwadransie znowu szukać czegoś dla siebie.

Klarze było obojętne, czego słuchają, o czym milczą.

Cieszyła się, że nastroje Jacka niedługo miną. Tydzień temu, przy wigilijnym stole po dzieleniu się opłatkiem wyjął z marynarki prozac i połknął pierwszą tabletkę, popijając barszczem.

– Mój prezent dla ciebie – pocałował ją. – Zrobiłem, jak chciałaś.

Coraz częściej zamykał się w pokoju, nie odzywał, denerwował o głupstwa. Załamania nastroju szybko przechodziły. Jesienią, po upadku firmy, napady smutku przeszły w jednostajne przygnębienie. Nie zgodził się pogadać z Pawłem, znajomym psychiatrą, a tym bardziej pójść do kogoś obcego. Klara, wypisując mu opakowania tabletek antydepresyjnych, zatwierdzała swój akt kapitulacji podpisem i pieczątką. Poddała się, Jacek nie słuchał jej porad, nie dał się nakłuć. Była też przegrywającą żoną. Odzywał się do niej ze złości, jakby z odrętwienia mogła go wyrwać tylko wściekłość; na ludzi, drobiazgi, na nią.

W czterogwiazdkowym hotelu dostali pokój z tarasem. Za oknem padał śnieg, od sąsiadów było słychać miłosne pojękiwania.

– Tandeta – Jacek uderzył w ścianę. – Płyta gipsowa – sprawdzał mur od strony korytarza, gdzie grano w ping-ponga i bilard. – Tutaj zgodne z normą, wytłumili.

Jęki kochającej się pary przycichły i zaraz się wspięły na utraconą wysokość. Klara, nie zdejmując kurtki, stanęła przy oknie. Spadające płatki przyspieszane podmuchami wiatru były dubbingowane męskimi ochami i kobiecymi achami.

– Zmienić pokój? – podeszła do telefonu.

– Jak chcesz – wyjął z torby rękawice. – Będziesz mnie widzieć – pokazał na stok narciarski.

– Nie odpoczniesz, nie napijesz się herbaty? – Była zaszokowana jego przemianą. – Mówiłeś, że... – Nawet ona, w dobrej kondycji, była zmęczona drogą.

– I co z tego? Mam ochotę pojeździć.

- Głupieję przy tobie.
- Znam swoje siły. Dalej nie pojadę.
- Co? Zostajemy tutaj?
- Nie wiem. Przeliczyłem się, nie powinienem wyjeżdżać.
- Odpocznij.
- Dziwnie się czuję. Może się rozruszam – wyszedł.

Gdyby Klara została w pokoju, musiałaby wysłuchiwać wulgarnego orgazmu sąsiadów. Zdjęła kurtkę i poszła zwiedzać hotel. Znalazła jedyną, wąską windę zatłoczoną narciarzami w nadmuchanych kombinezonach.

- Niestety, nie mogę zamienić pokoju, mamy czterysta osób, komplet – recepcjonistka dała jej firmowy cukierek.

Klara próbowała go oddać któremuś z dzieciaków biegających między sześcioma piętrami. Ignorowały ją, zajęte przeskakiwaniem schodów. Wymijając rozkrzyczane watahy, stwierdziła, że nie gonią się, ale uciekają z pola widzenia rodziców, jakby to był teren skażony wzrokiem dorosłych. Utuczonych ojców w bezkształtnych polarach i luzackich klapkach ślizgających się po lastrikowych stopniach o złotych poręczach. Matki były bardziej szykowne. Te młodsze od Klary naśladowały Mandarynę. Jej pruszkowski sznyt wyrobnicy erotycznej pokrytej dwukolorem: sztucznej opalenizny i chemicznego blondu.

Po hotelowych korytarzach między narciarzami przechadzały się otulone białymi szlafrokami panie ze świeżo uklepanymi zmarszczkami. Rozgrzane naparami i wymasowane kręciły się przy salach zabiegowych, gdzie można się było poddać odnowie biologicznej kwasem glikolowym, wyżerającym z twarzy pleśń starości. Ze ścian uśmiechały się telewizyjne celebrity przytrzaśnięte ramkami pamiątkowych fotografi. Wyczerpane pokazywaniem się publicznie, publicznie się relaksowały dzięki hotelowemu SPA. Ich umęczone uśmiechy: „My to wszystko dla państwa: pokazujemy się, pocimy, wdychamy i oddycha-my", rozbawiły Klarę. Zapomniała na moment o humo-rach Jacka. Pogubiła się w wahaniach jego nastrojów. Nie była pewna, czy nie są wymierzone przeciwko niej pod pozorem depresji. Przecież on nie oszalał – przekonywa-ła siebie – mówi tak trzeźwo, jakby wcześniej przygoto-wał sobie plan rozwalenia wyjazdu i czego jeszcze? Nas? Na tym polega jego obłęd? Nie marzyła o uniesieniach z pierwszych lat małżeństwa. Wystarczyłby jej rozejm obo-jętności. Przynajmniej teraz, żeby odetchnąć, nie dać się jego nastrojom. Chciałaby od tego odpocząć, zapomnieć.

Zawahała się, czy wybrać masaż gorącymi kamienia-mi. Nie znosiła klasycznych masaży, obmacywania przez obcych. Co innego przykładanie kamieni, to dotyk w ka-miennych rękawiczkach.

– Można? – zdecydowała się.

– Jest pani zapisana? – Młody człowiek w holu SPA miał minę wyczynowca odstawionego na ławkę rezer-wowych kochanków. Naprężone mięśnie rozsadzały mu biały T-shirt, nogi niemieszczące się za biurkiem niecierp-liwie przebierały w miejscu. – Szlafroczek? – rozerwał jed-nym szarpnięciem przezroczystą torebkę i podał jej no-wy. Starał się być bardzo męski, w miarę służalczy, jak seks usługowy.

– Chciałabym zapisać się na masaż kamieniami.

– Tak? – wkładając sobie długopis w szparę między zębami, zamyślił się nad grafikiem zabiegów.

– Razem z mężem.

– E, nieee – masywną, spoconą dłonią przetarł sobie czoło. – To nie u mnie – oklapł. – Kiedy?

Przy recepcji była grota dyskotekowa, pub z gipsowym Murzynem, a w restauracji posąg roześmianego Buddy i reprodukcje abstrakcyjnych obrazów. Klara zjadła kolację w najbardziej luksusowym dla siebie miejscu – na wprost pustej ściany – i wróciła do pokoju. Nie wiedziała; rozpakować bagaże, zostają, jadą? Najgorsze, że nie mogą o tym porozmawiać, czegoś wspólnie uzgodnić. On ma prawa chorego, ona żadnych. W telewizorze nic ciekawego, gazety zostały w samochodzie. Przebrała się w flanelową piżamę z jedwabnymi guzikami i wyłączyła światło. Usiadła przy oknie z lornetką, nastawiła ostrość. Pośród przemykających kombinezonów szukała Jacka. To był ich zwyczaj w Austrii, gdzie jeździli co roku: on zjeżdża, ona go znajduje i dzwoni. Wydawało się jej, że wypatrzyła nieruchomą pomarańczową czapkę. Sięgnęła po telefon. Przeczuwała, co usłyszy. Zniecierpliwione burknięcie zza kagańca grymasu zakrywającego już na stałe dawną twarz. Przedtem czekał, aż go wypatrzy, i machał albo rozwijał szalik z głupawym napisem. Jego wymyślanie i przyszywanie liter zajmowało mu część przygotowań do sezonu narciarskiego.

– Abonent czasowo niedostępny – miał wyłączony telefon.

Odetchnęła. Nigdy dotąd nie była mu wdzięczna za to, że go nie ma i nie potrzebują rozmawiać. Nie zdążyła odłożyć telefonu, gdy zadzwonił. Nie rozpoznała kto, ale na pewno znajomy, pacjentom dawała inny numer.

– Hallo – niski, męski głos z muzyką w tle i brzękiem naczyń.

– Paweł?

– Dojechaliście?

– Zostaliśmy na noc w Szczyrku – Klara patrzyła przez lornetkę. – Chcesz wiedzieć, co z Jackiem? – Paweł doradził prozac. – Szykuje się do zjazdu, widzę go na oświetlonym stoku.

– To nie najgorzej. W końcu wziął?

– Tydzień temu.

– Dajesz mu coś na osłonę? Panxil, relanium? – przepytywał zaniepokojony.

Zanim Klara zdecydowała się na środki antydepresyjne, ostrzegał, że niektórzy nie wytrzymują początkowego obniżenia nastroju, ich stan się jeszcze pogarsza.

– Nie, na razie nie. Dobrze śpi i nie ma lęków. Mówiłeś... sądzisz, że prozac nie działa?

– Dwa pierwsze tygodnie są najgorsze, ale nie ma reguł. Z depresją nigdy nie wiesz, gdzie jesteś. To nie to co u ciebie, pszczółko, wbijasz żądło w chore nerki – mlaskał, coś smakując. – Albo w...

– Jeszcze kiedyś przyjdziesz po prośbie, nikt inny ci nie pomoże – przerwała złośliwości.

– Kto wie, kto wie... wbijesz mi igłę na porost włosów?

Paweł wyłysiał na studiach. Golił się prawie do skóry, więc nie było to aż tak zauważalne.

– Igłę? Zasztyletuję w drzwiach. Masz pojęcie, jak prozac rozwala wątrobę? Język czarniejszy niż po jagodach, nie produkują czegoś lepszego?

– Spróbujmy z prozakiem. Klara, prozac, asentrat, zoloft to nie są leki na wątrobę.

– A na co?

– Na szparę w mózgu. Nikt nie wie.

Bulgotanie i dźwięk sztućców.

– Jacek jest od wczoraj silniejszy. Ja padłam, on zjeżdża – miała nadzieję, że zauważy w tym postęp.

– Nie przeholujcie, będzie osłabiony, chyba że...

– Co?

– To jest efekt placebo, a nie depresja.

– Żeby – nie wierzyła, Jacek miał podręcznikowe objawy. – Gdzie jesteś, w restauracji?

– Coś ty, w Warszawie nie ma restauracji, sam gotuję, rosół z trzech mięs, żałuj... Czemu nie jeździsz?

– Skasowane kolano.

– Pierwsze słyszę.

– Bo rzadko się słyszymy. – Rozmawiali ze sobą przy okazji polecania pacjentów. Obiecywali się zdzwonić i pogadać jak za dawnych czasów. – Trzy lata temu wjechał we mnie pijany gówniarz na desce. Nie ryzykuję, po następnej operacji sztywna noga.

– Że też tobie się trafiło. Klara, muszę wyjść z psem. Dzwoń o każdej porze. Chodź, chodź, ciapucho – rozległo się niemal ludzkie wycie.

– Co jest?

– Powieki mu się wywijają, trzeba będzie ciąć.

– Powieki?

– Taka rasa, owczarek berneński.

– Paweł, po co ci pies z wywiniętymi powiekami? – nie kpiła.

Znała jego dobre serce, przygarniał kalekie koty i pokancerowane psy. Psychiatrię też wybrał ze współczucia, przeczuwając, że człowieczeństwo najbardziej boli.

– Po co mi pies? Z tego samego powodu, co tobie mąż – jego głos otarł się o metaliczne, nieprzyjemne tonacje wyostrzone do odwetu.

Na studiach byli przyjaciółmi z pozoru dobrymi. On jak cień, aseksualny i zawsze przy niej, zachowując odpowiednią odległość. Ich rozmowy były ze skryptu: odtąd, dotąd. Nie przerabiali uczuć, marzeń.

– Nie chciałam cię urazić.

– Wystarczy, że nie chciałaś – mówił o przeszłości.

Przywołał wspomnienie, niby psiaka, którego mogą wspólnie potarmosić.

– W każdym razie byliśmy blisko, patologie się przyciągają – poklepał ujadającego psa.

– Co?

Na nocnej imprezie w akademiku podpita pocałowała

go w usta. Wyjął jej z rąk szklankę, wypił resztę wódki, płucząc sobie nią zęby. I znowu usiadł obojętny, obserwować zabawę, słuchać rozmów. Jego uważne milczenie skłaniało ludzi do monologów. Zachęcani rozumiejącym spojrzeniem zaczynali się zwierzać, jeśli byli całkiem pijani, spowiadać. Zanim Paweł skończył studia, miał na swoim koncie kilka udanych terapii prowadzonych z imprezy na imprezę. Specjalizacja wydawała się więc w jego przypadku naturalna: wystarczyło być, żeby być psychiatrą.

– Obydwoje jesteśmy potworami – stwierdził pojednawczo.

– Myślisz?

– Tylko potwory umieją kochać.

– Taa, zostawiam na śniegu wielkie ślady stóp. Popijasz przy tym gotowaniu, co?

– Zadzwonię, opiekuj się nim.

– Ty sobą też. Bardzo... dziękuję, Paweł – zobaczyła Jacka na parkingu przy samochodzie, zamocował narty i wszedł do hotelu.

Hotelowa winda stanęła na piętrze przy reklamowanych „Termach z gorącą wodą". Jacek wysiadł. O tej porze było już tam pusto. Nie miał kogo zapytać, gdzie jest wejście. Pozamykane drzwi, zaryglowana szatnia. Rozpiął kurtkę i polar. Było duszno, para wodna osiadła na oknie, za którym przebłyskiwały antyczne stiuki i niebieska woda. Ktoś jednak pływał, dochodziły piski i śmiech. Przetarł szybę, zobaczył za nią rzymskiego cesarza. Ze swojego balkoniku rzucał winogronami w kłębiący się pod nim tłum. Na leżakach odpoczywali przebrani w prześcieradła statyści bez charakteryzacji. Popijali wino z pucharów. Jacek nie zauważył nigdzie kamer.

– Tera ja! – cesarz wychylił się, pijąc z butelki.

Zakrztusił się czerwonym winem. Poplamił białe prześcieradła stojących najbliżej balkonu. Mężczyźni wskakiwali nago do basenu. Kobiety razem z nimi, nie pozwalając zedrzeć z siebie bielizny. Towarzystwo, wrzeszcząc, kotłowało się w wodzie. Świta cesarza rzucała w nich owocami. Na błękicie kołysały się jabłka, pomarańcze i coraz więcej obnażonych kobiecych piersi. Jacek nie dostrzegał kolorów, dla niego widok zza szyby był brudny, podniecenie kąpiących męczące. Zawrócił do windy. Głośny śmiech, rozmowy, zwykły apetyt wydawały mu się nieznośną orgią żywotnosci. Nie potrzebował przyglądać się prawdziwej.

W korytarzu na ich piętrze Klara grała sama w bilard.

– Nie śpisz? – Jacek był znowu zmęczony i ociężały.

– Sąsiedzi wrócili, nie chciałam przeszkadzać – pokazała znacząco drzwi obok. – Zostajemy?

Niepokoiła się o Jacka, wyszła sprawdzić, co go zatrzymało. Czekając, ze złością uderzała bile.

– Nie wiem, daj mi spokój.

– Jadłeś kolację?

– Nie, byłem na basenie.

– Może też powinnam? – przypomniała sobie bohaterki ambitnych filmów, kobiety Kieślowskiego nurkujące ze swoimi problemami w błękit.

– Zamknięty, ktoś robi rzymską ucztę; panienki i winogrona.

– Aaa, wieczór dla firm.

– Żartujesz? – weszli do pokoju.

– Możesz sobie zamówić, jest w reklamówce na biurku. „Wieczór hawajski" z ukulele i uczta u Nerona. Neron zarezerwowany dla szefa. Nie chciałbyś?

Jacek położył się na łóżku w ciężkich butach.

– Dno.

– Rozebrać cię? – rozpięła mu flanelową koszulę. Za ścianą startowała kolejna runda miłosna. Bez jęków i krzyków, same szelesty. Rozwijały się rytmicznie w pomruki zadowolenia. Westchnienie finału, krótki znak przestankowy przed nową rozkoszą.

Klara odpięła mu szelki narciarskich spodni. Dotknęła naprężony członek, pocierając go w zaciśniętej dłoni, sprawnie napełniła przyjemnością. Jacek przymknął oczy, szukał jej piersi, zaplątał się palcami w rozpuszczone włosy. Odsunęła się, nie chciała się z nim kochać. Uprawiać archeologię orgazmu i doszukiwać się dawnej bliskości. Wzięła go do ust, miał chemiczny smak leków rozpuszczonych w moczu. Kobieta za ścianą miauczała. Hotelowa kołdra promieniowała w poświacie śniegu i świątecznych neonów.

Klara, przytrzymując członek zębami, sięgnęła po cukierek od recepcjonistki zostawiony na nocnym stoliku. Malinowa landrynka rozpuszczała się, osładzając piekący posmak penisa. Powoli sklejała ślinę z jego pierwszymi kroplami podniecenia. Język toczył cukierek, uciskając napletek. Przestała przesuwać po nim palcami, nie reagował na jej pieszczoty. Nie potrzebował Klary. Skończył przedwcześnie, niemal razem ze skomleniem kobiety zza ściany.

Przyniosła z łazienki mokry ręcznik. Wytarła nim poklejone spermą podbrzusze Jacka. Robiła to tysiące razy. Erotyczna stewardesa po wspólnym odlocie. Ze skurczonym członkiem był chłopięcy. Wzbudzał w Klarze czułość, trochę matczyną. Kiedyś podejrzała Joannę podcierającą synka. Kupiła takie same nawilżające, jednorazowe ściereczki dla niemowląt, „sensitiv z rumiankiem". Wygodne, zawsze pod ręką w sypialni.

Wycierając go sztywnym, hotelowym ręcznikiem, spełniała tym razem bezosobową posługę. Nie przestałam go kochać, nie jestem idiotką. Można nie mieć ochoty – analizowła swój chłód. Nie dopuszczała myśli, że jej miłość aż tak zależy od niego. Jest odpowiedzią na jego starania, a nie impulsem serca, natchnieniem. Dojrzałą decyzją mądrej kobiety. Dziełem sztuki szlifowanym przez dwanaście wspólnych lat, dopieszczanym w szczegółach. Solidnym i realnym jak ich wspólne mieszkanie ze starannie wyszukanymi w galeriach meblami. Porządek w szufladach z pościelą i ręcznikami był też porządkiem relacji między nimi – jasnych, czystych, poukładanych. Jednym spojrzeniem można było ogarnąć ich przeszłość, tak jak szafę na ubrania, gdzie mieli niewiele wieszaków z ciuchami dobrej jakości.

To, co się liczyło w ich małżeństwie, to zaufanie i wzajemne wsparcie: Jacek na początku ich bycia razem pomógł Klarze sfinansować gabinet i utrzymywał dom. Ona, gdy odszedł od wspólników „Polskich Dworków", popierała jego ryzykowne pomysły z „Ergo".

Biorę objawy choroby za uczucia, za ich brak. Jacek jest chory, kilka tygodni i odżyje. Nad czym ja się zastanawiam – neonowe lampki zza okna zmieniały światło na jej twarzy. – OK, jesteśmy w separacji, psychicznej, ale to nie jego wina. Ani moja. Nie, nie czuję się winna, czuję się smutna – pomogła mu zrzucić ubranie. Zasnął nagi, odwrócony do niej tyłem. Przykryła go, odsunął kołdrę przez sen. Zniecierpliwiona naciagnęła mu ją na głowę, odsłaniając stopy. Ładnie wysklepione, z unerwieniem żył. Siedząc na nim, lubiła je całować, ssać duży palec. Pochylała się i miał ją w erotycznym skrócie: pośladki, wejście do pochwy obejmujące penisa. Teraz jego nagie stopy odcięte białą płachtą od reszty ciała były obce. Klarze skojarzyło się to z prosektorium. Zsunęła kołdrę i przytuliła się, ogrzewając jego chłodną skórę. Postanowiła więcej się nie zastanawiać, nie robić sekcji uczuć. Jeśli będzie postępować uczciwie, nic złego się nie stanie.

Godzina czwarta – już nie noc, jeszcze nie poranek – przesilenie. Właśnie o czwartej, niczyjej, martwej godzinie zdarza się najwięcej zgonów. Jacek budził się o tej porze od kilku miesięcy. Nie wiedział, co ze sobą robić. Leżał i czekał. Po szóstej wstawał do łazienki. Ubranie, przemycie twarzy i golenie zajmowało mu godzinę. Spowolnione ruchy, wkładany w nie trud nie były mocowaniem się z aniołem, wyciskaniem z niego błogosławieństwa. Anioł depresji usycha w kokonie ćmy. Chorzy muszą więc walczyć sami ze sobą. Zamiast błogosławieństw słyszą własne przekleństwa.

– Cholera jasna – Jacek oparł się o umywalkę, zbierał siły. Widział się w lustrze, miał w miarę równo ogolone zapadłe policzki. – Gdyby ogolić sobie twarz, zdrapać tę udręczoną mordę i normalnie wyjść do ludzi – przemógł się i poszedł na śniadanie.

Przed siódmą w restauracji nie było jeszcze rodzin, matek z małymi dziećmi. Schodzili się maniacy, którym brakowało porannego zrywu do pracy. Nabierali pospiesznie dania ze szwedzkiego stołu i zajmowali miejsca przy oszklonej ścianie, skąd było widać podświetlony parking. Wpatrzeni w swoje wozy mieli w oczach błysk tego samego metaliku, co karoserie. Jackowi skulonemu nad kawą wydawali się w ogóle metaliczni na podobieństwo bankomatów. Otwierali usta i słychać było szum przeliczanych banknotów. PIN tych facetów nie miał wyrafinowanej kombinacji skojarzeń. Kodem dostępu do ich głów była każda zyskowna cyfra.

– I co w gazetce? – zagadywali.

Prowadząc „Ergo", Jacek wystarczająco poznał rozrywki, ambicje swoich podwykonawców i klientów. Takich jak ci podgoleni z hotelu. Klasa średnia różniąca się od reszty Polaków nie klasą, ale kasą. On też pracował na własne ryzyko, od rana do nocy, w weekendy, uczciwie. Nie miał jednak z nimi wiele wspólnego. Nie sprzedawał towaru, sprzedawał marzenia. Dorobił się na drewnianych „polskich dworkach". Tanich willach w lekkiej technologii kanadyjskiej. Bielone mury z dykty, drewniane wykończenie, dach z gontów. Wiejska chata skrzyżowana z soplicowskim dworem. Wszedł w spółkę z białostockim architektem i budowali osiedla dworków pod Warszawą. Sprowadzili robotników, ciesielskie rody z Puszczy Knyszyńskiej. Pamiętał entuzjazm pierwszych zysków i nagród. Razem ze wspólnikiem odwiedzali dworkowe zagrody, ciesząc się z zadowolenia mieszkańców; niedaleko miasta, wygodnie i ładnie. Drewniane płotki, malwy. Wspólnik miał new age'owe ciągoty, budowania drzwi wejściowych zgodnie z feng shui i usypywania dobroczynnych kopczyków. Dworki w cenie blokowych mieszkań sprzedawały się pod koniec lat dziewięćdziesiątych w takim tempie, że Jacek mógł pozwolić sobie na projekt swoich marzeń. Wycofał się ze spółki i założył „Ergo". Fascynowały go nowe materiały. Japończycy budowali ze sprasowanego papieru hale sportowe, Brazylijczycy używali mieszanki kauczuku z piaskiem do konstrukcji tańszych i wytrzymalszych od stali. Przy nowoczesnych możliwościach polskie dworki były skansenem, podróbką wspomnień na kanadyjskiej licencji.

– Kawa? Herbata? – kelnerka podeszła do stolika Jacka.

– Jest mate? – przypomniał sobie jej smak.

Nie sądził, że pomoże, tak jak nie pomagały mu lekarstwa. Albo powtarzanie tego, co dawniej – corocznego wyjazdu zimą z nadzieją wpadnięcia w uzdrawiający rytm przyzwyczajeń.

– Słucham? – dziewczęce nogi w kremowych rajtuzach przytuptały niepewnie. – Pan chce drinka?

– Nie, nie. Nic – poczuł się głupio, skąd góralska dziewczyna miała znać mate. Nadal nie podnosił głowy, mówił do jej kolan. – Poproszę kawę i herbatę, zieloną. Można więcej torebek?

Do herbaty zaparzonej z dwóch jednorazówek dolewał kawę. Silił się na wyczucie smaku, nawet obrzydliwego. Od paru dni tracił węch.

Przesiadł się, wschodzące słońce było zbyt jaskrawe, głosy zadowolonych mężczyzn spod okna nachalne. Ubrani w markowe swetry odpoczywali od swoich biznesowych garniturów. Jacka drażniła grabarska elegancja czerni. Biznesowe lunche w czarnych garniakach były zlotami wron obsiadujących stoliki. W przyrodzie działo się podobnie: te skrzeczące ptaszyska wygnały z Warszawy ruchliwe, sympatyczne wróble. Powaga interesu przegoniła beztroski wdzięk. Od dwunastu lat parkowe drzewa przestały wiosną świergolić. Wielkomiejskie panowanie wron zbiegło się z dorosłością Jacka, z poznaniem Klary. Idącej teraz w zamszowych botkach i aksamitnej sukni cicho między stolikami.

– Dawno wstałeś? – pocałowała go w przetłuszczone włosy.

– Dość.

– Jak się czujesz?

– Jak na wczasach pracowniczych.

– Jemy i uciekamy – z apetytem gryzła bułkę. – Za te same pieniądze, nie, co ja mówię, połowę tego, mamy Pelsen.

– Źle się czuję.

– Poprowadzę.

– Nie. Nie gniewaj się, nie dam rady jechać.

– Chcesz tu zostać? – Klara nie sądziła, że jest z nim

tak źle. Nie wyobrażał sobie zimy bez Alp – austriackiego *gemütliche*, basenu w drewnianej chacie, tych samych znajomych do brydża.

– Wolałbym wrócić – powtarzanie męczyło, tracił cierpliwość.

– Wiesz co, zawiozę cię do Pelsen, odpoczniesz.

– Nie. Przestań myśleć wreszcie tylko o sobie, ty zawieziesz, ty zrobisz... wsadź mnie w Katowicach do pociągu i jedź sama.

Nie odezwała się. Mówienie drażniło go. Było łoskotem kija przesuwanego po prętach klatki. Siedział zamknięty w sobie. Ostatkiem sił rzucał się na prześladowcę. Odganiał ludzi pomrukami gniewu.

Dwa tygodnie, dwa tygodnie i zadziała prozac – Klara powtarzała w myślach farmakologiczną litanię pocieszenia, zawracając z Jackiem do Warszawy.

Na parkingu Ikei Joanna upychała wysypujące się z bagażnika drobiazgi: świeczki, serwetki.

– Jedźmy już, mały się obudzi – usiadła przy Marku przeglądającym ekran samochodowego komputera.

– Nie domknęłaś – sprawdził kontrolkę. – Zapnij pasy, ja to zrobię – zawinął się długim, granatowym płaszczem, przeskakując śniegowe błoto.

Zatrzasnął klapę laguny i poprawił odrywającą się nad rejestracją naklejkę ze znakiem chrześcijańskiej ryby.

– Wartało by zmienić rybkę, złoty na czarnym niespecjalnie... – zanim wsiadł, sprawdził zapięcie koszyka z Maciusiem śpiącym na tylnym siedzeniu i pocałował go w nosek.

– Wartało – Joanna uchyliła mu drzwi.

Przekręcali słowa, kiedy byli zadowoleni. Przerzucali się powiedzonkami swoich dzieci, bawiąc się w ich beztroskę.

Zakupy się udały, znaleźli stylową przewijarkę dla najmłodszego, zamówili transport młodzieżowej komody dla starszych. Po drodze do kas nabrali sylwestrowych ozdóbek.

– A może zostawić rybkę i kupić nowy samochód? – Marek spojrzał w lusterko, czy zrobił na Joannie wrażenie. Uwielbiał sprawiać im niespodzianki, kupować dzieciom nowe gry komputerowe, fundować w rajdach po centrach handlowych wymarzone ciuchy. Okrzyki radości były wtedy też na jego cześć. Joanna cieszyła się z prezentów, z wakacji w Hiszpanii, wykupionych okazyjnie dzień wcześniej, miała jednak zawsze zastrzeżenia: „Mogłeś się mnie zapytać, co z tego, że byłeś pewien, tak, jestem zadowolona, ale...". To „ale" wywyższało ją ponad jego hojność. Znaczyło: „Masz wszystko, ale nie dość". Joanna broniła swojej niezależności złośliwościami, punktowaniem słabości Marka.

– Domyślam się, że już dałeś zaliczkę. Niech zgadnę... lexus?

– Lexus? Kupa szmalu nie wiadomo za co. Podoba ci się lexus?

– Reklamowali, że masuje siedzenie kierowcy.

– Gdyby miał z nim stosunek... znam frajerów, co zarżnęliby się kredytami na takiego sexusa.

– Ja nie znam. Kochamy się raz na dwa tygodnie, Pysiu. – Nie było w tym wyrzutu, raczej dyskretnie podsunięte upomnienie.

– Naprawdę? – Marka pochłonęło wyprzedzanie.

– Rzadziej – przyznała po zastanowieniu. – Co kupiłeś?

– Nic – pogładził ją po ramieniu. – Nie buzuj.

– Za ile?

– Myślałem o czymś większym... terenówka... – zaproponował.

– Przeprowadzamy się na księżyc? – Zmiana samochodu zwykle szykowała zmianę w ich życiu. Kupowanie nowego uważała za męską formę linienia.

– Drogi są coraz gorsze i nie będzie lepiej, kochana, pieniędzmi z podatków zatyka się dziury, ale w budżecie.

– Skąd wiesz?

– Takie rzeczy się wie... od kumpli z dawnego resortu. Co byś powiedziała, gdyby... coś bardziej sportowego? – sprawdzał ją, na ile mógłby sobie pozwolić. Zapomnieć o rodzinnych obowiązkach.

– Mam cię gonić z dziećmi drezyną?

– Chwaliłaś swoje autko.

– Sprzedajmy oba i kupmy meganki.

– Po co nam dwa jednakowe wozy, Joasiu?

– Bezpieczne dla dzieci. Megankę i minivan – rozpoczęła negocjacje nie o model auta, ale o siebie. O to, ile zdoła wytargować na swoją korzyść.

– Nie będę jeździł do pracy nocnikiem. Wybacz, nie znasz się, wybrałaś już jeden – nie rozumiał, dlaczego jej uległ przy kupowaniu laguny. W trzyletniej psuło się wszystko, od amortyzatorów i akumulatora po zamki w drzwiach. Joanna, czarując szefów serwisu, wyprosiła zniżkę przy naprawie skrzyni biegów. Zawiśli na jej biuście spojrzeniami jak błyszczące ordery. Prawie się czerwienili, podziwiając nogi w obcisłej spódniczce. Jakby były seksownie umięśnionym przedłużeniem warg sromowych. Nie doceniał żony? Miał porównanie z dawną Joanną, lżejszą, szczuplejszą, bez porannej opuchlizny. Nadal ją kochał, szczycił się przed sobą, że kocha jeszcze bardziej jej dojrzałość, matczyne piękno.

– Nie znam się na samochodach? To po co mnie pytasz? – domyślała się, że chodzi o kolejny kredyt.

Nie spłacili jeszcze domu kupionego w czasach prawicowej hossy, gdy Marek był jednym z najmłodszych doradców premiera. Tuż przed przegranymi wyborami koledzy ewakuowali się z rządu, wciągając go w prywatno-katolicką telewizję KaTel. Marek czuł się bezpieczny. Kiedyś ludzie tracili pracę, teraz nie mogli jej zdobyć. On swoją miał i jej gwarancję – kolegów przerzucających się z jednej firmy do drugiej. Doświadczenie zastępowała im ideowość. W państwowych spółkach przynosiła straty dające się załatać z budżetu, prywatne doprowadzała do bankructwa. Zarządzana przez nich prywatna telewizja była coraz mniej widoczna, mimo podkupowania najlepszych programów konkurencji. Wydłużające się przerwy w emisji wypełniały oazowe pieśni, a ekran – symbol stacji, błękitna gwiazda. Telewizja gasła na oczach widzów. Joanna obawiała się, że pewnego dnia zostanie już tylko spadająca gwiazdka i bezrobotny Marek.

– Większy wóz by się przydał, ale dla mnie, chciałabym otworzyć interes... – Po urodzeniu Michasia próbowała prowadzić szkołę języków obcych. Nie przewidziała silnej konkurencji i tego, że dzieci zostawiane z opiekunką rozchorują się na cykliczną anginę, alergię, tęsknotę.

– Co? Po co? Nie masz czasu. – Marek zbyt mocno przyhamował.

– Już mam, wiem, jak się do tego zabrać i nie zostawiać Maciusia. Byłoby na minimum, w razie gdybyś... chciał poszukać lepszej pracy – oględnie zasugerowała przewidywaną klęskę.

– Są oszczędności.

– Nieduże.

– Zostawmy samochód, powiedz lepiej, co z sylwestrem?

– Będzie dziesięć osób, z nami, i przyjdzie Klara.

– Mieli być w górach.

– Jacek się źle czuje.

– Sama przyjdzie? Ty byś poszła się bawić, gdybym zachorował?

– Jacek nie jest chory, źle się czuje. Ma depresję i woli być sam.

– No, proszę, ona go w to wpędziła – ucieszył się.

– Marek...

– Mówiłem ci, akupunktura szkodzi, organizm się broni. Przecież widziałem, ciągle go kłuła, na katar, na kichanie.

– Nie lubisz jej.

– Klarę bardzo, igieł nie lubię. Tortury nikomu nie pomogą. Wiesz, skąd się wzięła akupunktura, nie powiedziała ci? Chińczycy torturowali tym więźniów. Nieźle, nie? Doktor Mengele by się nie powstydził.

– Nie porównuj jej do faszystów. O twoich znajomych też można powiedzieć niejedno...

– Niby co?

Maciuś zapłakał obudzony głośną rozmową.

– Że są solidarni – powiedziała pogardliwie. – Zatrzymaj, muszę go nakarmić.

Odpięła koszyk i wzięła synka na kolana. Nie ciągnęła dalej rozmowy. Marka denerwowało krytykowanie jego kumpli, według Joanny managerów klęski. Kolegowali się wszyscy za studenckich czasów. Było wesoło „i zupełnie nieodpowiedzialnie" – jak wspominał Marek imprezy, na których przypalali i pili, tańcząc kawałki z MTV. Słuchali Simply Reda, rudego brzydala o głosie papieru ściernego, do łez. Nie byli luzakami z Zachodu, mimo strojów kupowanych wreszcie w markowych sklepach. I nie byli już studentami z siermiężnej końcówki komunizmu. Zanim zdążyli dorosnąć, dowiedzieć się, kim naprawdę są, weszli w struktury. W przegrody dla najzdolniejszych, najbardziej obrotnych. Na początku lat dziewięćdziesiątych struktury miała władza i mafia. Kolegom Marka i jemu udało się stanąć po tej trochę uczciwszej, rządowej stronie. Demokracja była zrzutem z Zachodu, paczką UNRRY dla wygłodniałych normalności. Bardziej przewidujący zastanawiali się, co będzie, gdy wyjedzą paczkę i nie zostanie dla równie zdolnych i wygłodniałych? Albo gorzej, ludzie przejedzą się zachodnim żarciem i zapragną czegoś swojskiego. Za demokracją nie stoi nic oprócz tradycji: swobód i przekonań ćwiczonych od pokoleń. Polską tradycją był katolicyzm. Stało się jasne, że nie demokracja podparta wiarą w prawo i człowieka, lecz sama wiara w zmartwychwstałego bogoczłowieka da władzę nad sumieniami. O umysły, ich garstkę, nie ma co się troszczyć. Jest ich w Polsce za mało, by zagrozić porywom serca. Joanna widziała więc intratne nawrócenia wśród przyjaciół. Jej pokoleniu było o tyle łatwiej, że niewierzący nasiąknęli New Age'em. Ich przejście na jasną, papieską, stronę mocy nie było tak dramatyczne jak u marksizujących ojców. Chociaż nie obyło się bez cudów, objawień w drodze z Gdańska, Krakowa do Warszawy. Najbliższy przyjaciel Marka, oczekując na posadę w telewizji rządzonej przez pampersów, doznał porażającego wglądu w swoje życie. Rozbił się samochodem i zanim przyjechało pogotowie, wiedział, że nic mu się nie stanie. Powiedział mu to Jezus z billboardu. Miał twarz kobiety reklamującej proszek do prania. Bez słów przemówił w głębi duszy: „I co ty robisz? Dokąd zmierzasz? Zastanów się, ile jest warte życie, które ci daję. Idź i zachowaj czystość w słowach, uczynkach i biodrach". Inni widzieli nadprzyrodzone znaki w niespodziewanej ciąży albo palącym spojrzeniu żebraka. Pytali się wzajemnie: „Czy już?", czy nastąpiło nawrócenie, po którym można dać świadectwo wiary. Joanna podchodziła do tego sceptycznie. Ona i Marek byli wcześniej w miarę praktykującymi katolikami. Dla niej ten prawicowy wyścig młodych do świętości był ewidentnie wyścigiem po władzę. Podczas wyprawianej u nich wigilii, pierwszej w nowym domu, Joanna zaproponowała wspólne śpiewanie kolęd. Z początku szło to niemrawo, nie wszyscy zaproszeni znali słowa. Zapamiętała ten obrazek: wstając od wigilijnego stołu, ktoś potknął się o sznur i zgasły lampki choinkowe. Marek je włączył, przypadkowo razem z telewizorem, a nowo nawróconych porwał entuzjazm i przekrzykiwali się z telewizyjnym: „Lulajże", „Przybieżeli", jakby zstąpił Duch Święty. Nie pod postacią płomieni, ale tych choinkowych lampek, zapalających się im nad głowami po szeregowym podłączeniu do sieci. Wystarczyło wyjąć wtyczkę... Tak się stało, ucichli, gdy Wałęsa przegrał z Kwaśniewskim i młoda prawica utraciła władzę. Wśród neofitów znaleźli się wtedy rozwodnicy, zdrajcy. Kiedy pojawiła się nadzieja ponownego przejęcia władzy, jak kiedyś zjednoczył ich szeregowy Duch Święty. Na niedawno wyrządzane świństwa nakładali plasterek miłosierdzia bożego i proszę, nie ma śladu. Joanna była na te układy zbyt prostolinijna. Domyślała się finansowych przekrętów kolesi Marka, mieszkających razem z nimi na wspólnie wybudowanym osiedlu młodych prawicowców, ogrodzonym solidnym parkanem. Między płotkami oddzielającymi wille pocieszała zbyt dużo zapłakanych żon apostołów nowej moralności, by wierzyć w ich dobre intencje.

Rodzina Joanny nie rozpadła się w tej krucjacie. Najmłodszy synek rósł zdrowo i to było najważniejsze. Miał apetyt, domagał się piersi, gdzie woda doznawała cudownego przemienienia w obficie płynące mleko. Ciało Joanny było dziewięć miesięcy mięsnym chlebem powszednim. To były oczywiste prawdy, w które wierzyła, dzięki nim wyrosły jej dzieci.

– Cappuccino – Klara stała przy ladzie baru kawowego. – Bez cynamonu – poprosiła.

Nie rozumiała, czemu zapanował irytujący zwyczaj, albo obowiązek, dogadzania klientom cynamonem. Opadał na mleczną pianę, niszcząc jej smak jak radioaktywny pył marzeń o lepszym, dosłodzonym świecie.

– Włoskie cappuccino jest wystarczająco dobre, po co je babrać? – miała ochotę za każdym razem pouczać nadgorliwych barmanów i kelnerki. W ostateczności wrzasnąć: Nie! Zabierzcie to!

Nie krzyczała, zatrzymywała się na ostatnim takcie przed wybuchem. Uchodziła za opanowaną. Odczuwała jednak w pulsowaniu krwi, biciu serca, że jej rozbieg do ataku się skraca. Powstrzymywanie się przed kłótnią z Jackiem, znoszenie jego humorów osłabiało jej kondycję psychiczną. Wczoraj, nieprzymuszany, niezagadywany, z własnej woli powiedział zaledwie jedno zdanie: „Nie kupiłem brokuł, nie było". I ona, osoba przy zdrowych zmysłach, cieszyła się z tych cholernych „brokuł". Że Jacek wysilił się, by powiedzieć cokolwiek po wczorajszej kłótni. Dopatrywała się w tym żalu i skruchy, nie za brokuły, ale brakujące od niego przeprosiny. Grzebała w jego słowach jak patykiem w wymiocinach, doszukując się znaczących resztek: fusowate, z żółcią, oznaczające krwotok? O czym mogły świadczyć? O miłości, depresji?

Usiadła ciężko w fotelu ze swoją kawą. Umówiły się z Joanną w centrum handlowym na zakupy po noworocznych przecenach. Klara przyszła dla towarzystwa. Jej klasyczne ubrania; dobrej jakości płaskie buty, wąskie spodnie i drogie kostiumy niszczyły się niezauważalnie. Nie kupowała ich z pilnej potrzeby. Najczęściej przy okazji, tak jak znawcy rzeczy pasujące im do kolekcji.

Klara rozejrzała się po siedzących w kawiarni. Przeważały kobiety za siedem – dziewięć złotych. Oceniała je po czytanych czasopismach w lakierowanych okładkach. Kobiety za niecałe dwa złote nie stać było tutaj na zakupy ani kawę. W Grecji, uwielbianej przez matkę Klary, zanudzającej córkę mitami i opisami starożytnych zwyczajów, przed wypiciem wina odlewano kroplę ku czci bogów, by zjednać sobie ich przychylność. Bogowie umarli. Jeżeli nie do końca i pokutowali jeszcze dzisiaj w ludzkich sumieniach, to na odczepnego oddawano im w ofierze jeden procent podatków. Klara też przekazywała tę kroplę na cele dobroczynne. Czuła się więc usprawiedliwiona, pijąc nieziemsko drogą kawę. Chociaż zemsta bogów i bunt biednych były równie nierealne. Dzieliła się pieniędzmi z poczucia zwykłej przyzwoitości i trochę, żeby nie popsuć sobie smaku cappuccino, skoro już wywalczyła je bez cynamonu...

– Skończyłaś? – Joanna przysiadła się z papierowymi torbami. – Błagam, bo mi wykupią superyczne gacie.

– To biegnij – Klara zbierała łyżeczką pianę.

– Musisz mi doradzić.

W przymierzalni Joanna z żalem odkładała wyciskane w kwiatowe wzory sztruksy.

– Nie muszę nosić pępka na wierzchu – wciągnęła brzuch poorany rozstępami. – Ale jak to w ogóle nosić – zrobiła w turkusowych biodrówkach przysiad przed lustrem, łapiąc się za krocze. – Auu, ciśnie.

– Mnie nie pytaj, dla mnie ohyda – Klara odsuwała się demonstracyjnie od sterty ubrań.

– No, ohyda, ale innych już nie produkują, słyszałaś. „Biodrówek czaas, biodrówek czas" – Joanna, strosząc sobie włosy, zafałszowała na melodię *Wodnika czas z Hair*. – Normalne spodnie zapina się w pasie i zatrzymują się na biodrach – rozważała, wciągając brzuch. – Biodrówki zaczynają się na dupsku i gdzie się mają trzymać? W cipie? – odciągnęła wpijający się szew.

– Ściągaj – Klara pomogła jej wyjść z za ciasnych spodni.

– Pamiętasz lody bambino? Rany po całowaniu z niedogolonymi chłopakami? A Bogusia Lindy czar? Ty wiesz, dla mojej Gabryśki Linda i Rudolf Valentino to jedno? Jesteśmy za stare, Klara, nawet spodni już dla nas nie szyją.

– Uparłaś się na młodzieżowe sklepy, idź do czegoś normalnego.

– Ale ja mam dopiero 38 lat!

– Bo się nie starasz, he, he – Klara dała jej klapsa w jędrny tyłek.

Łażąc z Joanną po przymierzalniach, były znowu w dziewczyńskich, szkolnych szatniach i paplały o niczym. W domu każde słowo miało echo smutku. Ścierając po raz tysięczny kurz spadający nie wiadomo skąd, Klara wymyśliła, że jego drobiny biorą się z rozpadu czasu. Smutek w ich mieszkaniu brał się z rozpadu Jacka, i nie mogła nic na to poradzić. Tabletki tego nie zatrzymały, najwyżej spowolniły.

– Jaki masz rozmiar? – Joanna oglądała metki dziwacznie skrojonych marynarek z lnu.

– 36. Gabryśka też miała 36, potem 34.

– A teraz? – Klara sądziła, że Joanna szuka czegoś dla córki, ale sama przymierzała marynarkę.

– Mniej... Nie, nie ma anoreksji.

– Skąd wiesz? – przestraszyła się.

Widziała w swoim gabinecie tyle dziewczyn wychudzonych jak piorunochron rodzinnych nieszczęść.

– Sprawdzałam, normalnie je. Co ty miałaś za teorię trzeciej piersi? – Joanna nie mogła sobie przypomnieć. – Do bani – zdjęła marynarkę.

– Matka karmi swoim mlekiem, ojciec swoim. Jest trzecią symboliczną piersią, z której płynie to, co niezbędne dla rozwoju dziecka.

– Rzeczywiście, brakuje jej Marka. Wraca nocą, nie przegadasz go, ma na wszystko papierek. Wyczytał gdzieś, że ojcu wystarczy kwadrans dziennie z dzieckiem, autorytet to napisał! Naukowe! Tak naukowe, jak jedenaście minut na stosunek, czytałaś Coelho? Chyba jedenaście minut na pół roku... – zgarnęła wściekła ubrania z wieszaka.

– Twoje? – pod spodniami i marynarkami wisiała koronkowa bielizna w różnych rozmiarach: – Nosisz czerwone? – Klara z niedowierzaniem dotykała fiszbinów staników.

– Zostaw, nie dla mnie. Coś ci pokażę.

Wyszły z przymierzalni. Joanna zatrzymała się przy kasie, mierząc rękawiczki.

– Widzisz tego z kucykiem? – pokazała dyskretnie muskularnego, dwudziestokilkuletniego sprzedawcę zbierającego z kabin zostawione rzeczy. – Robię mu dobrze, on liże majtki i staniki.

– No, co ty...

– Fetyszysta, przystojny, nie? Sama zobacz.

Klara się zawahała, to było absurdalne. Chłopak o urodzie modela wylizuje ślady po klientkach.

– Idź, no idź, niby czegoś zapomniałaś.

– Stawiasz kolację, jeżeli...

Uchyliła wahadłowe drzwi przebieralni. Sprzedawca stał do niej tyłem, cicho się śmiał. Podskakiwał mu od tego kucyk na pochylonej głowie.

– Włoska knajpa, wygrałam – dogoniła Joannę przed butikiem. – Rozmawiał przez komórkę.

– W przebieralni, bo to budka telefoniczna... Naiwna jesteś, aż się o ciebie boję.

– Wygrałam – Klara była prawie pewna.

W domu zabrakło cukru. Jacek przejrzał szafki nowoczesnej, podświetlonej halogenami kuchni, szukając dawki na czarną godzinę. Przerzucał systematycznie pudełka kakao, ryżu z nadzieją, że gdzieś zaplątała się kostka albo jednorazowa torebeczka *zucchero*, *sugar*. Zadzwonił do Klary, była z Joanną w centrum handlowym.

– Kupię, co za problem – zaproponowała, powstrzymując lawinę niezadowolenia wzbierającą w jego głosie.

Potrzebował cukru natychmiast. Picie herbaty uważał za swoją jedyną potrzebę. Wymagającą wysiłku przygotowań i przezorności. Niestety, zawiódł, nie zorientował się, że kończą się zapasy. Jacek nie pił, przy lekach antydepresyjnych nie mógł sobie pozwolić choćby na piwo. Została mu herbata, walczył o nią i siebie od pół godziny, szperając po szufladach. Równie dobrze byłby już z powrotem, gdyby zszedł do sklepu na rogu. Poddał się, będzie musiał pójść. Ryzykował spotkanie z sąsiadami, krótką rozmowę ze znajomą kasjerką. Nie umiał wytłumaczyć Klarze, co czuł, wychodząc do ludzi. Opakowany w kaftan kosmonauty odbierał nieprzyjazne sygnały nadawane przez mieszkańców tego świata. On sam poruszał się przyciśnięty do ziemi grawitacją, której pokonanie spowalniało jego myśli i słowa. Pocił się z wysiłku, przenosząc kilogramową paczkę cukru z półki do kasy.

Na szczęście obca dziewczyna w przezroczystej bluzce obojętnie przesuwała towar przed czytnikiem cen. Wziął swój cukier tak, by nie widzieć kodu kreskowego. Miał awersję do biało-czarnych pasków. Zwierzył się z tego Klarze, gdy zamieszkali w apartamentowcu przy Jana Pawła. Postanowiła wtedy wytapetować sypialnię granatowymi paskami. Zestawione z bielą były czarne. Jacek sugerował coś przytulniejszego. Uparła się, musiał więc opowiedzieć jej o szkolnej wycieczce do Oświęcimia:

– Miałem trzynaście lat, nie wypadało zemdleć, porzygać się od włosów w gablotach. Straciłem przytomność, ale szedłem dalej za klasą i wszystko mi się rozmazało w te biało-czarne pasiaki.

Klara dopiero wtedy zwróciła uwagę, ile wysiłku Jacek

poświęca na ukrywanie kodu przyniesionych ze sklepu rzeczy. Pudełka do ściany, słoiki naklejką do tyłu, powyrywane naklejki... Nie dziwiła się awersji Jacka, przyzwyczajona do historycznych monologów matki przeżywającej dziejowe morderstwa. Współczując, wycinała paskowane metki z ubrań, pakunków. W ten sam sposób pozbywała się zbędnych szypułek owoców, wycinała tłuszcz i ścięgna z kotletów. Jacek przy Klarze nie pozwalał sobie na satysfakcję, z jaką w samotności wyrzynał paski kodowe. To była jego walka z nadrukiem zła. – Seryjną, komercyjną śmiercią oryginalności – próbował nadać swojej obsesji nowoczesne usprawiedliwienie. Odżegnać się od prześladujących go baraków, prycz i stosów osobistych rzeczy zabieranych więźniom na oświęcimskiej rampie, złotych zębów wyrywanych trupom.

– Mieszkamy na ruinach getta, nie przeszkadza ci to? – Klara po przyznaniu się Jacka sondowała, co jeszcze wywołuje w nim obsesyjne skojarzenia wzmagające się w depresji.

– Nie.

Pocił się, idąc ze sklepu z paczką cukru w kieszeni kurtki. Niewyczuwalne dla przechodniów wzniesienia były wzgórzami. Zastanawiał się, czy to naturalne ukształtowanie terenu, czy wybrzuszenie po ruinach. Szedł, nie odrywając wzroku od ziemi. Słyszał niedawno o projekcie muzeum ze szkła. W getcie odsłonięto by pod przezroczystymi chodnikami pozostałości z wojny. On już się czuł „Pianistą" Polańskiego. Podkrążone oczy, wychudzony wśród przechodniów ignorujących egzystencjalną likwidację. Z trudem oddychał, rozpiął kołnierz. W wewnętrznej kieszeni na piersi ciążył mu prezent od ojca. Zapomniał go wyjąć po ostatniej wizycie. Dostał od niego na pożegnanie metalowy komplet do golenia: maszynkę i pędzel. Żelazny krzyż męskiej zasługi. Pordzewiały, z wytartym włosiem.

Odkręcili wspólnie brudne śrubki i wyjęli starą żyletkę oblepioną siwym zarostem. Ojciec poklepał Jacka po zapadniętym policzku:

– Nie pęknie, takich teraz nie robią.

Gadatliwy nie był. Księgowy na emeryturze – mógłby się przedstawiać i podsumować. Po śmierci matki zżółkł i wysechł. Klekotał się po tym świecie między kioskiem, skwerem przed blokiem a taboretem w kuchni, jak większość wdowców przypominających zagubione wieko trumny.

Jacek nie bardzo rozumiał, czemu ojciec dał mu zużyty, golarski komplet. Pamiątka? Przysługa dla syna podobnego do nieboszczyka, któremu został tylko pośmiertny przyrost zarostu?

W mieszkaniu Jacek zastał Klarę.

– Tak wcześnie? – wszedł do kuchni, nie zdejmując kurtki.

– Joanna musiała, mały dostał gorączki. Kupiłam ci cukier.

– Dzięki – zajął się parzeniem herbaty.

Poruszał się bokiem, żeby nie stanąć na wprost Klary.

– Rozmawiałam z Joanną, ma świetny pomysł, może byś w to wszedł? – usiadła przy stole, podsunęła mu zachęcająco krzesło.

– Niby co? – czekał na wrzątek.

– Wymyśliła sklep, trochę kawiarnię i gabinet odnowy razem. Nie było czegoś takiego, posłuchaj: wszystko dla osób z depresją. Płyty z muzyką polepszającą nastrój, komedie na DVD, książki, ubrania w wesołych kolorach i gadżety. Do tego napoje energetyzujące i zwiększające przepływ serotoniny, odpowiednie sałatki, zupy, olejki do aromaterapii. Na zapleczu masaże, terapeuta oceniający twój stan albo po prostu wspierający rozmową i normalna terapia – nie widziała twarzy odwróconego od niej Jacka. – Sklep „Depresja", według mnie hit... Mógłbyś zaprojektować wystrój...

– Nie szukam pracy, przynajmniej takiej – był za słaby na luksus chcenia. Namawianie go do czegoś było zamachem na ocalałe szczątki niezależności. Warował przy nich jak przy własnych kościach i czuł, że bezwiednie odsłaniają mu się zęby, w gardle słychać warczenie.

– Tak sobie rozmawiałyśmy – Klara wycofywała się polubownie. – Ale przyznaj, niezły pomysł? – nie umiała ukryć entuzjazmu.

– Skarżyłaś się Joannie? – wreszcie popatrzył jej w oczy.

– Na co?

– To skąd ten „pomysł"? Musiałaś opowiadać o mojej depresji.

– Nie ty jeden chorujesz, co czwarty Polak ma stany... – uspokajała.

– Mogłabyś zachować dla siebie swoje narzekania i moje „stany"?

– Nie rozmawiałyśmy o tobie, przestań. Joanna zastanawia się nad własnym interesem. Markowi nie idzie...

– I ty jej podsunęłaś pomysł, a do tego pakujesz mnie, znowu bez mojej wiedzy!

– Wiesz co, jesteś zmęczony. Odpocznij, idę do kina – wzięła ze stołu torebkę.

Była jeszcze w butach, założyła szal i wyjęła z szafy puchową kurtkę. Zachowywała pozory racjonalnej decyzji: wybiera się na nocny seans. Nie ucieka, trzaskając drzwiami. Jeżeli to miało znaczenie, maskowanie własnego odwrotu. Przed kim? Jacek nie oceniał sensownie zdarzeń. Przez głowę przepływały mu nie fale mózgowe, ale sztorm. Jego umysł tonął i krzyczał, o ratunek, nie przeciw niej.

Szła wolno pustą ulicą, chodnikiem wzdłuż szyn tramwajowych. Z torebki razem ze szminką chroniącą przed mrozem wyjęła komórkę. Miała ją wrzucić z powrotem, gdy na ekranie pojawił się przypadkowo naciśnięty spis telefonów, między nimi Paweł 692 0... Wybrała numer, zanim zdążyła się odezwać, usłyszała:

– Co słychać, Klara?

– Nie przeszkadzam?

– Aż tak źle?

– Że co? – zasłoniła się pytaniem.

– Wiesz, że mam słuch absolutny, mów – dla niego najgładsze słówka były poharatane bliznami emocji.

– Nie wyrabiam.

– Normalne. Gdzie jesteś?

– Spaceruję.

– Gdzie? – rozparł się w szlafroku na kanapie i przygasił światło.

– Nie wiem.

– Długo tak możesz?

– Co?

– Iść bez celu, nocą.

– Jacek potrzebuje pomocy, nie ja! – wyłapała wreszcie terapeutyczne tony.

– Mam kogoś dla niego, przyjdzie? – Paweł po spotkaniu z Klarą wyszukał Jackowi odpowiedniego terapeutę.

– Nie – po raz któryś musiała zaprzeczać, wbrew sobie i rozsądkowi. – W ostateczności przyszedłby do ciebie.

– Nie wolno mi, za dobrze się znamy.

– On wie i dlatego tak mówi.

– Nie, to nie naciskaj. Trzeba mu pomóc, nie dodawać cierpień. – Paweł wierzył w uzdrawiającą moc rozmowy. Niekoniecznie z terapeutą. Tysiące lat ci, którzy zasługiwali na szaleństwo, ratowali się rozmową z Bogiem, kapłanem, żoną. – Co się dokładnie dzieje?

– Ściana. – To nie było najodpowiedniejsze określenie,

ale miała dość medycznych terminów. Żaden z nich nie opisywał tego, co przeżywała.

– Bywa gorzej – przymknął laptopa.

– Nie siedzi smutny, to nie apatia. Rzuca się o byle co, bez powodu.

– Dziwisz się? Rano przychodzi ekipa i zwija niebo. Budzisz się, i pusto, nie ma nieba – ktoś tak powiedział o depresji.

– Dobre... Ale niebo znika wtedy dla wszystkich. Paweł, to jest choroba psychiczna, nie poznaję go – buty skrzypiały od mrozu, błyszczały oszronione chodniki.

– Daj mu coś na uspokojenie.

– Chyba sama zacznę brać.

Tabletki nie były dla niej ziarenkami wrzucanymi do gardła i podlewanymi szklanką wody. Nie wierzyła, że z nich wyrasta zdrowie. Były ostatnim ratunkiem, trucizną, której skutkiem ubocznym bywa cofnięcie się objawów choroby.

– Klara, wiesz co jest, przetrzymasz.

– Wiem, wiem – jej głos odbijał się od murów podwórka.

– Najgorsze się niedługo skończy, tyle ci mogę obiecać.

– Dostałam zaproszenie na miesiąc... do Chin.

– To jedź.

– Obiecałam sobie więcej tam nie latać... chyba jednak... Mogę go zostawić?

– Jedź. Nie bój się.

– Nie napiłbyś się kawy? O przepraszam, masz gościa – dosłyszała czyjeś pokasływanie.

Zarzekał się, że woli samotność. Mężczyźni go drażnią, kobiety nudzą. Żenić się? Nie będzie brał roboty do domu.

– Gdzie tam, mam superwizję.

– Taak? – nie była pewna, o czym mówi.

– Konsultacja plus koleżeński, psychiczny prysznic – zachichotał.

– Nie za późno?

– Ludzie są dziwni, nie? Pamiętasz tego przystojniaka, no tego, co się kręcił koło ciebie na ostatnim roku... jak my o nim mówiliśmy? „Plastyczny".

– Aha – po zerwaniu z Minotaurem wiedziała, że wyjechał. Pisał do niej z Austrii, RPA. Wyrzuciła adres. W gabinecie odebrała kilka głuchych telefonów z satelitarnym szumem w tle. Paweł, robiąc po studiach doktorat w Stanach, nie wiedział o jej ukrywanym romansie z żonatym wykładowcą.

– Miałaś z nim kontakt?

– Już dawno nie.

– Przeniósł się do Australii.

Ojciec Klary wyjechał do Australii, Minotaur. Mężczyźni, na których jej kiedyś zależało, niepotrzebni, zsuwali się na druga stronę kuli ziemskiej.

– Umarł wczoraj – dokończył.

– Skąd wiesz?

– Jestem przez skype'a superwizorem jego terapeuty, wolał Polaka, zrozumiałe. Plastyk, a sam się tak zaniedbał, nie dopilnował. Gdyby wcześniej, miałby szansę.

– Na co? – przystanęła, nie zauważając zmiany świateł.

– Rak prostaty.

– Aha. Po co mi to mówisz? Chcesz udowodnić, że lepiej żyć z depresją?

– Masz mnie za katechetę? U mnie na osiedlu jehowi zaczepiają: „A wie pan, że każdy umrze?". Klaro, moja droga – mówił miękko, prawie do dziecka – każdy z nas jest tak różny, że ludzie wydają się dziwni.

– Ludzie? – nie dosłyszała.

– Ludzie to też nazwa zwierząt – powiedział cicho i pogłaskał swojego owczarka z opatrunkami na oczach. – Będzie dobrze – zawołał raźno. – Jackowi się polepszy, może już nigdy nie będzie miał nawrotów. Mówię ci to z doświadczenia, nie z serca.

Wibracje samolotu były niecierpliwym drżeniem przed odlotem, byle oderwać się od chińskiego mrowiska. Klarę czekało jedenaście godzin lotu z Pekinu do Warszawy. Tani bilet KLM-u kupiła na zimowej promocji. Stewardesy miały coś z reklamówek holenderskiego kakao: wysokie blondynki w niebieskich strojach dojarek, solidne i słodkie.

Znalazła swój fotel przy oknie. Obok przysypiał młody mężczyzna. Fotel dalej pokrzykiwał otyły skandynawski turysta rozsadzony z żoną po obu stronach przejścia. Klara wyjęła skórzany notes. Chciała uporządkować terminy, zanim zapalą się lampki startu i ułoży się do snu. Profesor Ling prosił ją o zarezerwowanie kwietniowych weekendów na konferencję w Niemczech. Ling był znakomitym akupunkturzystą, jednym z ostatnich ze starej gwardii sprzed rewolucji kulturalnej. Przeniósł się do Lipska, skąd miał blisko do Berlina i Wiednia, gdzie odwiedzał zamożnych pacjentów. Klara czerwonym mazakiem krążyła między kwietniowymi datami i swoimi pacjentami.

Z Jackiem rozmawiała codziennie przez telefon. Mówił częściej „kochanie", „Wiórko". Wkładał w to więcej dobrych chęci niż przekonania. Wśród emocji poruszał się jeszcze niepewnie. Wspierał się zdrobnieniami, miały przekonać przede wszystkim jego, że znowu czuje. Klara zastanawiała się, czy Jacek zachował wspomnienia. Czy odcięcie się od nich wywołuje cierpienie podobne do bóli fantomowych po amputacji kończyn. Dla Klary przeszłość ich udanego małżeństwa była czymś obolałym. Wracanie do niej nie przynosiło otuchy. Pokazywało kalectwo bycia razem, teraz.

Ich maile nie były wirtuozerską grą na cztery ręce, raczej obiecującą wprawką do normalności. Co prawda Jacek nie zwierzał się ze swego samopoczucia, jednak pozwalał je oceniać ilością żartobliwych załączników ściągniętych z sieci. Przed powrotem Klary podciągnął się na skali dowcipów od jednego do trzech. Nie łudziła się, całkiem nie wyzdrowiał. Momentami męczył się samym mówieniem. Przerywał rozmowę telefoniczną w połowie zdania, bo przeszkadzały mu tramwaje za oknem albo przypominał sobie o rachunkach i kończył:

– Nie zarabiam tyle co dawniej, muszę oszczędzać...

– Ale kochasz mnie jak dawniej? – mówiła zaczepnie.

– Ehm – krótkie potwierdzenie.

Niewiele głębsze od płytkiego oddechu typowego dla depresji, w której człowiek się kurczy i potrzebuje coraz mniej, powietrza też – zaobserwowała Klara. Starała się być dobrej myśli. – Te trzy tygodnie rozłąki dobrze nam zrobiły.

Traperki upchnęła do samolotowego schowka, na stopy wciągnęła grube, sznurkowe skarpetki z luźnym ściągaczem, nietamującym przepływu krwi. Sadowiąc się wygodnie w fotelu, zawinęła dłonie rękawami swetra. Stewardesa roznosiła napoje przed opóźniającym się startem. Śpiący sąsiad strącił ze stolika kubek Klary. Gęsty sok pomidorowy ominął wodospadem jego discmana wystającego z kieszni marynarki. Oblał jej ulubioną torbę z oliwkowego zamszu. Wytarła plamy serwetką, rozpuszczała je wodą mineralną. Kilkulitrowe zapasy zabierała ze sobą na długie loty, przypominające podróż w suszarce: głośno, gorąco i sucho. Huk startujących silników nie obudził winowajcy. Otworzył zaspane niebieskie oczy nad Mongolią, przyjrzał się zaplamionej torbie obłożonej serwetkami.

– Ketchap? – zapytał ze słowiańskim akcentem.

– *Yes*.

– Zostaną plamy – zerknął na schnący paszport i wilgotne bilety.

– Sok pomidorowy – Klara schowała swoje dokumenty do siatkowej kieszeni w siedzeniu.

– Nubuk – wziął w palce suche frędzle torby. – Nie doczyści się – stwierdził fachowo. – Przykro mi.

Powiedzenie mu: To przez pana! – nic by nie dało, skoro plamy są nie do usunięcia. Mieli spędzić ze sobą męczącą noc, będzie jeszcze niewygodniej z wrogiem – kalkulowała Klara. – Podczas lotu wzajemny balet uprzejmości, minimalnych przesunięć kolanem, łokciem jest użyteczny – wolała nie ryzykować.

– Zna się pan na skórach?

– Trochę. Nie ma dwóch jednakowych...

– A gdyby oddać do pralni chemicznej?

– Nic z tego, plama wżarła się w porowatą strukturę, nie do zmycia. Nubuk jest piękny i wrażliwy.

– Dziękuję.

Jej kpinę wziął za niedowierzanie.

– Zajmuję się handlem skórami, byłem na targach w Szanghaju... Julian Koźmiński – schylił głowę. – Julek.

– Klara – podała mu rękę.

Był młodszy od niej. Szczupła, ruchliwa twarz królika węszącego za czymś przyjemnym. Za moim spojrzeniem, sympatią – dostrzegła Klara. W miarę przesuwania się po telewizyjnej mapie świata ich samolotu z Azji do Europy widziała w swoim sąsiedzie więcej zalet. Uważnie słuchał, miał ładny, spokojny głos. Klara wahała się, czy powiedzieć mu o akupunkturze. Po raz setny powtarzać slogany i wysłuchiwać tych samych wątpliwości. Najgorzej spotkać hipochondryka...

– Dobrze zrozumiałam? Masz polsko-chińską firmę? – dawała sobie czas na wymyślenie własnej historyjki.

– Już od dawna nie wchodzę z Chińczykami w spółki. Za dużo firm się przejechało. Zjawiam się dwa razy do roku na targi, przywożę wzory i reszta sama się toczy. Uszycie kurtki, zwykłej zimowej, jest dwa razy tańsze niż w Polsce.

– Miałeś tu spółkę?

Z podsuwanych przez stewardesę buteleczek Klara wybrała białe wino, mniej szkodzące wątrobie. Julek zamówił gin z tonikiem.

– Próbowałem się zaczepić w Chinach, na szczęście niedużym kosztem. Dla Chińczyków podpisanie kontraktu jest tymczasowym zbiegiem okoliczności. Zamawiać u nich, owszem, ale na stałe za duże ryzyko.

Słuchała, potakując. Postanowiła nie przyznawać się do siebie. Zawieszona nad ziemią była wyrwana z codzienności. Jej wyobraźnia bez trudu znajdowała odpowiedzi zbywające jego ciekawość.

– Pracuję dla firmy farmaceutycznej... – upewniła się wcześniej, że on nie ma o tym pojęcia.

– Co produkujecie? – wziął dla niej z przejeżdżającego wózka kolejną butelkę.

– Ja papierki, jestem w public relation. Widzisz tego tam? – Po przeciwnej stronie siedział mężczyzna zasłonięty chińską gazetą.

Miał paznokieć dłuższy od swojego wskazującego palca.

– Ten z pazurem? – Julek wskazał go pękatym kieliszkiem, jakby wznosił toast.

– Wiesz, po co hodują takie długie?

– Ważniak?

– Do dłubania w uchu. W PR musimy znać obyczaje, mamy specjalistyczne kursy – podkreśliła wiarygodność swoich informacji.

Upiłam się – pomyślała Klara, mieszając wino z ginem. – Ostatni raz wypiłam dawno, baaardzoo – znalazła usprawiedliwienie.

Między nimi przepływały fale energii. Zwalniały w alkoholu na tyle, że je dostrzegała. Mógłby być jej młodszym bratem, mógłby być nią. Gdyby wysiedli w czasie międzylądowania, przerywając trajektorię lotniczego naboju z Pekinu do Warszawy. Poszliby razem w zupełnie innym kierunku niż wyznaczony dla nich cel. Upalne ulice Dubaju albo Sharijatu zamiast skutego smutkiem Jacka w milczącym, warszawskim mieszkaniu. Julek nie wspominał o nikim bliskim. Zakładał włosy za ucho i opowiadał dowcipy.

Podawano obiad. Wyprostowała się nad swoją parującą tacką z przypalonymi ziemniakami. Zażenowana zdała sobie sprawę, że co najmniej od godziny pochylała się do Julka. Polubiła jego zapach. Był w nim impet wymieszany z czymś delikatnym.

Pożyczył Klarze swojego discmana. Poprawiając słuchawki, otoczył ją swoim ciepłem, entuzjazmem, tak jak ulubioną muzyką. Był po szkole muzycznej. Grał na wiolonczeli.

– Ładne – potwierdziła Klara, słuchając koncertu. – Co to jest?

– Bach. Będzie pięć kawałków, wybierz najlepszy.

– Nie znam się – zaprotestowała.

Wlatywali w noc, zgaszono światło. Jego silna dłoń była dużo większa od twarzy Klary. Przymknął jej powieki, przesunął palcami w dół po wargach. Nie wiedziała, co zrobić po tym dziwnym geście. Próbował poprawić rozstaw słuchawek i osunęła się mu ręka? To było niespodziewane, jednak nie nachalne. Pomagał wczuć się w muzykę? Potem poufale uciszał, zakrywając usta? W ciemnościach zapamiętywał jej twarz? Aż tak pijany nie był,

110

w ogóle nie był pijany. Gdyby trwało to dłużej, może wtuliłaby się w jego dłoń, przyłożyła ją sobie do czoła. – Przeholował, powinnam się odsunąć... Nic się nie wydarzyło. On jest młodszy, ma taki styl. Pozwoliłam, bo potrzebuję...? Kluczenie od ucieczki po intymność prowadziło między jawę a marzenia, zasnęła.

Obudziła się pół godziny przed lądowaniem, słuchawki zsunięte pod fotel. Julek zamachał do niej z rzędu za przejściem. Rozłożył przepraszająco ręce, przesiadł się na prośbę Skandynawów. Przy Klarze pakowała swój podręczny bagaż piegowata blondynka. Denerwowała się, czy zdążą do Amsterdamu. Julek coś pisał. Swoje namiary – Klara była przekonana, spoglądał na nią. List? – trzeźwiała ze snu. – Nie oddzwonię – poczuła się skacowana tą nagłą zażyłością. – Nie mówiłam o Jacku, ale widział obrączkę. Klara nie odpowiadała uśmiechem na jego spojrzenia. Co mi odbiło? A co takiego się stało? – ugniotła śmieci w kulę, zebrała puste butelki i włożyła do kosza przechodzącej stewardesy. Julek zrobił to samo, wyrwał zapisaną kartkę i wyrzucił ją razem ze styropianowym kubkiem. Klara poczuła szarpnięcie, zapięła pasy i złożyła stolik. Schodzili do lądowania.

Pożegnała się z nim krótko i obojętnie po wzięciu bagaży. Byli przecież przypadkowymi podróżnymi. Starała się nie patrzeć mu w oczy podobne do oczu topielca. Młodego chłopaka, który przy moście Poniatowskiego wpadł pod wiosenną krę. Nie można było ich zamknąć. Zamarzły razem ze zdziwieniem, że tak łatwo wśliznął się pod rozbity lód i nie mógł się wydostać.

Czuła się winna. Pozwoliła Julkowi przebić się przez chłód przyzwoitości i nie potrafiła znaleźć dla nich wyjścia.

111

Jestem dorosła, czego spodziewać się po kilkugodzinnej rozmowie? – szydziła z siebie. – Zauroczenia? Niewiele o nim wiem, on o mnie bzdury. Zmęczenie, alkohol robią bardziej podatnym na... Na co? – Wymyślam. Podziękował za wspólny lot, grzecznie uścisnął. Dobrze, że nie zagadnął głupawo: Czy się jeszcze kiedyś zobaczymy – i nie dał wizytówki. Na pewno miał, rozdaje się je przy byle okazji. Handlarz skór – pogardą pokrywała swoje rozczarowanie.

Przesłuchała wiadomości na komórce i powtarzającą się groźbę z sieci: „Jutro o dziesiątej rano kończy się twój limit połączeń, uzupełnij...". Nagrał się też Jacek, stał w korku. Poszła po nową kartę telefoniczną i przejrzeć gazety. W kolejce za nią z wyjętymi bateriami discmana stanął Julek. Przyglądał się zaplamionej torbie sztywno zwisającej z ramienia Klary. Chciał ją złapać za pasek, gdy odebrała telefon.

– Tak, kochanie, już idę – wydarła paskowy kod z kupionego czasopisma.

Powolna jazda od świateł do świateł nie denerwowała Jacka. Przez te trzy tygodnie nie używał wozu. Po takim czasie wtopienie się w poranny ruch było przyjemne, wyczuwał w nim płynność niezauważalną dla poirytowanych kierowców. Kilka tygodni samotności i czuł się stanowczo lepiej. Przed wyjściem z domu wykąpał się, przyciął paznokcie. Pierwszy tydzień miał wodowstręt i golił się na sucho. Bulgot maszyny do mycia naczyń włączanej co wieczór dla paru szklanek i talerzy wypłaszał go z kuchni. Zamykał za sobą drzwi, nastawiał głośno telewizor. Odwiedził go tylko listonosz z poleconą przesyłką zagraniczną. Podziękowania ze Sri Lanki za Ergodomy. Zapraszano go do obejrzenia odbudowanych osiedli i między zachwytami nad jego hojnością prośba o datki. Nie miał im nic do wysłania. On i jego magazyny były puste. Też chciałby coś dostać. Przypadkowo obejrzał na Discovery program o meteorytach. Leżały ich na ziemi miliony, przeciętnie jeden co trzy kilometry. Wystarczyło się pochylić i wziąć gwiazdkę z nieba.

Golenie się narzucało mu dyscyplinę. Była w tym kolejność rytuału. Karczowania odrostów twardej bestii wyrastającej spod miękkiej skóry milimetr za milimetrem. Jej symboliczne obrzezanie przekazanymi z ojca na syna ostrzami pozłacanego kompletu.

Jacek nie wiedział, dlaczego to robi codziennie rano, prawie do krwi, ale mu pomogło. Zdecydował się przyjąć propozycję dawnego wspólnika. Najpierw pozwoli sobie na miesiąc, dwa urlopu, potem wróci do tego, co już robił, budowania „polskich dworków". Dobre i to – myślał. – Od czegoś trzeba zacząć. Robota, na której się zna. Bez pasji, ale regularnie. Będzie chodził do biura, to ważne, wyjść z domu, narzucić sobie obowiązki. Regularna kąpiel, golenie było nastawianiem zwichniętej codzienności w szynę rutyny. Dawno temu grał z chłopakami w wybory: autobus czy tramwaj, pies czy kot, kutas w lewej czy prawej nogawce. To nie były żadne wybory, chociaż potrafili się o nie bić. Teraz też ich nie miał. Nieważne, na co się zdecyduje. Jedyne, co sprawiało różnicę, to Klara. Spóźniony podjechał pod przyloty. Stała przy krawężniku, jeszcze go nie zobaczyła. W lekkim płaszczu z postawionym kołnierzem, rękami w kieszeniach. Było trochę, tak jak się poznali, on ją obserwował, ona nie zdawała sobie z tego sprawy. Podjechał bliżej, widział już kosmyki potarganych po podróży włosów wyciąganych przez wiatr spod czapki. Stała do niego tyłem, zasłaniając się od mroźnych podmuchów.

Wzruszył się, wiedział, że po prozacu się nie płacze.

To było silniejsze od lekarstwa, chemii, fizjologii, czasu i miejsca. Promień oczywistości dotykającej jak łaska:

– Boże, co ja bym bez niej zrobił, co by się ze mną stało.

Joanna miała odwiedzić Klarę w gabinecie. Wysłuchała przez telefon wszystkich szczegółów podróży z handlarzem skór i melomanem. Jej przyjaciółka nie miała zwyczaju opowiadać o swoich spotkaniach, pacjentach, fascynować się przelotną znajomością.

– Masz rację, Josia, to była dokładnie „przelotna" znajomość – przyznała rozbawiona. – Nie, nie wiem, dlaczego mi tak utkwiło w głowie. Polubiłam go, był... delikatny. Teraz wszyscy są tacy, tacy do przodu.

Joanna wyrwała się na wiosenny spacer, robiąc sobie „Dzień Kobiet". Maciuś był z opiekunką, przywiezienie dwójki starszych ze szkoły zostawiła Markowi. Według dzieci specjalnie „wkręcała" go w opiekę nad nimi. Za mało bywał w domu. Zjawiał się wieczorem i jego metody wychowawcze nie różniły się od pomysłów innych zapracowanych mężczyzn, dla których obowiązki ojcowskie polegają na wciskaniu telewizyjnego pilota. Nie chciała, żeby piętnastoletnia Gabrysia i dziesięcioletni Michaś dojrzewali w poświacie ekranu jak pomidory w szklarni.

Joanna zebrała potrzebne dokumenty, napisała podanie do Europejskiej Rady Fundacyjnej; żeby dostać pieniądze, potrzebowała biznesplanu. Sklep „Depresja" był zbyt wielobranżowy. Musiałaby się zająć wynajęciem lokalu, sprzedażą gadżetów i zatrudnieniem psychologa. Radząc się Pawła, doszła do wniosku, że depresja to poważna choroba, a nie interes. Na początek musiała znaleźć coś łatwiejszego.

– Pani czasu nie traci, wszystko wynalezione – zapewniła ją urzędniczka w czytelni biura patentowego, podając tekturowy segregator z literą „N".

– Zobaczymy – odpowiedziała niezrażona.

Była nie do pokonania. Należała do rekordowej w Europie ilości Polek zakładających własne firmy. W porównaniu z innymi Europejkami najbardziej zdeterminowanymi, by osiagnąć biznesowy sukces.

Nie zważając na złośliwości urzędniczki, Joanna sprawdzała, czy ktoś wcześniej opatentował jej wzór przemysłowy. Wymyśliła go, gdy Gabrysia miała dwa latka. Udoskonaliła dużo poźniej przy raczkującym Michasiu. Przychodziła do urzędu wertować kartki opasłych tomów. Był w nich opatentowany jej świat. Katalog biblijny, gdzie nadano i zapisano nazwę każdej rzeczy: Papierek od toffi i krówek, wzorek batonika „Danusia", zatrzaskowe zamknięcie butelek szamponów, tak naturalne i proste, że uważała je za wrodzone. Zamawiała następne tomy i czytała je z wypiekami na twarzy jak w liceum *Przeminęło z wiatrem*. Nie przeszkadzały jej zawistne hi, hi urzędniczek. Joanna z przelewającym się dekoltem, długimi nogami w różowych botkach, wystającymi spod czytelnianego stołu, nie przypominała Einsteina. Ale im szybciej zbliżała się do końca litery „N", tym miała większą pewność: była pierwsza, jedyna, genialna.

Zrobiła sobie przerwę na ciastko u Gesslerowej. Przytulny przepych jej kawiarni pobudzał do marzeń. Podziwiała tę kobietę. Ozdobną z wyglądu i charakteru, bizantyjską. Promieniował z niej nadmiar pomysłów i miłości.

Jedząc sernik, zastanawiała się nad sekretem Gesslerowej, porównywała ją do siebie. Obie miały wyjątkową żywotność, obfite figury i blond falujące włosy. Joanna bała się, czy jej nie brakuje magii, szczęśliwej ręki i wyczucia do interesów. Wzorowo skończone studia prawnicze i zaczęte ekonomiczne dały jedynie teorię. Zjadła puszysty sernik, wzięła ze sobą pudełko z bezami, pół kilo ciastek tortowych.

Krakowskie Przedmieście zatarasowała manifestacja. „Ma-ni-fa" – Joanna odczytała z transparentu. Czekając na przejście, nie wytrzymała i rozwiązała biało-czerwony sznurek. Wsadziła do pudełka głowę, podgryzając lukier. Papier pakowy podrywany wiatrem zasłaniał jej oczy. Nie była więc pewna, czy starsza kobieta wśród kolorowo poprzebieranych dziewczyn to rzeczywiście wdowa po profesorze Kaweckim. Dostojeństwo siwej, milczącej pani w czerni świadczyło o powadze demonstracji. Pochód był tłem dla jej przedestylowanej przez czas i doświadczenia kobiecości. Przodem szły manifestantki z ustami zaklejonymi plastrem, inne gwizdały i krzyczały z okazji Dnia Kobiet. Joanna oceniała je okiem racjonalizatora z biura patentowego: Mogłyby sobie zakleić usta plastrem antykoncepcyjnym, efektowniej. Dla neokatolików – tak nazywała nawróconych znajomych – najlepszą metodą antykoncepcji byłoby zaklejenie cip.

Za namową Marka zrezygnowała z pigułek. Zresztą nie czuła się po nich dobrze i tyła. Ginekolog, polecony przez sąsiadki, zaproponował personę. Minikomputerek owulacyjny wyprodukowany w Irlandii. Wkładało się do niego codziennie obsikane testery i zapalało się światełko: czerwone – stop, *no fuck*, pomarańczowe – uwaga, zielone – dni bezpłodne. Marek upewniał się, czy nie musi się spowiadać ze stosowania antykoncepcji.

– Skoro to jest w 99 procentach pewne? – miał wątpliwości, mimo że personę stosowały żony jego kolegów z Opus Dei.

– Pysiaczku – uspokajała go. – Jeżeli nie stosuje się żadnych przeszkód dla Ducha Świętego, tylko pomiary, to ten jeden procent nie jest szparką. To rozwarcie na Jego działanie – wpasowała się w różańcowe słownictwo Marka.

Podrabianie nawiedzonego czy biurowego slangu męża, powiedzonek dzieci przychodziło jej z łatwością. Talent aktorski Joanny polegał na wczuwaniu się bardziej w oczekiwania partnerów niż własne. Odgrywała idealną żonę, wyrozumiałą matkę. Nie była pewna, czy podrzucając innym kwestie, nie zrezygnowała z życiowej roli. Musiała mieć coś własnego, w czym byłaby samodzielna, gdzie rozkwitłaby jej natura Joanny Wspaniałej. Pomysłowej i niezależnej. Wydostała się z betonowego wieżowca, gdzie została część jej koleżanek ze szkoły. Ten ursynowski blok z jednakowymi dziurami okien przypominał pszczeli plaster, z którego wylęgały się robotnice, wyrobnice kobiecości. Joannie było w nim ciasno i duszno, nie pasowała do roju zwykłych kobiet.

Wyjadając bezę z otwartego pudełka, doszła wzdłuż murów, pod prąd, na koniec Manify.

– Chodźcie z nami! – skandowały dziewczyny, trzymając się za ręce.

– Won z pizdami!! – wrzasnęli dwaj łysole w czarnych kurtkach, czający się dotąd w bocznej uliczce.

Dziewczyna z zieloną grzywką odwróciła się i zmierzyła wzrokiem rozbawiony tłum. Joanna stała dość blisko, wyraźnie widziała, co pojawia się w jej oczach. Wściekłość, urażona duma i pomysł, jak ośmieszyć bęcwałów. Podsunęła zielonowłosej otwarte pudełko z podgryzionymi tortowymi ciastkami, żeby wycelowała nimi w rechoczących z zadowolenia skinów. Krem zakleił im oczy, spływał do rozdziawionych ust i plamił kurteczki. Jeden z nich rzucił się na pudełko, drugi w kierunku dziewczyn. Nie miały szans, były za daleko od zwartej Manify. Joanna, uciekając, krzyknęła za siebie:

– Policja!

Na wysokim obcasie biegła wolniej, one w wygodnych buciorach pociągnęły ją za sobą. Nie pasowała do nich starannym makijażem i wiekiem, były niewiele starsze od jej córki. Nie zwracały na to uwagi, łączyła je wspólna sprawa. Obsiadły murek Barbakanu, rozprawiając o tchórzach i mentalnych oprawcach. Joanna, obcykana w młodzieżowym slangu, nie dawała po sobie poznać, że jej udział w Manifie był przypadkowy. Żarliwość feministek, ich hasła były tym, czego potrzebowała. Dały jej ideologiczny łomot i argumenty. Dzięki nim udoskonalony wzór przemysłowy, nad którym pracowała, nie będzie sklepikarskim, komercjalnym chłamem. Wyprodukuje feministyczny manifest, nie plastikowy mit rzucony przeciw patriarchalnemu społeczeństwu. Pierwsza, wiosenna trawa pod Barbakanem rozcierana buciorami pachniała orzeźwiająco.

– Spóźniłaś się – Klara siedziała za biurkiem i radziła przez telefon. – Tak, nie można ryzykować. Jedyne, w czym mogę pomóc, to wzmocnić układ limfatyczny przed operacją. Tak, zdecydowałabym się...
Drzwi gabinetu były otwarte do pustej poczekalni.
– Biegłam – Joanna miała jeszcze rumieńce.
Rzuciła torebkę w fotel – „macica na szelkach" jak oceniły jej najnowszy zakup przyjaciółki z Manify.
– Zaraz mam pacjenta.
– Trudno. Przyszłam cię tylko zobaczyć – robiła sobie herbatę.
– Weź zieloną, wystudzi cię.
Wyłączając telefon, Klara odcięła się na moment od obolałych głosów.
– Byłam w biurze patentowym.
Wyraźniej od siedzącej naprzeciw Joanny nadal słyszała załamaną pacjentkę. Wyniki z laboratorium były wyrokiem niezrozumiałym jeszcze dla chorej. Napisanym po łacinie, w martwym języku, do którego niedługo przywyk-

nie. Klara nie była wierząca, jej religią było współczucie. Zostało z młodości. Wszystko inne, być może przydatniejsze: beztroska, idealizm, zginęło w holocauście dorosłości.

– Nie masz dzieci, to nie zrozumiesz, dlaczego mój wynalazek jest genialny – Joanna z podniecenia oblizywała pomalowane usta.

– Spróbuję.

– Żyjemy w obrzydliwym świecie, zdominowanym przez mężczyzn – rozpoczęła.

– Niekoniecznie.

– Żartujesz! – czekała na to. – Wiesz, ile po drodze do ciebie jest sex shopów?

– Są w całym śródmieściu. To też dla kobiet.

– Akurat, kupię sobie dmuchaną lalę – wyprężyła się w fotelu, otwierając usta i robiąc zeza.

– No to wibrator – uśmiechnęła się Klara.

– Bo mi potrzeba rozrusznika dupy – postukała się w głowę. – Nieważne. Kobiety są upokarzane, zwłaszcza matki. Nie masz dziecka, nie kumasz. Spróbuj wyjść do miasta z dwulatkiem oduczanym od pieluch. Maluchowi chce się i gdzie masz go wysadzić? W zasyfiałym kiblu? Na trawnik jak psa? Tylko w patriarchalnej kulturze jest możliwe, żeby potrzeba napalonego faceta była bardziej respektowana od potrzeb dziecka.

– Naczytałaś się czegoś? Dostałaś laurkę na Dzień Kobiet?

– Dmuchaną lalę kupisz byle gdzie, zamówisz internetem, w dowolnym rozmiarze! Czy kobiety to są suki? Nasze szczeniaki mają obsrywać parki, sikać za samochodem? Nie posadzisz dziecka na zaszczanym sedesie, a inaczej niż na siedząco nie chce i ci się zleje.

– Josia, co to za wynalazek?

– Genialnie prosty, zrewolucjonizuje życie młodych matek. Potrzebujesz, wyjmujesz z torebki pakiecik wielkości chusteczki. Dmuchasz – nadmuchała w zwiniętą pięść – i masz nocnik. Jednorazowy, nocnik z tasiemką u góry. Po wszystkim zawiązujesz – pociągnęła w powietrzu za wyimaginowany sznurek i z niewidzialną zawartością rzuciła do kosza.

– Pomysłowe.

– Rewelacja. Opatentuję, znajdę producenta... najtaniej w Chinach i ty mi pomożesz.

– Nie, nie nadaję się, nie mieszaj mnie do tego – zaprotestowała.

Wynalazek Joanny był dla niej fantazją, mrzonką nudzącej się gospodyni domowej. Zadzwonił drugi telefon, wyjęła go z szuflady.

– Słucham? Julek?

Joanna przestała napawać się swoją genialnością. Obserwowała Klarę: zbladła, bezwiednie rysowała długopisem po kartce.

– Dobrze, dzisiaj. Nie wiem, obojętne, tak – zapisała godzinę. – Na razie – wrzuciła komórkę do szuflady.

– Podobno nie dałaś mu namiarów – kpiła Joanna.

– Nie dałam. Może dostał z linii lotniczych.

– Klara, dzyń, dzyń – Joanna wyprowadzała ją z oszołomienia. – Nikomu nie dadzą. Im nie wolno podać nawet, kto leciał.

– Fakt.

Gdyby Julek znał jej zawód i znalazł numer gabinetu w książce, ale przecież dzwonił na komórkowy. I to ten drugi, prywatny, dla znajomych.

– Spałaś w samolocie? Przeszukał ci torebkę, mógł dosypać prochów do picia. Czego chce?

– Coś dla mnie ma mojego. – Podeszła do leżanki wyprostować papierowe prześcieradło, przez domofon zapowiadał się już umówiony pacjent.

– A widzisz! Nic ci nie zginęło?

– Coś ty.

– Nie idź, to niebezpieczny facet.

– Tym bardziej pójdę – nie słyszała tak przestraszonego własną odwagą mężczyzny. Poważył się na coś, co doprowadzało do drżenia nie tylko jego głos, ale i jego zasady. Naruszył je dla kobiety, do której telefonował. Stawiał tym Klarę w dziwacznej sytuacji. Narzucając się z propozycją spotkania, składał jej poddańczy hołd.

– Czego się dowiesz? – nie ustępowała Joanna. – Swój numer znasz.

– Josia, czy ja kiedyś zrobiłam coś złego?

– Innym nie, sobie tak – nie chciała przypominać rozpaczliwej historii z Minotaurem.

Facet znikający bez zostawienia wizytówki dzwoni po tygodniu, nie znając podobno numeru, to było zbyt pokrętne dla spontanicznej Joanny. Jej macierzyński instynkt rozciągał się niekiedy na Klarę, zwłaszcza gdy szóstym zmysłem wyczuwała kłopoty.

Oliwkowa torba z frędzlami i szerokim paskiem przewleczonym przez miedzianą klamrę. Była miękka, nieusztywniona zaschłymi plamami soku. Klara porównywała ją z własną, wyrzuconą na śmietnik. Od tamtej różniła się wewnątrz wykrojem kieszeni. Przesuwała po niej palcem, po mapie zaginionej wyspy odtwarzanej pieczołowicie przez kartografa z naszytymi wzniesieniami, wąwozem szwów. Próbowała zgadnąć, czy Julek chciał się popisać świetną podróbką, czy sprawić jej przyjemność. Ta precyzyjna, mięsista mapa czule odtwarza szczegóły czy je bezdusznie skopiowała?

– Dziękuję – wzięła torbę na kolana.

Zajęta oglądaniem prezentu nie musiała patrzeć mu w oczy.

– I ten Norweg, ten, który siedział od przejścia – opowiadał dalej. – Oni mają świra na punkcie swoich skór, uważają je za najlepsze. A tylko pięć procent ich rynku jest ze Skandynawii, dlatego są tak drogie, rozmawiał ze mną, kiedy spałaś – Julek chciał już mieć to za sobą, wytłumaczone. – Do głowy mu nie przyszło, że nie powiedziałaś, kto zalał ci torbę... – przerwał, jeżeli odgrywał przed nią tragifarsę, libretto wymagało teraz dialogu. Ciepłego altu wybaczającego bezczelność.

– Skąd masz mój telefon? – nie zabrzmiało to przyjaźnie, chociaż Klara starała się zachować spokój.

– Od ciebie... – zawahał się.

– Nie przypominam sobie...

– W kiosku. Sprzedawca zapytał, czy chcesz normalną kartę do zdrapania. Wolałaś ładowanie komputerowe. Nie podsłuchiwałem. Podyktowałaś swój numer – odważył się dotknąć jej ręki, wreszcie na niego spojrzała. – Stałem za tobą i... mam pamięć do cyfr, dlatego zająłem się biznesem. Ta torba to majstersztyk, kiedy ją uszyli, nie mogłem się powstrzymać...

– Nie zostawiłeś wizytówki – zabrała dłoń.

Rozerwała croissanta.

– A zadzwoniłabyś? – nie miał wątpliwości.

To, co o niej wiedział, potwierdzało to, czego się domyślał, chociaż jedno przeczyło drugiemu. Zupełnie się w tym gubił. Intrygowała go i złościła. Wyglądała na trochę starszą, wolał to. Młode dziewczyny bez doświadczenia były nudne, potem rozczarowane. Ona pozwalała się uwodzić i od początku planowała, że ich spotkanie nie będzie miało dalszego ciągu. Wydałyby się jej kłamstwa. Opowiadając o delegacji, błądziła wzrokiem, czytając nieudolnie z kartki podsuniętej przez wyobraźnię. Na pierwszy raz w Chinach za dobrze znała język. Obserwował jej swobodną rozmowę przy okienku paszportowym. We free shopie przesuwała od góry do dołu wzrokiem po chińskich napisach.

Mieli ten sam lot i była w jego typie, Klara Schumann, zanim poślubiła swojego szalonego geniusza. Wysoka szatynka z węzłem ciężkich włosów i o lekko skośnych oczach okazała się też Klarą. Udało mu się wyprosić miejsce przy niej, chwilę później ten rząd zajęłoby norweskie małżeństwo. I tak wymusili na nim przesiadkę.

Obrączka Klary nie świadczyła o szczęśliwym małżeństwie. Komuś, kto do niej zadzwonił, powiedziała: „Kochanie", i nagle się przygarbiła. Dostała cios, nieoczekiwany, niechciany telefon. Julek poszedł za nią. Nie miał szans, nie zostawiłaby mu numeru. Nie liczył tym razem na swój urok.

W długiej podróży ludzie się rozklejają. Pierwsza odpryskuje politura pozorów. Klara trzymała klasę. Śmieci do przygotowanej zawczasu torebeczki, nie pod fotel. Przecierany wilgotną chustką stolik, żadnego rozmemłania w stroju, niecierpliwości. Narzucany przez nią dystans nie był obroną przed wielogodzinną ciasnotą. Brał się z wdzięku oddzielającego ją od pospolitości narzekań i stłamszenia niewygodą.

Julek zaryzykował, już miał coś wymyślić, stojąc za nią w kiosku, kiedy usłyszał 573... Był wdzięczny sprzedawcy, postępowi telekomunikacji, reklamom po drodze z lotniska. Miał teraz pretekst i telefon. Został mu czas na połączenie tego w przekonywającą historyjkę...

– Więc nie jesteś szpiegiem ani agentem – Klara bawiła się swoimi obawami.

– Kto wie. Jestem muzykiem, w Polsce muzycy robią niezłe interesy. Bagsik jest kompozytorem, o ile się nie mylę. I ci ukraińscy nafciarze z polskim obywatelstwem, Jankielewicz...

– Masz wspaniałą pamięć do rzeczy – uniosła torbę –

i cyfr. Masz dobry gust – oceniła popielatą marynarkę, drogie buty.

Ubranie mężczyzny było dla niej jego pierwszą warstwą. Estetyczną sierścią wartą pogłaskania.

– A ty kim jesteś, Klaro? – nie zmuszał jej do przyznania się, do prawdy.

Znowu motali spojrzeniami, mimowolnym uśmiechem wyłączność między sobą.

Klara traciła przewagę. Miała ją jeszcze na lotnisku, na otwartej przestrzeni, gdy wszystko było widoczne: zainteresowany nią mężczyzna prosi o spotkanie. Podoba się jej, mówi mu jednak:

– Nie.

Jest mężatką, nie będzie się plątać w dwuznaczne sytuacje. Po co? Podobne męskie ramiona, te same wady, może trochę inne zalety. Julek stchórzył, nie zapytał wprost, czy się zobaczą. Okrążał ją od tygodnia, jakby wystarczyło obezwładnić bliskością:

– To ja, udało mi się odwrócić twoją uwagę, przechytrzyć – podobnie zrobił kiedyś Jacek. – Klara dopiła szybko kawę.

– Dziękuję za torbę – wstała.

Podniósł się zaskoczony.

– Do widzenia – uścisnęła mu dłoń.

Podała wizytówkę: „Klara Weber, lekarz chorób wewnętrznych, akupunktura według Tradycyjnej Medycyny Chińskiej. Gabinet Warszawa, ulica, telefon".

Domyślał się, że kłamałam – usprawiedliwiała swój honorowy odruch zostawienia czarno na białym, z kim miał doczynienia. Jeżeli zadzwoni, umówię go na wizytę. Spotkanie między lekarzem i znajomym pacjentem. Wiele osób trafiło do jej gabinetu z przypadkowych, towarzyskich rozmów. Tak będzie najlepiej – zadecydowała. – Łagodne przejście od nie wiadomo co do ustalenia reguł –

poprawiła sobie szalik, naciągnęła rękawiczki i upewniła się, czy ma zamkniętą torebkę. Przy okazji złapała za suwak pustej torby od Julka. Ciagnęła przez chwilę i zrezygnowała. Zaciął się, wciągając świeżą skórę.

– Trzymaj go – Klara klęczała w swoim gabinecie przed potężnym, kudłatym owczarkiem wyrywającym się z objęć Pawła.

– Pati, dobra Pati – uspokajał psa, mocując się z nim na leżance. Przyciskał zabłocone łapy do białej koszuli.

– Zaraz się uspokoi – przesuwała palcami pod gęstą sierścią. – Teraz – wbiła igłę. – Jeszcze pięć.

Pies skomlał, chowając pysk pod ramię Pawła.

– OK – usiadła na podłodze. – Kwadrans, nie pozwól jej się ruszyć.

– Pomoże?

– Już cię liże z wdzięczności.

Wilgotne od deszczu kudły parowały, oddech schorowanego psa napełniał gabinet. Otworzyła okno, wychyliła się na ulicę. Był wiosenny zmierzch, zapalały się pierwsze latarnie. Pobliska szkoła muzyczna brzęczała jak orkiestra strojąca się do koncertu. Dzieci z plecakami i futerałami skrzypiec rozchlapywały kałuże. Wrony wśród gałęzi pobliskiego parku zlepiały się w grudki nadchodzącej ciemności. Klara nie znosiła ich kraczącego nawoływania do snu, przymknęła okno. Pieszczotliwie pogłaskała Pawła po łysinie.

– Kiedyś miałeś łaskotki – na studiach, wiedząc o tym, znęcali się nad nim, zmuszając do śmiechu.

– Kiedyś byłem wrażliwy.

– Sądzisz, że możliwa jest przyjaźń między kobietą i mężczyzną? – podeszła do biurka.

125

Julek zadzwonił do niej natychmiast po spotkaniu. Byli umówieni w następny wtorek.

– Na ile liter? Rozwiązujesz krzyżówkę? – Pawła bawiły kategoryczne pytania, rozdzielanie niuansów tasakiem języka. – Jeżeli rozmawia się częściej, niż idzie do łóżka – gładził ziejącego psa – to musi być przyjaźń. Tak wymyślił mój pacjent. Nie mógł się rozeznać w swoich kochankach, którą kocha. Niezła definicja.

– Mam coraz mniej ochoty na seks i powiem ci, dobrze mi z tym.

Już dawno kochanie się z Jackiem stało się przygotowaną zawczasu akademią ku czci stref erogennych, gdy wiadomo kto po kim i co zrobi przy zapalonej specjalnie świeczce. Solidny, małżeński orgazm wystarczający na miesiąc.

– Może współgrasz z Jackiem. Jemu spadło libido, tobie też.

– Nie wiem, co jest od leków, co...

– Przepiszę mu zoloft, najmniej obniża libido – nie chciał słuchać intymnych zwierzeń, był zazdrosny. Nie o nią, o emocje, które analizował od lat z pacjentami. Wiedział o nich już tyle, że potrafił naśladować pożądanie, żal. Podczas terapii z obcymi był bezpieczny. Klara z bliska, nie przez telefon, mogłaby dostrzec jego nienaturalność. On naśladował uczucia, niekiedy wydawało mu się, że naśladuje bycie człowiekiem.

– Najłatwiej usprawiedliwić się depresją – nie widziała sensu zmieniać Jackowi lekarstwa. – Szkoda, że to nie zaraźliwe.

– Niestety, zaraźliwe, ale nie powtarzaj nikomu, bo mi odbiorą licencję. Ludzie się sobą wzajemnie psychicznie infekują i ja ich potem muszę z tego leczyć. Prawda Pati? Ile my się musimy z nimi namęczyć – oparł głowę na psim łbie. Widział teraz Klarę z boku. – Przytyłaś, lepiej ci.

126

– Starzeję się. Odpuściłam.

Nie było w tym kokieterii. Ulga z wcześniej spełnionych obowiązków fizjologii.

– Nie mów tak. Należysz do moich ulubionych postaci kobiecych.

Wiedziała, że jest u niego tuż po Gwyneth Paltrow, a przed Goldą Meir. U innych królowała Marilyn Monroe, dla Pawła była za bardzo przebrana za kobietę, podobna w tym do transwestyty.

– Ty się nie poddajesz? Masz kogoś? – martwiła się o niego.

Sam dla siebie był ciekawym przypadkiem do obserwacji. Gdy inni z miłości wyskakiwali w akademiku oknami, przyjeżdżali karetką na płukanie żołądka, jego interesowało, czy to szaleństwo bierze się z genetyki. Miłość była przecież genetycznie zakodowana w komórkach. Świadczyły o tym splecione w uścisku pary chromosomów od ojca i matki. Seksualny początek życia.

W młodości Paweł wydawał się rozsądny, zaledwie kilka stosunków z kobietami i mężczyznami. Żadnych dłuższych związków, tęsknoty za wdychaniem co rano cudzego zapachu z ust. Był aseksualnym dziwadłem zbudowanym z seksualnych komórek. Dzięki tej bezstronnej obojętności został sędzią. Godził męską i żeńską część mózgu, wariactwo z normalnością swoich pacjentów.

– Złap mocniej – poradziła Klara.

Pies zsuwał się mu z kolan.

– Niewygodnie pieskowi – rozluźnił zdrętwiałe ręce.

Objęła Pati i Pawła. Pies zdziwiony ich bliskością kręcił łbem, chuchając im w twarze. Sierścią łaskotał Klarę w nos.

– Dziesięć mniut – spojrzała na zegar.

– Wytrzymasz?

Siedzieli w uścisku, z wiercącym się między nimi psem. Pati reagowała niespokojnie na każde poruszenie.

– O, to jest to, o czym ci opowiadałem – Paweł mówił wprost do ucha Klary. – Przyjrzyj się jej. Powinna nazywać się Yuppies, nie Pati.

Odsyłał Klarze yuppisów skarżących się na problemy ze snem i stres. Miała ich wyciszyć albo chociaż unieruchomić podczas półgodzinnego zabiegu.

– Przychodzi do mnie kwiat cywilizacji – starał się nie gestykulować, przytrzymując owczarka. Nie wytrzymał, to, co opowiadał, tak go przejmowało, że przynajmniej poruszał palcami. – Oni kręcą tym interesem: biznesmeni, menadżerowie, reklamiarze. Przychodzą wypachnieni, wystylizowani, a ja już w drzwiach widzę dzikich. Syndrom zdziczenia opisany przez Bliza, to właśnie to, spójrz – pokazał brodą czujne oczy Pati. – Stały, podwyższony poziom uwagi. Oni muszą być non stop czujni, na dźwięk komórki, wiadomość z firmy. Po drugie, podwyższony poziom lęku. Czy ich nie wyrzucą, czy przegonią konkurencję. Od tego nie śpią. Po trzecie, hiperamnezja, jak zwierzęta zapamiętują wszystko ze swojej dziedziny. Ćwiczą się w tym na kursach. Nasi nowi dzicy widzą świat najprościej: cudze – zagrażające, obce – wrogie. Cola jest zakazana dla tych z pepsi. I yuppisi stają się głuppisami – głupieją w weekend, kiedy muszą być sobą. Albo przy zbyt skomplikowanych problemach. Trzeba wtedy wzywać konsultanta trzebiącego z firmy nadmiar pracowników. Moja Pati na swoim poziomie zachowuje się podobnie: napięta uwaga, lęk, hiperamnezja. Ale jest lekko udomowiona i żyje u mnie. Oni żyją w stanie *atavistische Erniedrigung*, atawistycznego poniżenia, ludzkiego zezwierzęcenia. Do tego doprowadziliśmy najzdolniejszych. Najgorsze, że matki modlą się o taką karierę dla swoich dzieci. Następne pokolenie na przemiał.

– I do ciebie na leczenie. Nie zabraknie ci pacjentów.

– Wolałbym ciekawsze przypadki – ciebie.

– Uważasz, że ze mną jest coś nie tak? – zaniepokoiła się. Przejrzał jej gonitwę myśli?: Julek – Jacek – Julek.

– Nie, ty należysz do tych rzadkich typów, które nie dają się otoczeniu. Twoim największym zagrożeniem jesteś ty sama. Dla terapeuty to wyzwanie.

Zadzwonił zegar. Powyjmowała Pati igły, posmarowała szybko ślady spirytusem, walcząc z nią o waciki.

– Ale w moim fachu nie wolno zajmować się znajomymi – wrócił do przerwanego wykładu o nowych dzikich. – Zapomniałem najważniejszego, w atawistycznym poniżeniu zanika zmysł zabawy. Widziałaś te żałosne kluby dla yuppisów, upijanie się w barach po robocie?

– Bogu dzięki, my poniżamy się sami.

– Co masz na myśli?

– Życie, zmęczenie. Nie odróżniam już jednego od drugiego – wyrzuciła igły do kosza, zdarła papierowe prześcieradło.

Paweł sięgnął do jej ucha i z wprawą magika wyciągnął zza włosów skręta.

– Zapalimy? – przesunął jej pod nosem. – Lubiłaś – kusił.

Pati ożywiła się, podskakiwała do papierosa, ujadając radośnie. Klara wahała się, czy po trawie nie wygada się, o czym naprawdę myśli. Potrzebowała luzu, głupawego śmiechu zagłuszającego zgryźliwości Jacka, jego wyniosłe milczenie. O własnych siłach nie umiała potraktować przygody z Julkiem lekko – wygłup na granicy powagi. Zarażona Jackiem bała się zwykłych odruchów pchających ją do życia.

– W parku – wzięła smycz.

– Masz piękną córkę – Klara pomachała wysokiej, szczupłej Gabrysi stojącej przed gankiem w czarnej, długiej sukience.

Kręcone blond włosy miała związane do tyłu, po cygańsku, chustką.

– I co z tego – Joanna manewrowała niepewnie nowym samochodem, wyjeżdżając przed dom.

Ominęła przesadnie szerokim łukiem świeżo odmalowany maszt przy furtce. Biało-czerwona flaga podświetlona reflektorem łopotała nad willami.

– Poczekaj, nie zamknęłam – siedząca obok niej Klara nacisnęła pilota, kierując go w stronę swojego wozu na osiedlowym parkingu wysypanym białym żwirem.

– Tutaj nie kradną – zapewniła Joanna.

Wyjechały za strzeżoną bramę.

– Co z tego, że ładna – odpowiedziała Klarze. – Wymyśliła kolczyk w nosie i męczy nas o zgodę.

– Taka moda.

– Nie – pokręciła głową. – Kaleczą się dzieci niekochane. Obnoszą swoje rany w wargach, nosach, językach – recytowała z broszurek o problemach młodzieży, piercingu i tatuażach. – Mówię Markowi, zamiast na nią krzyczeć, pogadaj, idźcie do kina. On jej wyrwie ten kolczyk...

– Mała was podbiera. Boi się kłucia, a przebić sobie nos... – przypomniała Joannie wizytę w gabinecie. Gabrysia, widząc kilkunastocentymetrowe igły, zasłabła.

– Oby. Dziewczyny w tym wieku mają odbicia. Zgadnij, która szminka jest najlepsza, podsłuchałam moją córuś przez telefon.

– Odblaskowa? Chanel? Nie oglądam reklam.

– Z zakładu pogrzebowego. Któraś sobie wykombinowała, całe liceum jej zazdrości. Prywatne liceum dla dzieci z dobrych rodzin, kurwa mać! Ty palancie w uszatkę jebany! – przyhamowała gwałtownie za rowerzystą w waciaku i czapce, zataczającym się na drodze. – Rozjechałabym go, latarni nie ma, on bez świateł skurczybyk jeden. Rozzzjechałabym – zwolniła. – Żłopią wińsko pod sklepem i wyłążą pod koła. Aaa, zamiast siary dolać im fosforu i niech świecą, lampiony mazowieckie, bezpieczniej by było – sięgnęła nerwowo do kieszeni Klary po herbatniki.

Na wzgórzu, przed kolejną ociemniałą wsią z pustaków stał barokowy kościół. Za dnia ze swoim miedzianym, odbijającym promienie dachem był wielką monstrancją podniesioną nad przykurczoną z biedy i brzydoty okolicą.

Joanna wiozła Klarę do Moniki Zielińskiej, swojej rzeczniczki patentowej. Poznała ją przez studentki z Manify. Dmuchany nocnik zasługiwał w ich oczach na wyjątkowego rzecznika. Mogła nim być jedynie koleżanka z Akademii Sztuk Pięknych, konceptualista i prawniczka Monika Zielińska. Stała się sławna po billboardowej akcji gigantycznych fotografii pępka podpisanego „Blizna po matce".

– Ona tym jednym zdaniem odczarowała pępek – emocjonowały się pofarbowane w pomarańczowe i zielone pasemka dziewczyny z Manify. – Pępek był pogardzanym ośrodkiem egocentyzmu.

– „Być zapatrzonym we własny pępek" – przekrzykiwały się. – Czaisz, ile w tym mizoginizmu?

– Utrącania łożyskowej roli kobiet?

Joanna zwróciła uwagę przed kilkoma laty na te billboardy. Pępki jej dzieci były utrapieniem. U Gabrysi pod strupkiem zbierała się ropa, Michasiowi wdało się zakażenie. Przy Maciusiu za poradą położnej praktykującej indiańskie porody zrezygnowała z kąpania noworodka, aż kikut pępowiny zagoił się pięknie po dwóch tygodniach i odłamał niby sucha gałązka. Billboard „Blizna po matce" widziany na trasie między miastem a domem otwo-

rzył Joannie oczy. Wzruszona włożyła sobie palec do pępka, pogłaskała go z wdzięcznością. Była pod wrażeniem,
że zobaczy autorkę. Imponowali jej artyści, Gesslerowa,
Zielińska. Prawniczka jak ona, i tak utalentowana. Chciała
pochwalić się przed przyjaciółką niezwykłą znajomością.
    „Prawniczka artystka" – Klara spodziewała się dziwad-
ła. W Monice, przedstawionej przez Joannę, nie dopatrzy-
ła się pęknięcia, obsuwy, spod której dymiłaby marihua-
na. Zielińska była bezpretensjonalną dziewczyną w typie
modnych, młodych aktorek. Inteligentnych, pewnych siebie i magnetycznie pięknych. Mówiących ze szczęki, nie
tkliwie z duszy. Mieszkała u ojca, znanego adwokata. Zabawki, lilipucie mebelki jej córeczki leżały w kącie przedwojennego salonu. Klara po wstępnych grzecznościach
przestała interesować się rozmową.
    Dała się namówić Joannie na wyjazd za miasto i przy-
jechać do obcej kobiety. Od spotkania z Julkiem robiła
mnóstwo niepotrzebnych rzeczy. Musiała się czymś zająć
z niecierpliwości. Zagłuszyć szydzący rozsądek przema-
wiający jej własnym głosem: „Będę czekać? Tylko na kogo, na męża czy kochanka? Już nie jestem żoną, jeszcze
nie jestem kochanką. Bardziej chcę, niż jestem, więc będę
tym, kim zechcę. Żoną albo kochanką. Na razie wdową
z szansą na zmartwychwstanie męża. Nową Penelopą
oczekującą powrotu Odyseusza do siebie samego. Co noc
pruję oplatające mnie nitki pożądania. Jestem rozsądna,
uczciwa, chociaż mam ciało i męża" – usłyszała *flash back*
po wczorajszej trawie. Przestraszyła się wtedy, na ławce,
i oddała skręta Pawłowi. Spragniona słodyczy kupiła cze-
koladę, zjadła ją, zanim zdążyła wyjść ze sklepu. Znowu
częstuje się czekoladkami w domu Moniki Zielińskiej. Postaci z narkotycznego snu. Kobiety łączącej rozsądek pa-
ragrafów i artystyczny odjazd. Klara przyglądała się jej
zazdrośnie. Ona, doktor Klara Weber, nie dawała sobie

rady z pojedynczą sobą – sobą samą. Najchętniej wzięłaby śliczną, uśmiechniętą twarz prawniczki-artystki, schowała do torebki i uciekła. Tak robią dzieci, nie wytrzymują i kradną, co im się spodoba. „Jestem dzieckiem – w Klarze załamały się rusztowania sięgające dorosłości. – Niech ktoś mnie przytuli i zabierze ode mnie".

– Rozbierz się – poprosiła.
Nad leżanką wisiały dwie chińskie, tekturowe tablice. Rysunek nagiego mężczyzny naturalnej wielkości od przodu i tyłu, z kolorowymi kanałami przepływu energii.
– Ta czerwona linia od ręki do ramienia... – Julek zbliżył się odczytać napis.
– Meridian jelita grubego – Klara wstała zza biurka. – Bardzo energetyczny punkt i boli – nie musiała sprawdzać, co przykuło uwagę Julka.
Pacjenci przy pierwszej wizycie wpatrywali się z przerażeniem w Qui Don. Zaznaczoną czerwienią niby kroplą krwi plamkę między odbytem a jądrami.
– Nie bój się, jesteś za młody na przerost prostaty – odłożyła kartki zadrukowane laboratoryjnymi wynikami. Wyczytała z nich to, czego Julek nie wiedział o sobie, swoim organizmie. Resztę dopytała w rutynowym wywiadzie.
– Ile godzin śpisz?
– Sześć, siedem.
– Od której? – starała się być bardziej rzeczowa niż zazwyczaj.
– Dwunastej, pierwszej.
Pacjenci wywlekają przy tym pytaniu swoją sypialnię; chrapanie współmałżonka, jego wczesne wstawanie.
– Śpisz całą noc? Budzisz się? Pocisz?
– Nie.

– Kolacja?

– O dziewiątej – zobaczył jej minę. – Niedobrze?

– O szóstej najpóźniej – przełożyła kartkę w notesie.

Kusiło ją zapytać, kto mu gotuje? Sam? Je w domu, umawia się z kimś na mieście?

– Nie za wcześnie o szóstej? – rozsiadł się w fotelu, mógł negocjować.

Miał dość przesłuchań i przyznawania się do przekroczenia cienkiej, czerwonej linii, o której nie miał pojęcia. Ciągnęła się od głowy, przez ramię i brzuch mężczyzny z chińskich tablic akupunktury. Wyczuwał jej wagę z pytań Klary odhaczającej coś w ankiecie.

– Niektóre restauracje są otwarte do północy, niektóre do rana – pouczała. – Wyobraź sobie restaurację „Ludzki Organizm", żołądek zmywa naczynia od siódmej do dziewiątej i idzie spać, wątroba zamyka o pierwszej w nocy. Czego nie zdąży strawić, zostaje. Opisywać dalej, co się dzieje z resztkami?

– Leczysz też psy? – wziął z okna plastikową figurkę wygolonego na jednym boku wilczura.

Miejsca nakłuć podpisane były miniaturowymi chińskimi znakami.

– Zdarza się.

– Pozwalają z siebie robić szaszłyk?

– Mają instynkt, czują, że im to pomaga – zmieniła ton na obojętny. – Problemy z wypróżnieniem?

– Nie.

– Codziennie, co dwa dni? Jakiego koloru jest kał i czy są w nim nieprzetrawione...

– Do czego to potrzebne? – podejrzewał rewanż za żarty z psa.

– Muszę ustalić, jak pracuje twoja trzustka i jelita – za medycznym profesjonalizmem ukrywała chęć sprowadzenia Julka do poziomu białka i zawartości cukru. Odczłowieczając go, poniżając, broniła się sama przed sobą, przed zagrożeniem jego młodością, urodą.

– Przyniosłem badania.

– Wyniki to za mało, ja szukam przyczyn.

– Okay, okay. Nie myślałem, że tak szczegółowo.

Poddał się wiwisekcji pytań i posłusznie przeszedł na leżankę.

– Pokaż język – Klara obejrzała zęby.

Równe, bez plomb, żółtawych nacieków nikotyny albo kamienia. Język różowy z nalotem świadczącym o nadmiarze ognia w żołądku. U Jacka był czarny od leków antydepresyjnych. W *Mistykach i cudotwórcach Tybetu*, ulubionej książce profesora Kaweckiego, szamani uprawiający nekrofilskie obrzędy tańczyli z trupami, biorąc w usta ich czarne języki. Zmarli ożywali na czas magicznych podrygów. Dla Kaweckiego trupi taniec był symbolem przekazania energii, wyrównania potencjału między śmiercią i życiem. – W tantrze, po stosunku mężczyzna ssie język kobiety, wyrównując tym jing i jang, pierwiastek męski i żeński – tłumaczył Klarze. – Wydaje mi się, że Tybetańczycy wzięli to z buddyzmu tantrycznego albo odwrotnie. Wschód to przenikanie, swobodny przepływ z jednego wcielenia w drugie – profesor mrugał porozumiewawczo. Gorączka trawiąca jego schorowane ciało podgrzewała myśli do subtelnego stanu przenikania granic rozsądku.

Ostatni raz kochając się z Jackiem, Klara przypomniała sobie upiorne sceny trupiego tańca. Całując, miała w ustach jego czarny od leków język i poruszała bezwolnym ciałem leżącego pod nią mężczyzny. Był żywy i zarazem martwy dla niej. Jego członek pocierany udami, brany w usta nie ożył.

– Zmierzę ciśnienie – podciągnęła rękaw lnianej koszuli Julka.

Owinęła mu rękę opaską. Naprężone muskuły zerwały zapięcie.

– Odpręż się, rozwalisz mi sprzęt – wzięła go uspokajająco za ramię.

Miał ją z bliska; opuszczona głowa z przedziałkiem i grzywką, długie, wywinięte rzęsy.

– Za dużo, sto pięćdziesiąt na sto. Denerwujesz się? – zdjęła słuchawki.

– Chyba tak, nie wiem, co mnie czeka – pokazał głową popunktowanego golasa na chińskich tablicach.

– Miałeś kłopoty z ciśnieniem?

– Kiedyś zapisali mi leki, ale przestałem brać. Położyć się?

– Dzisiaj brałeś?

– Nie... wezmę wieczorem. Wyleciało mi z głowy.

– Od jak dawna się leczysz?

– Czasem, jak nie zapomnę, biorę proszki. Od roku... od rozstania z Anką, moją żoną – ułożył się sztywno, ledwo się mieścił na leżance. – Co mi jest?

– Nic. Za dużo ognia, stresu. Zdejmij koszulę, skarpetki. Zostań w spodniach.

Był opalony, pachniał świeżością.

– Usiądź – przyciągnęła do siebie jego głowę i potarła dezynfekującym wacikiem.

Wbiła igłę w czubek czaszki. Lekko go popchnęła, nakazując leżenie na plecach.

Przesuwając kciukiem po podbrzuszu odmierzała mu odległości od pępka. Dotykanie jego sprężystej skóry sprawiało przyjemność. Czekając, przymknął oczy. Pod opiętymi dżinsami miał erekcję.

– Boli? – Klara upewniała się, czy trafiła.

– Nie.

Kłamie – zauważyła – jego źrenice reagowały przy każdym ukłuciu.

Julkowi wydawało się, że jej dotyk, podniecająca bliskość łagodzą przeszywający prąd igieł.

– Auu! – nie wytrzymał.

Usiadł, sprawdzając, co się stało z jego stopą.

– Pod paznokieć? – poruszył obolałym paluchem.

– „Oko diabła". Nieprzyjemne, ale skuteczne. Wzmacnia śledzionę.

– Jezu – opadł.

Podziwiała go jak własne dzieło sztuki. Igły trzymały się prosto, wokół ostrza wbitego od dwóch do pięciu milimetrów tworzyły się ciemniejsze otoczki, na brzuchu, stopach i rękach. Julek mężnie cierpiał, jak święty Sebastian z obrazów przedstawiających seksownie zadźganego młodzieńca. Czułam, że jest sam. Od początku, od pierwszej rozmowy w samolocie leżał na grzbiecie i odsłaniał brzuch. Jest bezbronny i dlatego bezczelny – Klara otworzyła nowe opakowanie igieł.

Po Julku było jeszcze dwóch pacjentów. Umówiła się z nim za tydzień.

Chodząc po lesie, Jacek odpoczywał. Na swoje usprawiedliwienie miał spadające co kilka minut gwiazdy. W plecaku niósł owinięte folią kamienie. Porowate, żelaziste, nieprzypominające ziemskich skał.

– Całkiem nieźle – ocenił efekt tygodniowej wędrówki.

Zważył je na kuchennej wadze kupionej w supermarkecie razem z latarką, zapasem baterii, termosem i konserwami.

Spał w małomiasteczkowych hotelikach Roztocza. Czasem zostawał na bezdrożach i owinięty śpiworem nocował w swoim jeepie. Wychodzeniem z lasu ryzykował zaczepki miejscowych. Wykupywali mu w wiejskich sklepach pożywne, trzyprocentowe mleko. „Do kawy z pian-

137

ką" – powiedziała jedna ze sprzedawczyń. Czy oni po chałupach ubijają sobie z tego mleka pianę do cappuccino? Pędzą przy komputerze i satelicie wyrafinowane formy przetrwania, o których nie mamy pojęcia? – zastanawiał się, obserwując z oddali wioski.

Po wyczerpaniu się euforii samotności nadeszła pustka. Zapełniał mu ją natłok obrazów z przeszłości. Deptana zeschła ściółka wydawała dźwięk podobny do szperania w papierzyskach, przerzucania archiwów. Jackowi wypatrującemu kamieni wracały wspomnienia, wydawałoby się, utraconych, mało znaczących rozmów. Zetlałe liście z ubiegłej jesieni naśladowały wyblakłe, starodawne zdjęcia w sepii, szeleszczące pod nogami.

Bolały go nogi, piekły oczy. Przed północą, zanim wziął tabletki nasenne, meldował się Klarze: żyje, nikt go nie napadł, nie zabłądził. Jutro będzie prawdopodobnie tam i tam. Dobranoc.

Słyszeli się wyraźnie, rzadko przeszkadzał im pogłos. Słowa Klary nakładały mu się przed snem na przeczytane artykuły o meteorytach, popularnonaukowe teksty z astrofizyki. „Porozumiewanie wygasłych gwiazd. Słychać je miliony lat po rozpadzie".

Rano przeglądał znaleziska poprzedniego dnia. Odrzucał kawałki żużlu podszywające się pod meteoryty. Z zebranych skał oskrobywał zaschnięte błoto. Najcenniejsze kawałki mogły dolecieć z Marsa, Jowisza, spoza Układu Słonecznego. Pospolitsze spadały z Księżyca. Oceni to ekspert. Jacek nie spodziewał się wielkiego zarobku. Dwukilogramowe kolosy znajduje się rzadko. Jemu wystarczył pożyteczny cel. Nie ucieka się po coś, ucieka się od czegoś.

– Odetnę ci głowę – powiedziała dobrotliwie Klara przy drugiej wizycie Julka.

Pochyliła się nad nim, wyszukując palcami cieplejszych punktów na skórze.

– To znaczy? – chciał się jej bać, przedłużyć lęk, by pragnąć jeszcze bardziej.

– Dam ci igły tu, w szyję – odsłoniła mu ucho. – Przestaniesz myśleć. Co robisz dziś wieczorem?

– Nic. A ty? – sądził, że Klara się z nim umawia.

– To dobrze, jedź do domu, będziesz potrzebował odpoczynku – wbiła srebrne druciki z dwóch stron, blisko tętnic, i pogładziła go po czole.

– Pani doktor, co pani robi dzisiaj wieczorem? – złapał ją za rękę.

Specjalnie wyznaczyła mu ostatnią wizytę tego dnia na wypadek, gdyby...

– Też idę do domu.

– Do męża?

Milczała. Jacek wyjechał. Powiedzenie tego byłoby zaproszeniem.

– Kochasz go?

– To skomplikowane.

– A od czego zależy?

– Co?

– Że go kochasz albo nie?

– Nic takiego nie powiedziałam.

– Ale tak jest. Albo się kocha, albo... Wszystko inne to usprawiedliwienia.

– On jest chory.

– Na co?

Nie odpowiedziała.

– Czy to aż tak wstydliwe? Tajemnica? AIDS, zwariował?

– Ma depresję.

– Jest w szpitalu?

– Wyjechał. Nie mów więcej, nie ruszaj się – poprawiła obluzowaną igłę i odeszła od leżanki.

Zegar nastawiony na kwadrans wystukiwał ostatnie siedem minut. Ktoś nacisnął domofon. Wrócił poprzedni pacjent – emerytowany wojskowy. Wpadł do gabinetu zasapany, czerwony z wysiłku.

– Pani doktor, ludzie się ze mnie śmieją na ulicy. W tramwaju dzieci krzyczą: Kosmita! – poluźniał krawat i rozpinał powiewający za nim prochowiec. – Dobry wieczór – odruchowo trzasnął obcasami, widząc półnagiego Julka.

– Co się stało? Panie pułkowniku – Klara podsunęła mu krzesło.

Miał chore serce, akupunktura wzmacniała mu odporność przed wstawieniem by-passów.

– Oj, zapomniałam – dopiero gdy stanął pod światło, nad jego głową błysnęła antenka.

– Wolałem sam nie wyciągać, jeszcze bym coś uszkodził...

– Nie, nic by się nie stało – Klara wyjęła mu igłę, zdezynfekowała ślad.

Było jej wstyd. Co się ze mną dzieje? Nie wypuszczam tak pacjentów. Siwizna zakryła igły... Nie zauważyłam.

Pułkownik podziękował, przejrzał się w lustrze, przylizując fryzurę. Po jego wyjściu Julek mógł wreszcie głośno się roześmiać.

– Wiesz, dlaczego sam nie wyjął, bo nie było rozkazu! – wyciągał sobie igły z rąk.

– Poczekaj – brała każdą ostrożnie... – Możesz mi nie wierzyć, ale to pierwszy raz – roześmiała się, trzymając wacik na brzuchu Julka.

Stała między jego nogami. Objął ją przyjacielsko.

– Klara, nie wiem, co mi zrobiłaś, ale jest weselej. Miałem nie myśleć? OK. Chyba obojgu się nam przyda. Zapraszam cię tam, gdzie nigdy nie byłaś. Spieszmy się, otwarte do dziewiątej.

Julek i Klara tarzali się w basenie „Kid's Play" wypełnionym plastikowymi, kolorowymi kulkami. Wpadali do niego z tunelu gigantycznej zjeżdżalni. Rozwrzeszczana dzieciarnia przeskakiwała im nad głowami, przepychała we wspinaczce po sznurkowych drabinkach. Odważniejsi rodzice zapuszczali się między bawiących, krótko dotrzymując im tempa. W wojnie na dmuchane maczugi Klara była po stronie przedszkolaków przeciw Julkowi i bandzie z podstawówki.

– Wal go, wal! – zagrzewał ją do walki szczerbaty chłopiec.

– Ty duzy, nie zyjes! – zawyrokował przywódca maluchów.

– Ja? – Julek niedowierzał.

Klara dołożyła mu różową maczugą nabijaną styropianowymi ćwiekami. Zapadł się w kulki, wystawała mu głowa. Zgarnęła ich następna fala dzieciaków spadających ze zjeżdżalni. Musieli przekrzykiwać wrzaski i głośną muzykę. Turlając się po ciemnych labiryntach wyłożonych materacami, trzymali się mocno za ręce. Wpadali na siebie i obejmowali, pomagając wstać.

– Wygodniej byłoby mi w spodniach – Klara poprawiła długą, opiętą spódnicę.

– Odpoczniemy? Na górze jest kawiarnia.

Oddzielała ją od małpiarni dźwiękoszczelna szyba, za którą w ciszy rodzice czytali gazety i rozmawiali. Julek przyniósł wodę.

– Znają cię – zauważyła poufałość młodej obsługi.

– A jak! Wolę to od siłowni i dostaję cukierki – był wykończony gonitwą przez piętra, skakaniem po dmuchanych podłogach. – Te fotele są z mojej firmy, zamawiali u nas zamsz i wykończenie placu zabaw. Jeden z ciekawszych lokali w Warszawie, nie sądzisz? – przysunął fioletowy fotel z Klarą naprzeciwko swojego.

Położył sobie na kolanach jej stopy. W pończochowych rajtuzach zrobiły się dziury od biegania boso po piłeczkach. Masował przez nie nadwyrężone palce. Obijając się o siebie na placu zabaw, starli wzajemną obcość. Cofnęli się do dziecięcej niewinności, gdy chłopcom za karę nie wyrosły jeszcze brody, a dziewczynkom piersi. Dotykali się przypadkowo, celowo pieszcząc. Pomagając Klarze wejść do tunelu, objął ją. W kulkowym basenie, zaśmiewając się z upadku, pocałowała go w usta. Niezauważalnie, przypadkowo. Zlatywała z dwóch pięter, wpadała w poduchy. Ciało rozhuśtane zabawą wracało do nieważkiej beztroski.

Potrzebowałam tego – odetchnęła. – Nie dyskusji za stołem w restauracji. Plac zabaw to taki absurd, że cokolwiek zdarzy się później, nie będzie potwornie serio. W serio rozgrywkach jestem przegrana, wybrałabym wbrew sobie. Teraz jesteśmy w Nolandzie, u siebie – Klara widziała za Julkiem jasną salę zabaw. Wokół niego latały różnokolorowe piłeczki i podskakujące na trampolinach małe postacie.

Chciała mieć już za sobą niezręczność otwierania obcego pokoju, rozbierania się i pytań:

– Czy tak, mogę?

Mijając hotel, gdzie Julek dał jej torbę, skręcili do wejścia naturalnie, jakby wracali do domu. Nie uzgadniali tego wcześniej. To było równie oczywiste, jak ich pasujące do siebie teraz nagie ciała ułożone w poprzek łóżka.

Obejmowała go, oddawała szorstko pieszczoty. Rozłożyła nogi i czekała. W myślach była na stole operacyjnym. Mężczyźni w maskach chirurgicznych konsultowali, czy się nadaje. Jacek rzucił rękawiczki i wyszedł, nie dotknąwszy jej. Minotaur wyjął palce z suchej pochwy i radził założyć rozwieracz. Twarze innych szczypiących w piersi, kłujących ją w uda, były za bardzo zasłonięte maskami. Rozpoznawała ich po głosie, pogardliwym rechocie.

– Wyłączyć? Dać muzykę? – Julck wziął pilota z telewizora rozjarzonego reklamą hotelu.

– Zgaś.

Zasłonił jej dłonią oczy tym samym gestem, co w samolocie. Drugą ręką pieścił łechtaczkę, aż urosła, dojrzała i pociekł spomiędzy nóg lepki sok. Wszedł w nią mocno, wystarczyło parę głębokich pchnięć i gwałcił ją jej własnym orgazmem.

– Zależy mi na tobie, Boże, jak mi na tobie zależy, ty ruda jędzo! – usłyszała tylko to ostatnie o rudej jędzy.

Leżała na jego ramieniu. Było jej gorąco, miała spocone plecy. Rozgrzane, złociste ciało młodego mężczyzny było plażą, polizała jego słony od potu kark. „Jestem naga, młoda, jestem na wakacjach" – zasypiała.

– Nie możemy gdzie indziej? – Klarę denerwował przedświąteczny tłum w Ikei.

– Zaraz pogadamy, jest kawiarnia. – Joanna dała jej Maciusia w nosidełkach i popychając brzuchem wózek, wrzucała pluszowe zajączki, gadżety z jajek.

– Nie myślałaś o przejściu na prawosławie?

– Po co? – Joanna wertowała ikeowski katalog.

– Mają Wielkanoc i Gwiazdkę tydzień później. Robią zakupy bez tłoku i załapują się na poświąteczne przeceny, hy? – Klara widziała po jej minie, że nie słucha, zajęta wybieraniem serwetek w baranki.

– Kobieto! – warknął niedogolony chłopak w trendowych, wąskich okularkach, któremu Joanna nagłym skrętem zatarasowała drogę do windy.

– Jak dla ciebie – lekceważącym tonem obudził w niej blond furię. – To pani kobieto!

Przestraszony skręcił na schody. Maciuś się rozpłakał. Klara podtrzymała nosidełka. – Poczekam.

Za działem zabawek był bar. Z marudzącym dzieckiem nie różniła się od przesiadujących tu matek i ojców. Rodziny nawoływały się między kasą a stolikami pomazanymi jedzeniem. Jedyne wolne miejsce zmuszało ją do gapienia się na sielski plakat reklamujący Szwecję. W zieleni łąk rdzawy domek z białymi framugami. Za oknem majaczyła sylwetka młodej pary. Klara dawno nie widziała skandynawskiego filmu, z ludźmi zamrożonymi w krajobrazie i swoich emocjach. Nie miałaby nic przeciwko temu, by znaleźć się po drugiej stronie swojego życia, tego plakatu. Znowu spokojnie obserwować, oceniać innych i siebie. Po nocy z Julkiem zadzwoniła do Jacka. Zaproponowała, że odwiedzi go i razem spędzą święta.

– W lesie? – był sceptyczny.

– Czemu by nie?

– Bez zastawy i porcelanowych zajączków? – drwił z jej pamiątkowych talerzy wyjmowanych na wielkie okazje.

– Jesteś małostkowy, myślisz, że ja też?

W ich małżeństwie nie pojawił się dotąd ktoś trzeci. Jacek pozwalał więc sobie na rozgrywkę między nimi dwojgiem i coraz częściej z samym sobą, odsuwając Klarę.

– Wiewiórko, nie nadaję się jeszcze. Nie bój się – złagodniał. – Miesiąc. Raz w życiu miesiąc.

Gdybym mu powiedziała, o kogo się boję? – wydłubała z torebki pokruszone herbatniki.

Zapchała nimi rozkapryszonego Maciusia. Ułożyła rzędem na blacie okruszki i bawiła się z nim w węża gubiącego swoje kawałki. Wytarła dziecku nos, własne łzy.

– Skończyłam – Joanna zaparkowała obok nich wózek.

Wzięła zapłakanego Maciusia, zajrzała mu w spodnie. – Sucho to głodny. Co ci jest? – zainteresowała się Klarą.

– Klimatyzacja, mam podrażnienie – zamrugała.

– Musiałam coś sprawdzić – Joanna wyjmowała z kraciastej torby przewieszonej przez ramię śliniaczek, butelkę. – Monika odradziła mi nocniki. Ktoś je opatentował w Polsce. Takie same, dmuchane. Na ostatnich zakupach z Markiem, tutaj w Ikei, wymyśliłam lepszy patent, bardzo w stylu.

– W stylu? – Klara wyłączyła telefon, widząc numer Julka.

– Zaraz ci opowiem, tylko zjem. Przynieść ci coś? Maciek, matka pierwsza, jak w katastrofie lotniczej. Najpierw maska z tlenem dla mnie, potem tobie – kołysała niezadowolonego synka.

– Ja pójdę, co ci wziąć?

– Ciastka i sok.

Klara, przesuwając się z tacą wzdłuż lady, wystukała numer Julka, zajęte. Na telefony od niej miał melodyjkę z opery.

– Herzlige Tochter – kobiecy głos wspinał się do granic słyszalności. – Aaaaa.

– Znasz? – dał jej posłuchać po wspólnej nocy u niego w domu.

– Skądś znam – schowała się pod ciepłą jeszcze kołdrę. Nie miała ochoty otwierać oczu, wysysać nimi świetlistego szpiku dnia.

– Aria Królowej Nocy z *Czarodziejskiego fletu* – wąskie kolumny zadudniły muzyką po ścianach pustej kawalerki i wypastowanym parkiecie.

Julek, kochając się z Klarą, zrozumiał, co zamierzał Mozart. Idealnie wbił się nutami w kobiecy orgazm. Tej nocy osiągnęła podobny rejestr przerywany skracającym się oddechem, aż do wytrysku górnego C. Czekając na wieczór, puszczał arię, podniecając się muzyką i wyobrażaniem nagiej Klary. Szepczącej, krzyczącej mu do ucha, zapłakanej z ulgi, jaką jest szczęście.

145

Joanna zrobiła miejsce przy stole, ścierając mokrą serwetką odciski poklejonych rączek. Zadowolony Maciuś gaworzył, rozglądając się za Klarą niosącą tacę.

– Pyszności – Joanna zajęła się słodyczami. – Mazarynki, chyba z mąki ziemniaczanej, i torcik marcepanowy – próbowała. – Niezłe, gdyby jeszcze nie były zamrażane – dała polizać łyżeczkę dziecku. – Więc, mój pomysł jest prosty. W Ikei robisz zakupy od kołyski po fotel dla dziadków. Wieziesz do domu i składasz – odpięła za ciasny guzik dopasowanych spodni.

Do Klary nie docierały jej słowa. Kruszyły się i przyklejały z czerwoną szminką wokół pulchnych ust Joanny.

– ...muszę się z nim skontaktować. Z właścicielem. Jest bardzo bogaty i bardzo stary. Nie wiem, czy w Szwecji palą, czy chowają, obojętnie, na pewno siedzi w temacie. Miałby pierwszy sklep od kołyski po grób. Trumny oczywiście w podziemiu – oblizała łyżeczkę.

– Trumny?

– A o czym ja mówię? Nie zrozumiałaś? Składane trumny ze sklejki; zrób to sam. Z możnością doklejenia aniołków, krzyża, pełen wybór. I naturalnie poduszki, koronki. Wiesz, ile kosztuje zwykła trumna?

– Pamiętam.

Matka płaciła co miesiąc sześć złotych z emerytury na pochówkowe w PZU. Nie mogła zostawić Klarze posagu, więc chciała jej chociaż zaoszczędzić wydatków. Skromny pogrzeb okazał się i tak droższy od ciułanego latami ubezpieczenia. Pracownik zakładu pogrzebowego, przyjmując dopłatę, prasował w dłoniach pomięte banknoty. Był zgięty w ukłonie, biorąc na siebie „smutne formalności", jakby przepraszał za bycie paserem śmierci albo miał skrzywienie kręgosłupa – Klara wolała nie wracać do tamtych chwil.

Bar w Ikei był przytulny. Matki karmiły dzieci zachwycone jedzeniem w sklepie. Ojcowie wybierali meble do samodzielnego złożenia. Wszyscy zachowywali się swobodnie i rodzinnie. Być może dlatego, że Ikea jest wielopokojowym domem zastępczym. Z kuchniami i sypialniami urządzonymi w każdym drobiazgu, od dywaniku i prześcieradła po łyżki i sztuczne kwiaty. Można się do niej wprowadzić, wykupując w ratach po kawałku funkcjonalne wnętrza. Szwed, który to wymyślił, przyciągnął klientów prostotą schematu: składasz swoje meble, składasz swoje życie i rodzinę. Z drugiej, trzeciej żony i pierwszego męża, półsióstr i półbrata, czyli półproduktów dziecięcych do wychowania w nowo skleconych związkach. Wystarczy złożyć pasujące elementy. Pomysł na składane meble i rodziny wziął się z najnowocześniejszej obyczajowo Szwecji. Tam ten model osiągnął sukces, a potem razem z Ikeą podbił świat.

Klara nie kupowała ikeowskich składaków. Nie dlatego, że nie miała dzieci uwielbiających buszować po domowym magazynie. Wolała gotowe meble z litego drewna. Prosty design tekowych stołów i chińskie szafy zamykane na złocone zasuwki. Solidne łóżko Klary i Jacka było z czerwonawej akacji. Nie uznawała składanych mebli i związków. Gdy małżeństwo jej rodziców rozpadło się, matka nie sztukowała rodziny. Porzucone kobiety często, śledząc z oddali niepowodzenia byłych mężów, czyhają na ich powrót. Matka była wierna ojcu, już nie czekając. Klara rozumiała ją. Zdradę czuła dosłownie gorzko w ustach. Gdyby sumienie było wyłożone delikatną śluzówką, bolałoby ją podobnie do przeżeranego stresem żołądka.

– Będziecie u nas na święta? – Joanna spodziewała się potwierdzenia.

– Właśnie o tym miałam z tobą...

– Nie? A ja piekę taaakie mazurki, daktylowe, posypane pistacją.

– Byłam z Julkiem – wydawało się jej, że Joanna nie rozumie, patrzyła zdziwiona. – I co, nagadasz mi?

– Co mam mówić – usiadła. – On jest z kimś? Ma żonę?

– Nie. To znaczy tak, są w separacji, wyjechała do Kanady – brzmiało to: „jest półmartwa", nie liczy się.

Joanna skurczyła się jak zaciśnięta pięść. Nie do walki, odparowywania ciosów, ale chroniąc coś w sobie.

Siebie ranię, Jacka, nie ją – Klara dostrzegła grymas przyjaciółki.

– Posłuchaj, depresja nie jest grypą – objaśniała Joannie. – Nie myśl, że Jacek jest smutny, patrzy w sufit i ma biedny melancholię. Tacy chorzy lądują na ulicy, są kloszardami, bo rodzina ich nie chce, nie wytrzymuje z nimi. Wyobraź sobie Marka zamienionego w typa znęcającego się nad tobą i dziećmi... Nie biłby cię, tylko poniżał, uważał za śmiecia winnego depresji, złej pogodzie... On się ode mnie odwraca ze wstrętem. Nie mówiłam ci...

– Szkoda – powiedziała bez wyrzutu. – Chyba wiem, co on czuje... też miałam depresję i długi – wzięła z nosidełek synka wyciągającego błagalnie rączki.

Otworzyła słoiczek zimnego jogurtu i wkładając go palcem do otwierającej się piskljęco buzi Maćka, masowała nim wyrzynające się ząbki.

– Jośka, ty nie miałaś depresji, miałaś normalne kłopoty i ci przeszło – podkrążone od niewyspania oczy Klary wyglądały na przypudrowane cieniem skrzydła ćmy. – Nie zdajesz sobie sprawy, co to jest choroba psychiczna. Ja nie jestem mu potrzebna, dlaczego więc mam przy nim być? O, przepraszam, jestem potrzebna, żebyśmy razem chorowali, asystentka depresji. Nie dla towarzystwa, nie. Z nienawiści, on mnie nienawidzi – zmiażdżyła paczkę herbatników. – Zaczęłam już brać winę na siebie; rzeczywiście ludzie są beznadziejni, nie ma po co się z nimi spotykać, tak jak on mówi: świat jest okropny. Nie powinnam się cieszyć, mieć planów, żadnej nadziei, bo to... wulgarne. A już, broń Boże, rozmawiać z kimś, jestem tak beznadziejna, że na pewno powiem bzdury, kogoś urażę. W ogóle nie należy się z nikim kontaktować. Nie wychodzić z domu i cierpieć. Nie zauważasz i powoli stajesz się współuzależniona od jego nastrojów. Będzie dziś zadowolony? Wrzaśnie o byle co? Jesteś zastraszoną żoną alkoholika, wypije i walnie, nie wypije? Podobno alkoholizm bierze się z ucieczki przed depresją. Nie wiem, co lepsze, może byś wtedy mnie rozumiała: mam w domu pijaka, nie wyrabiam. Josia, albo przyjmę jego punkt widzenia, jego chorobę na siebie i zacznę się leczyć, albo...

– Nie było już z Jackiem lepiej?

– Naprawdę rozmawiamy o nim?

Porzucenie chorego byłoby nieludzkie – Klara rozważała to kilka razy dziennie. – Ale odejście od męża pozwalało być po prostu kobietą, nie opiekunką. Ona była lekarką i żoną. Przestawała odróżniać chorobę od charakteru Jacka. Miewał przebłyski normalności, dawnego siebie. Podczas takiego krótkiego nawrotu zdrowia poszli do kina. Leciały reklamy przed filmem, wróciła do wozu po sweter. Kiedy przyszła, miał już pokrzywioną smutkiem twarz. Zirytowany bez powodu krzyczał na nią, że wyciąga go do kina, gdy on ma ochotę spać:

– Ty samolubna, zimna suko.

Ludzie się rozchodzą po odkryciu wad, głupoty i okrucieństwa – tłumaczyła sobie. – Może depresja odkryła w nim to, co najgorsze. Zdepresjonowani niekoniecznie popełniają samobójstwa, nie zawsze znęcają się nad rodziną i zostają bezdomni.

Ona przeżywała olśnienie sobą. Kupiła nową bieliznę, bardziej sportową, młodzieńczą, bez koronek i szykownych błysków. Perfumy kiedyś używane, wybrane wspólnie z Jackiem, miały zapaszek oddziału dla przewlekle chorych. Przesiąkły nimi ostatnie miesiące. Ubranie, pościel, ciało rozgrzane płaczem i kłótniami. Klarze sprawiło przyjemność wylanie ich do umywalki. Zgarnęła je z łazienkowej półki, wytrząsnęła zapasowy flakonik trzymany w torebce. Odkręcała złote nakrętki i przechylała buteleczki, oglądając wypływanie ostatnich kropel z otworów o przekroju otwartych żył.

Nie mszczę się, zmarnowane jak nasze bycie razem, do zlewu, do kanalizacji. Przynajmniej ja o tym decyduję – wylewając stare perfumy, Klara doznawała zapomnianej radości bezgrzesznego niszczenia. – Wiem, to dziecinne – uśmiechała się do siebie.

W skurczu palców trzymających przezroczysty flakon był ten sam przymus, co wtedy, gdy po śmierci matki nie mogła oderwać rąk od ścian. Mokra butelka wyślizgnęła się i potłukła, uderzając o kafelki. Klara skaleczyła się, zbierając odłamki. Krew wymieszała się z resztką opiumowych perfum.

Nowe były jasnozielone, cierpko roślinne, w typie Julka. Z liści jaśminu albo mniszka cieknie biały sok pachnący podobnie do jego spermy. Płynącej przez Klarę ustami, pochwą. Wcześniej nie łykała nasienia, w ostatnim momencie odsuwając się przed wytryskiem białkowego płynu zalatującego rybną owsianką.

Klara znowu miała ochotę na dalekie wyjazdy i krótkie weekendowe wypady. Spacery w parku, basen, zarwane noce. Nie czuła nad sobą ciężaru Sądu Ostatecznego wyceniającego jej rozmowy i zwykłe zakupy.

– Po co to mówiłaś? Widziałaś ich miny? – Jacek bezustannie śledził ludzką podłość. – Ty wiesz, ile Amerykanów ufa Amerykanom? Siedemdziesiąt – osiemdziesiąt procent – rozszerzał swój nastrój na dane statystyczne, wciągając w to narody. – A u nas? Siedem! Siedem procent naiwnych idiotów wierzących, że Polak cię nie okradnie i nie oszuka.

– Może większość ma depresję, nie wiedząc o tym? – podsunęła mu odpowiedź.

– Nie zdążysz? – Klara w gumowych rękawiczkach wyjmowała łyżką z kubków barwione na Wielkanoc jajka. Brodą podtrzymywała słuchawkę telefonu, mieszając ocet. – Nie wiesz w ogóle, kiedy? – kapiące zielenią jajko stoczyło się do miski z czerwoną farbą, rozchlapując mieszaninę kolorów. Zdjęła zębami rękawice, przygryzając sobie ze złości palce.

– Jest regularna śnieżyca – Julek leżał na podłodze w puchowym śpiworze, za szklaną ścianą migał przysypywany napis lotniska „Reykjavik".

Mówił do głośnika zwisającego przy nieogolonym podbródku i bawiąc się komórką z kolorowym ekranem. Wywoływał z pamięci telefonu zdjęcia Klary. Pod słońce z kosmykiem włosów przecinających twarz, zamyśloną z nosem w kwiatach, dziwacznych tulipanach o pomarszczonych, żylastych płatkach. Ulubiona fotka – jej profil w słuchawkach walkmana – taką ją zapamiętał z samolotu. Wybrała wtedy trzeci *Koncert brandenburski*. Julek dzielił ludzi na pięć rodzajów w zależności od tego, który z Bachowskich koncertów uważali za najlepszy. Kochał się w kobietach trzeciobrandenburskich. Nie z założenia, każda wybierała właśnie ten kawałek.

– Nie powiedzieli, co i kiedy? – Klara starała się opanować.

– Nic nie wiedzą.

– Żadnej szansy? – słyszała siebie sprzed lat, gdy Minotaur obiecywał wspólne święta i w ostatniej chwili odwoływał.

– Gdybyś poleciała ze mną, bylibyśmy teraz w jednym śpiworze pod barem.

– Wiesz, że nie mogłam – spodziewała się powrotu Jacka. – Nie dali wam hotelu?

– Tu nie ma hotelu, za małe lotnisko. Dali śpiwory, bimbru i narodowe danie: pepsi z polskim batonikiem „Prince polo", autentycznie. – Podciągając się, wsadził rękę w śmieci, od pół dnia gromadzące się wokół śpiwora: tacki z jedzeniem, kubki.

– Jak interesy? – zdobyła się na spokój.

– OK, załatwiłem kontener najcieńszych skór w Europie, będzie z tego tysiąc kożuchów – wyświetliło się zamazane zdjęcie Klary. Wyraźne były tylko jej błyszczące, ciemne oczy. Skasował obraz, następny pojawiał się, rozwijając z dołu w górę ekranu gołe ramię Klary, zaróżowiony policzek i niezbyt przytomny wzrok. Zrobił to zdjęcie po wstaniu z łóżka, widać jeszcze ślad po pocałunkach. I to spojrzenie znikąd, jakby nie należała nawet do siebie, nie mogła sobie przypomnieć do czego wraca.

– Tęsknię za tobą, ruda jędzo – popił whisky.

– To przylatuj – wrócił do niej zapach jego ciepła.

– Wyjdę przed lotnisko, może złapię stopa do Polski.

– U ciebie wszystko możliwe.

– A u nas? – alkohol go rozrzewnił, wlał się w próżnię tego, co niedopowiedziane.

– Nie wiem. Bardzo, bardzo – zapewniła czule. – Nie wiem – nie chciała kłamać przynajmniej jemu.

Lekko było jej tylko, gdy była między nimi dwoma, zawieszona jak tęcza.

Złapał mocniej telefon, musiał coś niechcący nacisnąć, bo znikała fotografia Klary opychającej się pizzą. Zmazywało ją zdjęcie zamyślonej blondynki z bandanką na szyi. Niemożliwe – Julek przejechał po klawiaturze, sprawdzając pliki. – Wykasowałem je rok temu, po wyjeździe Anki – dotknął paznokciem znikającą twarz żony.

– Halo, Julek?

– Tak? Bateria mi siada, nie wziąłem ładowarki. Będę dzwonił.

Poczuł chłód, wsunął się w śpiwór, mimo że lotnisko było przegrzane. Islandczycy nie oszczędzają ciepła branego za półdarmo z niewystygłej tu jeszcze Ziemi. Regulują temperaturę otwieraniem okien. Żadne nie było uchylone.

Dla Julka twarz żony na ekranie nie była zostawioną przez niedopatrzenie fotką. To było pojawienie się widma noszonego cały czas przy sobie. Niespodziewanie pokazało się, gdy odważył się zapytać Klarę, co dalej...

Małżeństwo Julka i Anki było pod koniec układem. Ona wyjeżdżała, handlując skórami, on podróżował ze swoim kwintetem muzyki barokowej Camera obscura. Nie kłócili się, nie było już o co. Julek przodem do ściany ćwiczył w salonie na wiolonczeli.

Wtedy Anka wzięła do firmy Mariusza. Był większym realistą od Julka. Po szkole muzycznej założył zespół rockowy, dorabiał, pływając promami. Z Anką, przy wódce godzinami gadali o interesach, podniecali się zyskami. Pasowali do siebie, ale z nich dwóch wybrała na męża Julka. I to natychmiast, bez wahania. Podała mu rękę, wciągając z balkonu do łóżka. Ojciec Anki, sadownik spod Grójca, wynajął muzyków poważnych, z Camera obscura, na dwudzieste trzecie urodziny jedynaczki. Chorego skrzypka zastąpił Mariusz – perkusista. Wcisnął się we frak, związał kudły, machanie nimi podczas koncertów zastępowało mu klimatyzację.

Przyszły teść przeprowadził chłopaków przez zaciemniony pokój i szybko zamknął za nimi drzwi. W listopadowy poranek, strojąc cichutko instrumenty, trzęśli się w trójkę na balkonie niedokończonego bloku. Ojciec Anki wysłał wreszcie do nich SMS: „Już!". Zamówiona była *Wiosna* Vivaldiego. Nieważne, że grana z Mariuszem wypadła blado. Liczył się efekt: prawdziwa orkiestra. Rozsunęły się zasłony i był teatr: z jednej strony wyfraczeni muzycy obok rusztowań i betoniarki, z drugiej śliczna dziewczyna w półprzezroczystej koszulce przytykająca nos do szyby. Jeśli piersi mogą się dziwić, to jej szeroko rozstawione sutki nadawały im wyraz bezgranicznego zdumienia.

– Chłopaki, wchodźcie – otworzyła balkon i zakryła się błyszczącym szlafrokiem podanym troskliwie przez matkę. – Rozgośćcie się – pokazała krzesła, zatrzymując Julka przy sobie na panieńskim łóżku.

– Podobało ci się, córuniu?

– No, masz!

– Szampan! Originalny! – ojciec wzniósł toast.

Rodzina miała obsesję „originalności". Podano truskawki też „originalne" – truskawkowe. Zagrycha niezbędna do szampana od czasów *Pretty woman*, gdzie Richard Gere, karmiąc nimi kurewsko piękną Julię Roberts, odkrywał przed nią tajniki życia wyższych sfer.

Archiwista opłacony przez teściów Julka za ustalenie ich drzewa genealogicznego nie znalazł nic więcej niż średnio zamożne rodziny chłopskie z dziewiętnastowiecznych okolic Grójca.

– Jest pewna poszlaka... – łapał się ostatniej szansy. – Niepewna... karczmarz z wioski pani prababci – szarmancko podsunął matce Anki odpis z ksiąg parafialnych – nosił to samo nazwisko, co ona... Nie byli rodziną, ale on mógł być Żydem – wyjaśnił.

– Lepiej pochodzić od Żydów niż od nikogo – zadecydował teść.

Julek nimi nie gardził. Awansowali pracowicie i uczci

wie. Ojciec Anki, starając się o jej matkę, sprowadził Cyganów do odegrania serenady na plantacji jabłek. Córce po warszawskim WSGW-u należała się orkiestra filharmoniczna w kupionym dla niej warszawskim mieszkaniu. Dlaczego Julek się z nią ożenił? Miał łatwość wchodzenia w stylistyczne konwencje, co bywa przydatne dla sztuki. W życiu zawodzi: ubogi grajek i dziedziczka sadów nie byli dobrani. Nie rozwiedli się ze względu na rodziców Anki, to zabiłoby sercowego teścia. Nie dało się cofnąć ślubu: oddać świadkom obrączki, odpowiadać „Nie" na niezadane jeszcze pytania, wyjść z kościoła tyłem i rozejść się w różne strony osobno, tak jak przyjechało się białymi mercedesami z szarfą i balonikiem.

Chwała Bogu, że to nie Boże Narodzenie – westchnęła w myślach Klara.

Jadła z Joanną i Markiem świąteczne śniadanie. Dwójka ich starszych dzieci pojechała do dziadków nad morze. Zakatarzony Maciuś ukojony słodyczami spał na kanapie. Klara nie lubiła Gwiazdki za zimno, a zwłaszcza choinkę. Obwieszoną pamiątkami z dzieciństwa, jeśli niezbyt szczęśliwego, to chociaż urojonego: maszkary udające aniołki, ulubione bombki, poślinione przed laty papierowe łańcuchy. Drzewko intymnego kiczu wystawione na widok publiczny jak wywalona przez okno, wietrząca się pościel.

– Majonezu? Sam ukręcałem – Marek uwolniony od dwóch trzecich ojcostwa odżywał.

Serwował uprzejmość doprawioną męską kokieterią: „Bywam w kuchni".

– Chrzanu? – Joanna podała talerzyk.

– Co za cisza – Klara już się najadła, skrzyżowała sztućce i rozglądała po udekorowanym zielono i żółto salonie.

Na postarzanym nowym kredensie czekały mazurki i baby polane lukrem.

– Dostałem dobre cygara, będzie wam przeszkadzało jedno po śniadaniu?

– Poczęstujesz? – Klara nachyliła się do niego i pogłaskała prosząco po ręku.

– I dla mnie, lata nie paliłam.

– Czysta marnacja, dziewczyny, nie umiecie się zaciągnąć.

– My? – parsknęła Joanna. – Robiłyśmy najlepsze skręty przed sesją – wstała pokroić ciasta.

– Wyjdziemy do ogrodu, nie będziemy kopcić dziecku – Klara sięgnęła po swój szal zsuwający się z oparcia krzesła. Marek zwinnie podniósł go z podłogi.

– Idźcie, przyniosę na tacy. Marynarka! – troskliwie przypomniała mężowi. Precyzyjnie wykrawała mazurka w paski powideł i bakalii. Zajmowanie się ciastem, jedzenie go wprawiało ją w dobry nastrój biorący się z jej wnętrza, osobistego zaczynu satysfakcji. Ta naturalna radość różniła się od wesołości Klary. Joanna znała na tyle przyjaciółkę, by wypunktować fałsz: niemilknące zadowolenie, przesadną sympatię okazywaną Markowi. Przed przyjściem Klary prosiła go o delikatność:

– Nie wypytuj o Jacka.

– Myślisz, że będę się śmiał z chorych na głowę?

– Dlaczego chorych?

– Trzeba upaść na głowę, żeby wierzyć w Buddę, w faceta siedzącego w kucki. To się kończy łażeniem po lasach i zbieraniem kamieni.

– Marek...

– Będę cudny, świąteczny i cudny, tylko zawiąż mi krawat – zapiął kołnierzyk. – Rozwodzą się?

– Kryzys to nie rozwód. Proszę, nie poruszaj tych tematów, masz szlaban na religię i akupunkturę.

– Przy palemce i pisance ani słowa, skąd się wziął ten baranek. Obiecuję. Mieliśmy jakiś kryzys? – przy wkładaniu butów przeglądał się w drzwiach szafy.

– A jak byś to inaczej nazwał?

– Co?

– Nasz kryzys od piętnastu lat? – stanęła obok niego, prawie nie mieszcząc się w lustrze.

– Nie marudź – wypchnął ją za ramy, zakładając z rozmachem marynarkę.

– Kocham cię za to.

– Za co?

– Za nic.

– Ja też – przyznał w roztargnieniu.

Nie umiałaby udowodnić Klarze, na czym polega przewaga małżeństwa. Widziała przy śniadaniu jej taksujące spojrzenie. Nie, nie przewalają się z Markiem namiętnie po stole, nie iskrzy między nimi. Gdyby przykładała miarę sprzed kilkunastu lat, powiedziałaby: Przestałam go kochać. Oczywiście, że bardziej kocham siebie – co do tego Joanna nie miała wątpliwości. – I dlatego z nim jestem, z szacunku dla siebie. Piętnaście lat inwestowałam w uczucia, pranie. Przypiekałam gorącym żelazkiem. I co, miałabym powiedzieć: Nie było warto? – wsypała do czajnika trzy łyżki herbaty „Kenia saosa" – przeczytała na torebce: „Bardzo wyrazista herbata z Afryki o cierpkim, ale jednak delikatnie słodkim smaku" – zalała liście wrzątkiem. Pokroiła pół cytryny w plasterki, resztę wycisnęła sobie do ust. – O, z cytryną jest jak z miłością – skrzywiła się. – Wyciśniesz z niej sok i co z tego, zostaje cytryną.

– Pomóc ci ? – Klara zajrzała do kuchni. – Obrzydliwe te cygara – przygasiła swoje na talerzyku.

– Więcej mazurka – oceniła tacę Joanna.

– Co się stało Markowi, podpytuje mnie o jogę.

– Mówicie o mnie? – wsunął się za Klarą.

– Nie podbieraj z blachy, weź talerz – Joanna trzepnęła go po palcach i rzuciła wściekłe spojrzenie.

– No co, muszę się gdzieś zapisać, tracę kondycję. Nie wiem, siłownia... obok jest joga...

– Masz czas na wygibasy? – starała się nie być napastliwa.

– Porozmawiamy później.

– Kochany, ja się znam na jodze – zapewniła Joanna.

Ustalali przed przyjściem Klary – nic o Wschodzie i złamał umowę. Łamał ważniejsze, jeśli nie stała nad nim i nie zrzędziła: obiecałeś być wcześniej, mieć wolne, zabrać nas ze sobą. – Żeby wychować dzieci, dogodzić tobie i prowadzić dom – wyliczała – trzeba stanąć na głowie i ja to robię od wielu, wielu lat. Ty też możesz zostać w domu i poćwiczyć taką jogę, wiesz?!

– Joanna – przywoływał ją do porządku.

– Klara jest jak rodzina, a to są rodzinne święta i cieszmy się, że stać nas na szczerość – ruszyła do drzwi, niosąc udekorowany deser i stukając przesadnie obcasami.

– Auu! – zakrył sobie usta.

Podbiegły do niego, Joanna wywróciła z pośpiechu tacę. Marek obejmował twarz rozłożonymi palcami. Obmacywał ją w poszukiwaniu przycisku bólu, który nagle wyskoczył i trzeba było go wepchnąć z powrotem, żeby przestać cierpieć. Złamał ząb, kłucie rozchodziło się po całej szczęce.

– Pieprzone orzechy – wypluwał okruchy i górną dwójkę.

– Niemożliwe, obrałam.

– Boli? – Klara zajrzała mu do ust.

– Już nie – dotknął językiem pęknięcia. – Wyjeżdżam we wtorek, nie mogę – spojrzał w lustro. – O, rany!

Maciuś obudzony krzykami płakał.

– Gdzie w święta znajdziesz dobrego dentystę? – Joanna bujała synka.

– Mam platynową kartę, niech oni się martwią. Kurrrr... – złapał się za policzek.

– Zawiozę cię – zaproponowała Klara.

Ona była od jeżdżenia z chorymi. Joanna nie powinna wychodzić z przeziębionym dzieckiem, Marek nie nadawał się do prowadzenia.

W prywatnej klinice, gdzie był ubezpieczony, drzwi rozsuwały się przed nimi automatycznie, przepuszczając przez puste korytarze. Dostali się na piętro stomatologii. Dyżurująca dentystka spieszyła się do nich, grzęznąc szpilkami w puszystym dywanie poczekalni. Upięty na czubku głowy kok i obfity biust wychylały się gwałtownie, zmierzając pierwsze na przywitanie gości.

– Ach, panie Marku! – uścisnęła mu rękę.

– Marek Wielicki. Przywiozła mnie przyjaciółka – przedstawił Klarę.

– Mogę? – dentystka wzięła od niego płaszcz. – U nas mówimy pacjentom po imieniu – Elżbieta.

– Pani wejdzie z nami? – zaakcentowała „pani", oddzielając Klarę od posiadaczy platynowej karty ubezpieczeń.

– Nie, konwój poczeka pod drzwiami – mrugnęła do Marka. – Poczytam – zobaczyła różnojęzyczne magazyny.

– Herbatki? Kawy? – zjawiła się asystentka.

– To ostry ból, pulsujący czy tylko ćmi? – zatroszczyła się dentystka.

W święta dostają dyżur ostatnie siroty. Nie odsiaduje za to, że jest najmłodsza – Klara widziała przy wejściu gablotkę ze zdjęciami personelu. – Ma z trzydzieści pięć. Tak do pracy ubiera się hostessa, nie lekarka. Nie przyzwyczajona do szpilek, idzie na uginających się, rozstawionych nogach – ofiara zbiorowego gwałtu męskich spojrzeń – patrzyła za dentystką i Markiem.

159

Czekając, grzebała w gazetach, nie mogła się skupić. Migały jej implanty sław: w zębach i piersiach. Do jej gabinetu pacjenci też przynosili kolorowe gazety, wyrzucała je. Lepiej posiedzieć kwadrans, patrząc w ścianę, zdrowiej – uważała. – Naturalnym stanem człowieka jest wyciszenie, medytacja, a nie to... papier toaletowy dla oczu.

Miesiąc temu nie wyobrażała sobie świąt spędzanych w przychodni. Bez Jacka chodzącego za meteorytami pod Zamościem i dumnego z worka polnych kamoli. Julek, na drugim krańcu Europy w pogoni za owczymi skórami. Była w sytuacji sprzed tysiącleci; między jaskiniowcami szukającymi skór i kamieni zdatnych na pięściaki. Jeden miał satelitarny telefon, drugi terenowy samochód z podgrzewanym termosem. Co mogła czuć między nimi kobieta, jeśli miała szansę wyboru? Ten sam smutek od tysięcy lat, drżenie rąk ukrywane stukaniem palców o ściany, drzewa czy stół. Oczekiwanie na jednego i obawa przed drugim. Miłość do obydwu godząca się ze sobą i rozrywająca w ucieczce na pół, nigdy do końca. Do decyzji.

– Proszę pani, proszę pani! – zawołała asystentka. – Proszę wejść.

Marek leżał na fotelu z ustami zapchanymi ligniną.

– Klaaa, weme tasówke.

– Zejdzie się nam jeszcze z godzinę – potwierdziła z zadowoleniem dentystka.

Jacek podziwiał żywą architekturę drzew. Wolałby sposobem ludzkich przodków i dużych małp wić sobie wśród gałęzi nocne legowiska. Obrzydło mu spanie w przydrożnych hotelikach i samochodzie. Może, gdyby nocował wygodnie w domu, przeciągałby poranne wstawanie. Rozważał sens podnoszenia się z łóżka. W prowincjonalnej brzydocie wynajętych pokoi drewnopodobna boazeria ścierała się z awangardą plastiku. Niedomyte popielniczki, pościel prana w szarym mydle bez czacza – tak z Klarą skracali nazwę starannie wybieranego zmiękczacza. Tu było żyćko bez czacza. Ponure spojrzenia zza płotów i zapite mordy. Miejscowi dziedziczyli swoją ziemię, nie umiejąc nic innego, niż tępo trwać przy swoim. Tym, którzy nie potrafili nawet tego, zostawała wóda. Ścinająca z nóg, pokładająca w przydrożnych rowach, na polach niby zmarnowany plon. Nie zastanawiał się, czy jego niechęć do gburowatych wiochmanów jest sprawiedliwa, czy depresyjna. Wystarczyła mu rozmowa z chłopem trzymającym dymiącą dubeltówkę. – Jego ubłocony, wyliniały ze starości kundel leżał przy budzie nieodpięty z łańcucha. Wierna, psia dusza wyczołgiwała się z krwawiącego ciała szarpana drgawkami.

– Co mu było? – z drogi zawrócił Jacka skowyt zagłuszający wystrzał.

– Co miało być, bendzie nowy. Na świnta porzondek robie.

Jechał, aż zabrakło mu benzyny. Na stacji kupił przewodnik *Weekend w Polsce*. Sprawdził okolicę. Coś kiedyś słyszał o Zagrodzie Guciów:

„Na trakcie Zwierzyniec – Krasnobród. Czas się tutaj zatrzymał w kamieniu, rzece, grodzisku, starej chacie. Wystawa roztoczańskich minerałów i skamieniałości, tutejsze pamiątki, rozmowa z Roztoczem". Reklama sugerowała odchylenie od tubylczej i agroturystycznej normy. Zachęciły go fotki regionalnych chat krytych strzechą i coś wyjątkowo dla niego – najprawdziwsza stodoła. Budując od kilkunastu lat polskie dworki, zafascynował się konstrukcją stodół. Zaczął je fotografować i zebrał już niezłą kolekcję. „W oddzielnym drewnianym domu miejsca noclegowe w czterech pokojach. Kuchnia domowa lub wegetariańska. Na miejscu rowery, konie, przestrzenie" – reklamowano Guciów.

Zanim tam dojechał, zatrzymał się przy kościele. Minął go i cofnął się, oceniając we wstecznym lusterku, że warto. W zwykły dzień byłoby zamknięte, trzeba by prosić o klucze z plebanii. W Wielki Tydzień drzwi otworzono na oścież. Ciekawostką kościoła była mieszanka stylów. Średniowieczne żebrowanie przechodziło w renesansowe sklepienie bocznej kaplicy. Ołtarze były barokowe, nieporadnie sarmackie z aniołkami o błękitnych oczach wybałuszonych na nieskończoność. Trzy epoki uzupełniały się, każda dorzucała coś do obrazu człowieka: gotyk – kości, renesans – harmonię ciała, barok – poskręcane flaki pomalowane dla niepoznaki złotem. Trzy style; gotycka konstrukcja, cielesna powłoka odrodzenia i barokowe wnętrze. Jacek bardziej to sobie wyobrażał, niż widział w słabym oświetleniu. Idąc główną nawą, usłyszał nad sobą szepty recytujące, proszące o coś. Pogłos powtarzał modlitwę duchów w nieznanym języku. Ucichła, gdy poszedł dalej, i nadleciała żarliwie z drugiej strony. Między strefami szeptu była cisza. Znowu powoli ruszył w tłum ust poruszających się nad jego głową. Pomyślał, że Bóg zesłał mu rój duchów wyjadających po cichu złe myśli, jak ławica akwaryjnych rybek wyskubująca z szyby pożywny brud. Gdy oczy oswoiły się z mrokiem, zauważył, że nie jest sam. Do konfesjonałów pod wilgotnymi ścianami bocznych naw stały kolejki. Przyciszone słowa spowiadających się nakładały się i odbijały od sklepienia.

– Uda ci się? Bez mojej pomocy? – Julek podłożył sobie łokcie za głowę.

Siedziała na nim, nabijając się na orgazm. Poruszała biodrami, trafiając w siebie, w sam środek przyjemności.

– Nie, sama – przytrzymała go kolanem.

Niebo nad Reykjavikiem wypogodziło się nocą w świąteczną niedzielę. Kontenerowce ze skórami ułożonymi ciasno jedna na drugiej płynęły już do Gdańska. Samoloty wydobyły się z kleistego śniegu Islandii. Wsiadł w pierwszy do Londynu. Ranna przesiadka i wyrwał Klarę ze snu. Spotkali się przed jego domem. Jednocześnie trzasnęli drzwiczkami wozów. On taksówki, ona swojej czarnej almery. Na ulicach było świątecznie pusto.

– Tylko trochę się spóźniłem.

– Wesołego – Klara wyjęła z kieszeni niebieskie jajko i rozbiła je o czoło Julka.

Pękła cienka skorupka jej złości i niepokoju. Nie chciała z nim rozmawiać, był – wystarczyło. Kurtka, regionalny sweter z free shopu w infantylne koziołki, pod nim przepocony T-shirt i zdejmowane jednym pociągnięciem dżinsy.

Leżeli w łóżku. Julek przyglądał się miłosnej egzekucji, Klara krzyknęła i opadła na niego.

Zaraz odpocznę, będę coraz bardziej sobą – czekała. – Umyję się, ubiorę i oddzielę od niego grzecznymi gestami, ustępując miejsca, odsuwając się – to było silniejsze od niej.

– Klara...

– Tak? – jej głos był dźwięczny, oczyszczony krzykiem.

Pocałowała go w stopy. Wzbudzały w niej czułość. Dźwigając ciężar ciała, nie straciły delikatności. Wygięta linia śródstopia spływała w kości paliczków. Dotykając ziemi, były prawdziwe i silne.

Julek włączył muzykę.

– Janis Joplin? – zdziwiła się, podejrzewała go wyłącznie o klasykę.

– Posłuchamy głosu zza grobu? Może być? Zatańczymy?

163

– Z gołymi nie tańczę – pociągnęła go za jądra.

Rozejrzał się po sypialni. Skopane, brudne ciuchy na podłodze i zegarek. Założył go, podał rękę Klarze.

– Można prosić? To bardzo, bardzo drogi zegarek – wygłupiał się, nisko kłaniając.

Nie tańczyli do rytmu bluesa. Woleli własny, jeszcze wolniejszy, powtarzający leniwie seks. Stary parkiet trzeszczał, uginał się niby twarde łóżko.

– Wiesz... Słuchaj... – Klara nie mogła dokończyć.

Całował ją za każdym razem w rozchylone usta, nie pozwalając mówić.

– Okay. Za tydzień jadę do Niemiec, pamiętasz? – powiedziała szybko i odchyliła się, zanim zdążył dotknąć jej warg.

– Jedziemy razem. Kto pierwszy mrugnie – wymyślił.

Skupiła się na jego źrenicy. Lekko opalona twarz wokół czarnego punktu poruszała się w światłocieniach emocji. Od igrania z uśmiechem do napięcia.

Ile ten chłopak ma w sobie życia. – Klara łzawiła, wytrzymując bez mrugnięcia. Twarz Jacka ciągle blada, wystygła – wzbudzała w niej lęk. Zadzwonił telefon. Julek zawahał się, podniósł słuchawkę.

– No, cześć – przeszedł w drugi kąt pokoju. – Nie, idę do niego po południu. Odbieram od ciebie, może pomyliłaś numer. Koniecznie teraz? Wyśpij się i zadzwonię, nie w środku nocy. Tak, za osiem godzin. Pijana jesteś? Czego miałbym nie rozumieć?

Wzięła swoje rzeczy i wyszła z sypialni.

Jeżeli jemu tak trudno przerwać, to co gdy ona przyjedzie? – domyśliła się, że dzwoni jego żona. – Jest kilka tysięcy kilometrów stąd, a on nie umie odciąć jej głosu. Gdyby ludzie byli samymi głosami... może wcale nie byłoby łatwiej – weszła do kuchni, zakładając sukienkę. Wyginając się, zapięła suwak na plecach i ciemnoniebieska wełna dopasowała się do jej szczupej sylwetki. Była głodna, przyjechała bez śniadania. Sprawdziła w przedpokoju, czy nie zostawiła w płaszczu herbatników. Julek odpowiadał krótkimi potakiwaniami.

– Aha, ta, tak.

Niespodziewanie wyszedł z sypialni.

– Przepraszam, zebrało się jej na świąteczne sentymenty.

Klara wolała o niej nie mówić. Wtedy z ciszy wyszedłby też Jacek. Słyszała w słuchawce głos kobiety, której mąż był dla niej sprawnym ciałem. Uwielbia jego skórę, sposób poruszania, mówienia.

– Nie przyleci, przyśle pełnomocnika. – Julek wziął nóż, chleb i nago szykował śniadanie.

Klara nie zamierzała wplątywać się w cudze historie. Brać na siebie czyjąś przeszłość, dać się uwikłać w obieg nie krwi, ale spermy płynącej z męża twojej żony i łączącej seksualnie ludzką rodzinę. Miała dość swojej rodziny, gdzie odbywał się ubój domowy. Gwałtowne cięcie z odejściem ojca i powolne podrzynanie w depresji Jacka.

To były piękne czasy – na drewnianej werandzie w Zagrodzie Guciów Jacek obserwował nocne niebo. Słońce nie było jeszcze niebezpieczne i psy kręciły się po orbicie za własnym ogonem – wspominał lata sześćdziesiąte bez dziury ozonowej i z bohaterską Łajką.

Rozbłyski meteorytów pod jasnym Regulusem we Lwie i Głową Hydry okazały się iskrami z komina. Swąd dymu nad chałupami wędził gwiazdozbiory kręcące się na kosmicznym ruszcie. Jacek miał ze sobą *Przewodnik po gwiazdach* Heifetza, Tiriona. Zapalał latarkę i porównywał wyrysowane w książce konstelacje z tym, co pojawiało się nad horyzontem. O tej porze roku dobrze był widoczny

Kastor i Polluks w Bliźniętach, Arktur w Wolarzu na przedłużeniu łuku od dyszla Wielkiego Wozu. Nie usiłował zapamiętać szczegółów. Może kiedyś wiosenne niebo wyda się znajome, będzie dokąd pójść. Teraz nie był pewien, czego szuka. W normalne życie między pustym niebem a wystygłym piekłem depresji przestał wierzyć.

Dla zasady, ćwicząc regularność nie, odpuszczał z porannym wstawaniem, całodziennymi poszukiwaniami. Dystans do obserwowanego nocą nieba, siebie i ludzi wydawał mu się podobny. W tutejszej stołówce-karczmie siadał pod ścianą pomalowaną w pelargonie i przypatrywał się gościom zażywającym wiejskości. Jadł pieróg z kaszy, popijał go kwaśnym mlekiem, ciesząc się, że nikt mu nie przeszkadza, nie wtrąca się do jego samotności. Odsuwał się od rozmów przy stole. Słowa zbijały się w szum naśladujący drażniące buczenie. Uciążliwe dźwięki wydawane przez ludzkie generatory bezsensu.

– Kieliszeczek, szklaneczka na rozgrzewkę? – gospodarz Stach Jachymek, w ogrodniczkach i farmerskim kapeluszu, którym kłaniał się z fantazją, przyniósł mu na werandę butelkę. Naklejka była wypisana ręcznie, bez kodu paskowego. – Roztocze jest wyjątkowe, miękka skała rodzi wyjątkowych ludzi i moc „Wilgoci wąwozów" – zachwalał swój bimber.

– Przy innej okazji, biorę antybiotyk – Jacek nie wchodził w krępujące opisy działania leków antydepresyjnych.

– Stachu! Ogniskooo! – ktoś zawołał z okna karczmy.

– Ideee! – nie ruszył się. – Wspólne milczenie jak porządna rozmowa musi mieć swój początek i koniec – Stachu miał ugruntowane poglądy zasadnicze. Reszta była poezją, należąc do jego zakrzątanej żony. Odsiedział swoje i poszedł śpiewać z turystami, skakać z nimi nad ogniskiem. W dzień oprowadzał gości po lasach i założonym przez siebie muzeum. Kierunek zwiedzania: od powstania Roztocza ze zwapniałych muszli, skał osadowych, meteorytów i kup dinozaura po wyjściową sentencję Edwarda Stachury przybitą do drzwi: „Życie jest wędrówką".

Początkowo Jackowi te prywatne zbiory w wiejskiej chałupie i poetyckie cytaty wydały się kuriozalne. Gdy lepiej poznał oboje Jachymków – Stacha i Annę, zrozumiał, że to mauzoleum ich małżeństwa. Wystawionym z miłości za życia. Łączyło oboje poetycko od ziemi (zbiory skał) po kosmos (meteoryty). On był z wykształcenia geologiem, Anna poetką. Jacek siadywał specjalnie w karczmie naprzeciwko stołu gospodarzy podglądać jej piękne ręce. Poprawiała sobie nimi nerwowo włóczkowy szal, układała bukiety z łamliwych, suchych kwiatów. Tymi samymi subtelnymi palcami pokazywała władczo Stachowi chałupę skansenu, gdzie miał zamknąć okiennice i się wyspać pod pierzyną po nasiąknięciu „Wilgocią wąwozów".

Jacek z Klarą nie mieli swojego mauzoleum. Osobne samochody, ostatnio osobne pokoje. Telefon, wyrocznia odpowiadająca na pytania: – Co u ciebie? – milczała.

Wysłał jej puste SMS-y, sam numer. Po uzbieraniu odpowiedniej liczby punktów mogła je zamienić na domysły: dwa razy dziennie – myśli o niej, pięć – bardzo. Promocja uczuć, których nie był w stanie wyrazić.

Rano Jacek natknął się na Annę biegnącą w drewniakach przez podwórko ze zmianą pościeli. Z puszystego szala spiętego ozdobną klamrą wysuwały się pasma wełny. Wyminęła go na ścieżce między kałużami. Powiew za nią przeniósł go do własnego mieszkania, do Klary rozkładającej prześcieradło. Brakowało mu jej. Uzupełniała go, nie przerastała w tęsknotę. Po to musiałby jej pragnąć.

– Przyjedzie dzisiaj z Zamościa nasz znajomy, ten od meteorytów – przypomniało się Annie na progu chaty.

– Wrócę wieczorem – Jacek otworzył drewnianą bramę.

– Jutro nie radzę wychodzić samemu! – zawołała za nim. – Śmigus-dyngus!

– Nie jestem panienką.

– Czyżby? Każdemu się dostaje – pomachała mu i trzasnęła drzwiami.

Anna była jedną z ciekawszych kobiet, jakie znał. Mądra, przekorna. Nie mogła nie zauważyć jego zainetersowania nią i męskiej niemocy.

Włóczył się do południa. Nie odszedł daleko od Zagrody. Usiadł wykończony na ławce autobusowego przystanku we wsi ciągnącej się wzdłuż drogi. Autobus w święta nie jeździł. Asfalt był osmalony po kapiszonach wystrzelanych podczas rezurekcji. Przez otwarte okno słyszał obiadowy, świąteczny stukot talerzy. U szczytu długiego stołu siedział ojciec rodziny, za nim Ojciec Święty we włączonym telewizorze. Pojawił się w watykańskim oknie niezauważony przez domowników. Babcia przeżuwała kotlet, dziadek pochylił się nad słodką plazmą galaretki. Znudzone dzieci pstrykały pestkami z kompotu. Matka zbierała ze stołu brudne naczynia. Papież usiłował coś powiedzieć, z niemocy uderzył głową o trzymany kurczowo pastorał. Wycofał się niby figurka na kółkach z ruchomej szopki, ale po nim nie pokazał się już nikt więcej. Okno się zamknęło.

Jacka prześladował ten widok. Dla nieznających cierpienia papież był niewidzialny. Przeciąg otworzył i zatrzasnął puste watykańskie okno. Zapytał Annę, czy widziała to samo, przerwał jej pisanie na kartkach wyrwanych z zeszytu. Siedzieli w Guciowej karczmie przy świeczce, jedząc późną kolację zostawioną przez kucharza na zimnym, kaflowym piecu. Stachu i jego znajomy ze studiów, geolog – celnik z przejścia granicznego w Medyce, popijali „Wilgoć wąwozów". Jacek jadł pieroga z kaszy. Dzielił go aluminiowym widelcem na coraz mniejsze kawałki.

– Prawdziwy ekspert od meteorytów – gospodarz przedstawił swojego przyjaciela i poszedł do gości na biesiadę przy ognisku.

Geolog miał przejrzeć znaleziska Jacka. Meteoryty, papież splotły mu się we wspólną historię popijaną bimbrem.

– Ludzie nic nie rozumieją, kuciapka. Patrzą i nie rozumieją – układał na drewnianym stole piramidę z kamieni Jacka. – O ten! – wyszukał najbardziej porowaty. Splunął na niego i przetarł: – Kamień z nieba, święty kamień węgielny pod Świątynię Jerozolimską, eben. „Ty, Piotrze, będziesz opoką mojego Kościoła" – popił „Wilgoci". – Kamieniem węgielnym, po hebrajsku „eben". Więc albo jedno z dwojga, kuciapka. Nasz Jan Paweł Drugi, papież Polski kamieniowany meteorytem, wiecie, ta rzeźba, co ją kazali schować, jest o tym. Nie rozumiecie? Kuciapka, jeszcze raz: Na meteorycie, kamieniu z nieba zwanym eben, zbudowano Światynię Jerozolimską. Jeżeli meteoryt kamieniuje Głowę Kościoła, Naszego Papieża, to znak, że trzeba budować wspólną światynię z papieża, Kościoła i ebenu – z żydowskiej Świątyni. Połączyć je w jedną religię, kuciapka, i papież ma się dobrowolnie poświęcić, jak Jezus upadający w Drodze Krzyżowej. Komu się to nie podobało? Żydom, kuciapka? I kazali schować rzeźbę...

– Nie, katolikom przeszkadzało – Anna zabrała swoje zeszyty, długopis i wstała.

– Dobranoc, rączki całuję – geolog-celnik zdołał cmoknąć paznokieć. – Polakom nie pasowało? Mogli pomylić eben, meteoryt, ze zwykłym kamieniem, o, takim na przykład – zrzucił jeden ze stołu. – „I ty Piotrze będziesz opoką Kościoła mojego". Chrystus zbudował kościół na kamieniu, więc kamień w papieża lecący z nieba to kościół niszczący sam siebie. Nie był głupi ten rzeźbiarz, Polak, co kuciapka?

– Nie, chyba nie. Po czym poznać meteoryt? – Jacek
miał dość pijackiej erudycji.

Ekspert wziął do ręki wyczyszczony kamień, podrzucił go.

– Na czuja. Meteoryty są zimne albo ciepłe. Zwykłe
kamienie mają bieguny, z jednej strony są chłodniejsze.
Drugą, ciepłą stroną wmurowuje się otoczaki w dom,
zdrowiej.

Jackowi wydawało się, że ekspert wytrzeźwiał.

Kuciapka zapiął pod szyję czarną, skórzaną kurtkę
zastępującą mu świąteczną marynarkę. Wystawał z niej
biały kołnierzyk koszuli. Do niego była przymocowana
gadatliwa głowa Rumcajsa. Dobrodusznego brodacza z nastroszonymi brwiami. Spod nich spoglądały rzewnym błękitem oczy wybełtane z bimbrem.

– Na wsi się wie. Na Ukrainie, tam ludzie wiedzą takie rzeczy, kuciapka... Jedź człowieku do Lwowa. Ha, najpiękniejsze polskie miasto mamy na Ukrainie, ojczyznę
na Litwie, „Litwo, ojczyzno moja!" – wydeklamował,
wznosząc szklanką toast. – Nic dziwnego, że naród nienormalny. Wiesz, Mirek jestem.

– Jacek.

– Wiesz, Jacuś, rozmiłowany jestem w historii. Lubię
w pracy postać na granicy, bo ze mnie człowiek graniczny, i powspominać Dzikie Pola, Beresteczko i Chocim, nasze rycerstwo. Europę by polska husaria w drobny mak
rozniosła. I co nam z tego zostało? Z czego Polska znana
jest na Zachodzie: hydraulik i pielęgniarka, kuu...ciapka,
naród wybrany. Do czego, się pytam? Do wybierania im
z rur gówna i podcierania tyłka? Do tego potrzebna jest
polska złota rączka? – chciał coś zanucić, splunął pod nogi. – Nie, nie warto, nie warto nawet pić – ruszył sztywno
do drzwi. – Kurwy i księża, tego tu nie braknie, księża
i kurwy, najwięcej powołań na świecie.

Jacek zostawił swoje zbiory w karczmie. Wziął szklankę herbaty do pokoju, popił nią tabletkę. Po drewnianych schodach wszedł do siebie, na piętro. Niezamknięte okiennice uderzały o ściany, trzęsąc chatką. Niedokończył SMS-a, „Wracam jut", zasnął.

Przed lustrem w łazience Klara rysowała szarą kreskę wzdłuż górnej linii rzęs. Szykowała się do wyjścia, o dwunastej miała pierwszego pacjenta. Precyzyjnie przeciągnęła cieniem przez powiekę. Używała wodoodpornego tuszu. Jej odpowiedzi w rozmowie z Jackiem były równie odporne na rozmazanie wyobrażenia o sobie: uczciwej, prostolinijnej Klary. Oszczędnie używała wyjaśnień, nadmiar wymagałby później korekty, poprawek kłamstw.
– Dlaczego nie samolotem? – nie rozumiał Jacek. – Samochodem nie dojedziesz jednym rzutem do Lipska.
– Raz mogę inaczej. Chcę zostać dzień dłużej i pozwiedzać sama. Od Wrocławia jest autostrada. Wyjadę o szóstej rano, będę wieczorem – póki mogła, nie poniżała się do uników i nie ryzykowała odwożenia na lotnisko. Nie była żoną z farsy, ukrywającą kochanka w szafie, w przechowalni bagaży. Nie byłaby zdolna do maskarady: żegnając się, całuje Jacka, udaje, że nie zna Julka, mija go obojętnie i w kiosku kupuje gazetę. Po odjeździe męża idą razem do samolotu. Co miałaby powiedzieć Julkowi, odchrząknąć, pozbywając się zakłopotania, i grać pewną siebie? Załóżmy, że udałoby mi się wziąć taksówkę – widziała w wyobraźni – Jacek czekałby jednak po przylocie. Upokarzające dla wszystkich.
Nie przeszła na stronę Julka. Jest pomiędzy, zachowując bezstronną godność. Niosąc ze sobą kłamstwo, poręcznie niewielkie, mieszczące się jeszcze w torebce. Czasami wydaje się jej, że równie dobrze mogłaby, siedząc z Jac-

kiem, zawołać: – Taxi, taxi! – we własnym domu, czekając, aż coś się pojawi i zabierze ją stąd między kuchnią i łazienką.

Jego niezapowiedziany powrót z wyprawy po meteoryty nie zaskoczył Klary. W chorobie niszczącej spontaniczność kierowały nim impulsy, dogasające objawy zdrowia. Dziwaczne zachowania były ostatnim etapem spowolniałych od depresji ciągów myślowych. Pokrętnie omijających prostotę zwykłości. Tym tłumaczyła sobie jego włóczęgę i przywieziony z niej prezent:

– Gwiazdka z nieba – witając się włożył jej do ręki szorstki kamień.

Odłożyła go na półkę.

– Wyrzuć – doradził.

Nie ruszyła się od stołu. Zabrał meteoryt i wrzucił z lekarstwami do foliowej torebki.

– Od wczoraj nie biorę.

Chciała złośliwie zapytać: „I co z tego?". W Wigilię teatralnie połknął pierwszą tabletkę, dzisiaj spektakl z wyrzucaniem.

– Nie wolałbyś zapytać Pawła?

– O pozwolenie?

– Jest psychiatrą, coś chyba o tym wie.

– Każda depresja jest inna – powtórzył jego diagnozę.

– Nie sądzę.

– Co ty możesz o tym wiedzieć?

– Jesteś dokładnie z podręcznika.

– Nie masz o tym pojęcia – złapał ją za ramię.

– Nikt nie ma. Zostaw – uwolniła się. – Zrobiłeś ze swojej depresji kult, nikt nic o niej nie wie, nie wiadomo skąd się wzięła, ty decydujesz, kiedy się leczyć, kiedy nie! Masz objawienia?

– Mam rozeznanie – przytrzymał Klarę, zasłaniając sobą przejście do przedpokoju. – Wiem, co czuję.

– Problem, że nic – odepchnęła go.

Podniecał się jej gniewem, ostrym głosem. Prowokował do drażniącego krzyku zwężającego jej oczy, przyspieszającego oddech.

– Wielka rzecz, wyjechałem na dwa tygodnie i co?!

– Czego ty ode mnie chcesz?! – szarpała go za bluzę dresu, rozerwała suwak.

– Klara! – nie wrzasnął rozgniewany, przywołując ją do porządku, ale zawołał, mimo że stali naprzeciwko, niemal się dotykając.

Była oszołomiona swoją wściekłością. Pocałował ją, włożył dłoń w upięte włosy. Pozwoliła się poprowadzić. Usiadł na fotelu, rozpiął spodnie i zsunął jej spódnicę.

– Obejmij mnie – poprosił.

Wzięła w dłoń twardniejący członek. Zacisnęła na nim pięść. Kiedy pojawiły się pierwsze krople, wyciskała rytmicznie wzbierający od dawna ropień. Nasienie było żółtawe i grudkowate. Jacek syczał, zagryzał wargi. Wepchnął się w nią, ocierając o suchą pochwę. Pokołysała go, obejmując za plecy.

– Przepraszam, jestem ci winny następny raz.

Poszła do sypialni po wilgotne chustki. Zwykły, mdlący ucisk głowy, trwający od rana, rozpętał się w alarm. Huczało w uszach i widziała przesuwające się błyski światła. Karetka robiła okrążenia pod czaszką. Przywieziono jej kiedyś na dyżur dziewczynę po próbie samobójczej. Była w takiej psychozie, że nie potrzebowałaby dodatkowego znieczulenia. Mówiła do siebie ekstatycznie o wydłubaniu nowej dziury dla swojego chłopaka. Wrócił do niej, ona była z innym i chciała go ugościć w kroczu na nowo. Biały fartuch zakrywający krwawiący brzuch brała za suknię ślubną. Słuchając tego bełkotu, Klara zakładała jej szwy w wąskim przesmyku między odbytem i pochwą.

Nie sądziła, że kiedykolwiek wejdzie w skórę tamtej dziewczyny. Rozdwajającej się po zdradzie, maniacko, odłamkiem szkła. Klara była o wiele bardziej wytrzymała. Jej wąska twarz wyćwiczona w panowaniu nad sobą, gdy było potrzeba, stawała się ściśle dopasowanym kagańcem ogłady. Nie mogła gryźć ani wyć.

– Marlena Dietrich – Paweł zanudzał Klarę rewelacjami z jej biografii – po stosunku szła na swoich boskich nogach do łazienki i robiła płukankę z lodowatej wody i octu. Pruska schludność zimnej piękności, córki oficera. *Ordnung must sein* również w pochwie. Szorowała ją sobie do czysta z plemników i mężczyzn.

Jacek nie zdążył pobrudzić Klary. Wytarła się między nogami rumiankową, mokrą chustką. Nie musiała się okaleczać jak ta wariatka z dyżuru. Miała jedną i tę samą waginę niezuważalnie inną dla kochanka, inną dla męża. Podeszła do niego, wpółleżącego, podała mu chustki. Nie pozwoliła wytrysnąć w sobie. Zrobiła to ręką, na odległość, byle szybciej, bez porównywania z Julkiem. Bez porównywania siebie do uczciwej, cierpliwej Klary poświęcającej się dla chorego męża.

Jacek nie wychodził. Przesypiał większość dnia, zrywał się nocą po kawę i najnowsze wiadomości z przeglądarki. Odstawione leki zabrały mu swoją usztywniającą moc. Twarz zwisała niby znoszone, rozepchnięte dresy, w które ubierał się po domu. Klarze wydawał się odpychający. Nie brzydki, chorobie nie udało się zniekształcić jego regularnych rysów. Ze swoim melancholijnym spojrzeniem cierpiętnika i wykrzywionymi pogardliwie ustami był groteskowy. Wychodząc do pracy, całowała go w chłodny policzek. Zostawiała maszkarona przesiadującego, zamiast na średniowiecznych murach, w nowoczesnym apartamencie. Uciekała z domu, wynajdując sobie przed wyjazdem dodatkowe zajęcia. Zaoferowała się pomóc Joannie obmyślającej nowy projekt.

– Jesteś wspaniała. Nie wyobrażasz sobie, co znaczy na wsi zepsuty samochód – rozłożyła mapę Warszawy z okolicami, zasłaniając Klarze kierownicę i przednią szybę.

– Tym razem co? Palarnia opium, zwłok?

– Blisko, cukiernia. Widziałaś te nowe? Lastriko i złoto, sztuczne kwiaty, regularny cmentarz.

– Szukamy czegoś do wynajęcia? – Klara widziała zakreślone z gazety adresy.

– Co się da. Do przystosowania też, przerobię.

– Josia, nie rozumiem cię. Możesz siedzieć w domu, nie użerać się z ludźmi, co cię tak nosi?

– Nie po to kończyłam studia... – odpowiedziała bez przekonania, wyglądając przez boczną szybę.

– Na twoim miejscu poczekałabym, okazja sama się trafi, po co ten pośpiech?

– Może już za późno... Z czego utrzymam troje dzieci?

– Aleś dała – Klara zagwizdała. – Marek zarabia z pięć razy średnią krajową.

– Zarabia, ale może nie zarabiać. I gdzie pójdzie, uczyć do szkoły? Przecież on nic nie umie. Kolesie go wciągnęli w ten interes z KaTelem i się na niego wypną. On jest naiwny jak dziecko, zakręcą go wte i wewte, niedojdę. Siedzę w domu, to obejrzałam wszystkie komisje, dzień w dzień. Wyciągają takie rzeczy, że billingi Rywina to pestka. Nie ufam im.

– Komu?

– Jego kolesiom. Ta ich katolicka telewizja to jedna wielka granda, żeby się obłowić. Kto za to zapłaci? Wkopią Marka i co...? Niedługo będą mieć zerową oglądalność. Kto by chciał oglądać katechezę? Dziesięć przykazań wyrąbano na kamiennych tablicach, nie na szkle.

Telewizja musi być soft, dla ludzi. Gdyby KaTel miał paść, to pół biedy, boję się, że załatwią Marka. Z czego spłacę kredyty, szkołę? Z zasiłku? Wrócę do mamusi mieszkać w bloku?

– Josia, dramatyzujesz, nie doceniasz Marka – Klara nie miała pojęcia o drugiej stronie jego misyjnej kariery. – I mnie też nie doceniasz, wezmę cię na utrzymanie.

– Żebyś nie musiała – skrzyżowała palce.

– Jesteś pewna, że to przekręt?

– Dowodów nie mam, Marek pary nie puści. Stań tutaj – wysiadła.

Klara, czekając na nią, rozmawiała przez telefon z Julkiem odbierającym w Gdańsku swój islandzki kontener.

– Nie zerwiesz z nim? – zapytała Joanna, gdy Julek znowu przesłał SMS-a.

– A komu to przeszkadza? – Klara była skupiona na prowadzeniu.

– Sądziłam, że tobie...

– Samo się rozwiąże.

Liczyła na to. Chińskie przekonania o żywiole czasu połączyła z genetycznym szyfrem DNA. W odpowiednim momencie włączają się geny budujące lub powstrzymujące rozwój. Czas jest również zakodowany w swoich helisach. Jego geny rozwijają sytuację, uruchamiając okazje, zbiegi okoliczności i pauzy. Trzeba się przyczaić, nie zaburzać biegu wydarzeń. W przeciwnym razie powstanie potworek, potworna sytuacja bez wyjścia, z której można się było wyrywać na wycieczki, jak ta z Julkiem do Niemiec, i potulnie wracać. Odliczała dni.

Joanna była zdecydowana wynająć cukiernię natychmiast. Straciła za dużo czasu na kombinowanie z nietrafionym patentem nocnika. Oferta tekturowych sarkofagów nie dotarła do właściciela Ikei. W jego imieniu odpisał pomniejszy manager: „Pani propozycja jest w duchu naszej filozofii; prostoty, użyteczności i samodzielności. Niestety, trumna to nie mebel. Interesują nas żywi klienci. Z wyrazami szacunku".

– Będą trumny w supermarketach, to zobaczą, co stracili – Joanna odkreślała zaliczone rudery, magazyny, plajtujące garkuchnie. Robiła notatki i jechały dalej. Była zadziwiająco zorganizowana. Klara przyzwyczaiła się do jej bałaganiarstwa. W poszukiwaniu czegoś ważnego wysypywała z torebki pogryzione przez dzieci długopisy, poszarpane notesy z latającymi kartkami. Dzisiaj miała kontrolę nad każdym szczegółem, nad każdym przylakierowanym lokiem. W czarnej marynarce, wyjątkowo niezaplamionej soczkami, szerokich czarnych spodniach i płaskich czółenkach bez wahania stąpała po podmiejskim błocie. Kremowe buty i torba kopertówka wyróżniały się z ciemnej tonacji stroju, były kolorystycznymi węzłami. Podkreślonymi kolorem czakrami biznesu, z których płynęła siła: przechowywanych w torbie kart bankowych i nóg chodzących twardo po ziemi. O tym wiedziała Klara znająca instynkt i gust Joanny. Rozmawiające z nią cwaniaczki, zdesperowani renciści namawiający do wynajęcia bezpańskiej, zardzewiałej hali, nonszalanccy faceci w słonecznych okularach zsuwających się z płaskich czółek widzieli w niej wybawicielkę albo sukę do wycyckania.

– Za drogo, za daleko, beznadziejnie – wybierała miejsca wokół Warszawy.

– Nie rozumiem, dlaczego nie w mieście? – po pięciu godzinach Klara wtrąciła się w plany przyjaciółki.

Joannie głupio było powtarzać argumenty Marka. Wychodziła na ubezwłasnowolnioną pańcię, pandę domową na zasadzie pan-da, to ona dostanie.

– Nie nadajesz się, znajdź etat – po przyjściu z pracy pochłaniało go czytanie programu telewizyjnego. – Te twoje pomysły, patenty, to dziecinada.

– Nie chcę popełnić błędu – odłożyła wypracowanie Michała sprawdzane przy kuchennym stole.

– Cukiernia! Jest tysiące cukierni, utopisz kasę.

– Mylisz się. Ludzie kochają słodycze – zaczęła jej drżeć powieka. – Nie kupią pralki, książki, a na ciastko ich stać i zrobią sobie dobrze.

– To co się mnie pytasz. Proszę, otwieraj ciastkarnię.

– Potrzebuję od dwudziestu do dwudziestu pięciu tysięcy, zależy, jakie pomieszczenie. Najtaniej byłoby ze sprzętem w prawdziwej kawiarni...

– Mówiłaś, że Unia rozdaje – włączył telewizor.

– Nie wszystko zwróci i to potrwa...

– Weź kredyt.

– Ty jesteś moim kredytem, u ciebie pracuję – trzasnęła zeszytem o stół.

– Twój wybór.

Markowi wygodniej byłoby rozmawiać o Joannie, jej nieudanych pomysłach i zajmowaniu się dziećmi.

– Nie dostanę dobrego kredytu – wróciła do rozmowy, nie pozwalając się wciągnąć w dyskusje o powołaniu mężczyzn i kobiet. – Dom niespłacony, nowy samochód. Pomyślałeś, co będzie, jeżeli zamkną KaTel?

– Na jesień komuchy przegrają wybory i KaTel się odbije.

– A jak nie odbije?

– To się przerzucimy w inny projekt.

– Jaki?

– Medialny. Prawica potrzebuje wsparcia intelektualnego, idą na to wielkie pieniądze.

– Na co? – gubiła się.

– Na ten projekt medialny, musi się udać.

– Znowu?

– Wszystko inne to rozgrzewka, teraz będzie na stałe, przekonasz się.

– Moim projektem jest rodzina i nie zostawię jej bez

grosza! – Przestraszyła się łatwości, z jaką mówił o porzuceniu funkcjonującego jeszcze KaTelu.

– Ciszej, obudzisz dzieci.

– Wezmę z domowych.

– Nie – ściszył telewizor.

– Masz luzem trzydzieści.

– Nie wyzeruję. Potrzebuję dwadzieścia na dentystę i musimy mieć w zapasie.

– Dwadzieścia za jeden ząb?

– Za przerobienie góry. Słuchaj – przerzucił się z kanapy w stronę Joanny. – Stać mnie wreszcie, pierwszy raz w życiu, na zrobienie porządku z zębami, na normalny uśmiech. – Ten żółty – pstrykał palcami po nierównych zębach. – Tego robili mi w liceum, ten siny z tyłu też osiągnięcie komunizmu, eee – podszedł do lampy.

– Ta, ta, „Tu szwabska kula, tu inna blizna" – zanuciła szyderczo. – Musisz teraz?

– Muszę, dentystka powiedziała, że ostatni moment. Grożą mi implanty i niekoniecznie się przyjmą – przejechał językiem po trzonowych.

– Dwadzieścia tysięcy? Ubezpieczenie za to zwraca?

– Za plomby, nie za aparat prostujący, koronki porcelanowe. Dół wyceniła taniej...

– Dwadzieścia plus... Samochód, będziesz miał samochód w szczękach.

– Nieduży – starał się umniejszyć sprawę. – Spotykam się z ludźmi, wyjeżdżam za granicę, muszę trzymać poziom. Dałem zaliczkę.

– I teraz mi to mówisz? Ja planuję... – jęknęła.

Joannie nie zdarzały się wybuchy, płakanie w poduszkę. Ludzie i przyszłość nie przerastali jej, nie musiała się ich bać. Drżenie powieki podsunęło myśl, że znalazła się w pobliżu zagrożenia, że być może to ona drży od trzęsienia ziemi, na której stał jej dom i małżeństwo.

Wstrząs wywołał olśnienie: kobieta rozmnaża się przez podział. Najpierw swojego ciała na dziecko. Oddaje mu krew, wapń z kości i zębów, wyszarpuje sobie wnętrzności przy porodzie. Później, troszcząc się, zamartwiając, dzieli sercem i czasem na coraz mniejsze i mniejsze kawałeczki, zaspokajając rodzinę. Wreszcie dla niej i z niej nie zostaje nic. Tym bardziej musiała mieć coś własnego, o czym mogłaby decydować bez Marka.

W Weimarze byli o dziewiątej wieczorem. Znaleźli hotel zarezerwowany dla konferencji.
– Zobaczę, co jest obok – Julek włożył do kieszeni kurtki mapę. – I coś zjem.
– O tej porze... – Klara sprawdzała miękkość zabytkowego łoża przykrytego koronkową kapą.
– Wiem, wiem. Niezdrowo.
– Idę spać – ziewnęła.
– A jak cię wezmę na ręce? – podniósł ją z łóżka.
– Zostaw.
– Tu nas nikt nie zobaczy, co za problem?
– Masz siłę?
Zmieniając się, prowadzili od rana.
– Pogimnastykuję się – wyniósł ją na korytarz obwieszony rycinami owoców. Wyżłobione deski podłogi pachniały woskiem.
Klara wypiła wodę mineralną w barze pod hotelem i zostawiła Julka. Musiała być jutro wypoczęta. Od ósmej miała wykład i pokazy organizowane przez profesora Linga. Kiedy się poznali, nie różnił się od chińskich wieśniaków, których leczył; w dziurawych butach, obszarpanych spodniach. Jedyne, co miał, to igły i nefrytowe pałeczki wzbudzające szacunek wśród biedoty jedzącej drewnianymi.

– Nie obchodzi mnie polityka – twierdził wtedy, po zajściach na placu Tiananmen. – Rząd wie, co robi, przejechać czołgiem garstkę buntowników to nic w porównaniu z uratowaniem miliarda ludzi.

I to było wszystko, co od niego usłyszała o Chinach. Posądzała go o tchórzostwo, starczy egoizm. Kwieciste wypowiedzi zachodnich polityków powtarzane przez następne lata przekonały ją, że się myliła. Wywiady z ekonomistami i analizy ekspertów od spraw Wschodu streszczały się w tym jednym zdaniu Linga o ratowaniu miliarda przed własnym rozpadem. On nie znał się na teoriach końca świata i liberalizmie. Zajmowała go wyłącznie akupunktura. Dzięki niej wydostał się za granicę. Mieszkał w Lipsku, w pokoju przesiąkniętym kleikiem ryżowym. Ten zapach łączył w jedno chińskie książki, zioła, suszone węże, telewizor z oglądanymi namiętnie niemieckimi variétés i kartę kredytową American Express zasilaną pokaźnymi honorariami.

Po konferencji Ling, doceniając umiejętności Klary, polecił jej wieczorem swoich szczególnych pacjentów. Być może chciał zaimponować zarobkami; w Niemczech płacono cztery razy więcej za wizytę niż w Polsce. A być może chciał się nią pochwalić przed swoją najlepszą klientelą: prawdziwy chirurg.

Z dwoma pierwszymi pacjentami Klara nie miała problemów. W zamożnych domach, gdzie nawet cień na podłodze wydaje się cenny, traktowano ją bezosobowo. Profesor sprowadził nową maszynę do wbijania igieł. W przedpokoju czekała koperta. Ostatnia z pacjentek, Frau Klinke, mieszkała niedaleko hotelu Klary. Miała prawdziwy pokój zabiegowy ze skórzanym łóżkiem do masażu z otworem na twarz. Klara wprowadzona przez gosposię korytarzem, gdzie stały chińskie wazy ze storczykami i różami, nie wiedziała, kogo oczekiwać. Wysportowanej starszej pani, schorowanej staruszki? Klientela profesora była w wieku emerytalnym, młodsi od igieł z niczym woleli zastrzyki botoksu.

Frau Klinke przyszła boso. Klara nie słyszała jej kroków.

– Gotowe – przywitała się i powtórzyła: – Gotowe – po niemiecku, dla siebie.

Była koścista, kanaciasta. Z tyłu, gdy zrzuciła z siebie długi, frotowy szlafrok, przypominała wydłużoną literę i. Kropką nad jej białym ciałem była okrągła głowa pokryta czarną szczeciną. Wewnętrzną stronę rąk miała posiniaczoną, poznaczoną igłami. Klara z zostawionych dla niej notatek Linga nie wyczytała nic o przewlekłej chorobie pacjentki. Z nakłuć mogła wywnioskować, o co chodzi, wolała jednak usłyszeć to od niej. Założyła rękawiczki.

– Nie jestem zakażona – Klinke nie krępowały ślady po zastrzykach.

– Lekarski zwyczaj.

– Podoba się pani Weimar?

– Nie zdążyłam zwiedzić – przetarła wacikiem wysuszoną skórę, wbiła igłę.

– Proszę się nie przejmować, jestem przyzwyczajona. Profesor robi to mocniej.

W szpitalu w Szangu ustawiały się do Klary kolejki. Chińscy akupunkturzyści kłuli o wiele głębiej, co przyspieszało ich niemal taśmową pracę. Klara wyrządzała swoim pacjentom jeszcze jedną uprzejmość, z której nie zdawali sobie sprawy: używała czystych igieł.

– Zapewniam panią, że to jest tak samo skuteczne, kwestia techniki – przysunęła sobie do niej krzesło i odmierzała czas, bawiąc się obrączką.

Frau Klinke leżała sztywno, jakby jedenastocentymetrowe igły przyszpilały ją do łóżka.

– Przykryć? – Klara czujnie wyłapała zwężanie się naczyń krwionośnych popękanych na nogach.

– Dziękuję, nie. Tu jest ciepło, w tym starym domu jest ciągle ciepło.

Jacek umiałby go docenić – pomyślała. – Deski stropowe – spojrzała w górę. – Smaczki zauważalne tylko dla architekta. Co ja mogę powiedzieć?

– Ładny dom – pochwaliła odruchowo. – Zabytkowy.

– Od trzystu lat, z przerwą na DDR, w rodzinie. Nie mam nikogo – dodała szybko. – Jeśli to panią interesuje, wybudował go mój pra, pra, August von Einsiedel, przyjaciel Goethego. Niektórzy dziedziczą choroby, my ten dom. Mieszkali w nim morfiniści, faszyści, do wyboru, do koloru. Pod sercem niemieckiej kultury Weimarem jest nie mniej słynny Buchenwald, zwiedzała pani, nie? Wy pod Krakowem macie Auschwitz, nie dziwiło to nigdy pani, że obok serca kultury budowano ludzkie rzeźnie?

– Doktor Ling powiedziałby taoistycznie, że nadmiar rodzi niedobór.

– I słusznie, celna uwaga. Niemcy dały światu trzy plagi: protestantyzm, romantyzm i faszyzm. Nie wiadomo, co gorsze – zakasłała. – Mój prapradziadek von Einsiedel zbudował ten dom i był szalony. Zakochał się w mężatce, też ze znanej weimarskiej rodziny. Udała przed mężem, że choruje, i umarła. Pochowano kukłę, a oni uciekli do Afryki. Nie zdołali zrobić interesów i wrócili. Dogadali się z rodziną zmarłej. Praprababcia Emilia von Werthern--Beichlingen dostała rozwód. Pobrali się, mieli dużo dzieci. Od urodzenia słyszałam tę historię, można być normalnym w takiej rodzinie? – uśmiechnęła się. Leniwie, w zwolnionym tempie, odwróciła się. – Zakochane kobiety umierały, jeśli miały honor. Goethe opisał moich prapradziadków w liście... niech sobie przypomnę – szeptała po niemiecku. – „Jakież to niewybredne! umrzeć, wybrać się do Afryki, rozpocząć najdziwnie... – nie, przepraszam – najdziwaczniejszą przygodę, żeby na koniec w najpospolitszy sposób rozwieść się i znowu pożenić!".

Recytowała mechanicznie, najwidoczniej któryś już raz. Przypis geniusza do pospolitości stał się mottem rodzinnym.

– Wyjmę igły – Klara podniosła się.

– Każdy ma swojego haka, na którym wcześniej czy później zawiśnie, prawda panno, pani? – podpytywała ironicznie.

– Nazywam się Weber.

– Więc, pani Weber, piękne starogermańskie nazwisko – dostrzegła obrączkę. – Wolę wiedzieć, do kogo mówię, nie jestem na zebraniu AA. Biorę, kiedy chcę, mam to pod kontrolą – bez skrępowania odsłoniła ręce narkomanki. – Doktor Ling mówił, że akupunkturą da się wyleczyć uzależnienia. Może, ale nie u mnie. Jestem za długo sobą i za bogata. Kupuję, na co mam ochotę. Klinke nie odzwyczai się od Klinke. Nie w tym rzecz. Nie chce mi się już... rozumie pani.

Wychudzona kobieta w pięknym, zabytkowym domu ze strzykawkami nie miała w sobie narkomańskiej miękkości. Miała wrodzone poczucie władzy. Zarządzała swoim nałogiem, decydowała o swojej śmierci. Klara wyrzuciła zużyte igły i zatrzasnęła torbę.

Lepiej umrzeć, niż odstawić narkotyk? – myślała, wychodząc od niej. – Tyle masz do powiedzenia, po to jesteś na świecie, staruszko? Jak to jest być z dwoma naraz – ze Śmiercią i Nałogiem? Ja też ani na moment nie zapominam. Krzycząc z rozkoszy przy Julku, że zdradzam, że to jest obrzydliwe.

Nie wiem, co to miłość, może miłość jest jednoosobowa i nie trzeba się nią dzielić? Julek... ileś wysłuchanych

184

razem płyt, wystarczy? Z Jackiem coś wspólnie przeżyliśmy, a z nim? Boję się, starzeję się przy nim ze strachu. Przy Jacku chowam w sobie kochanka. Udawaliśmy dorosłych kilkanaście lat. Inni się rozwodzą, prześladują z głupoty. My nie, my mądrzejsi, ciułaliśmy forsę i uczucia. Z Julkiem... Pani Klinke, jesteś szczęśliwa, wiesz, czego chcesz, nie chcesz siebie. Kogo ja chcę? I po co noszę obrączkę – zdarła ją z palca. – Po to, żeby pokazać Julkowi; nadal jestem mężatką, nie ukrywam się, jestem sobą? – gardziła operetkowymi podchodami.

Kobiety porzucone są zostawionymi na drodze psami. Uwiązane do dzieci, żeby nie biegły, skomląc za swoim panem. Kobiety porzucające... po co z nim była, sama sobie winna. „Dobry był? To z nią coś nie tak?". Masz rację, Klinke, jesteśmy podobne, na podobnym haku. Nie wiem o twoich wizjach, jeśli po tylu latach jeszcze je masz, coś oprócz głodu... Ja boję się rano spojrzeć w lustro. Nie swojego odbicia, bardzo bym chciała widzieć siebie. Innym wystarczy obmyć twarz, wydłubać ropę z oczu i poznać się w lustrze. Ja jestem brudna, genetycznie, jestem kobietą, hybrydą matki, małpy, modliszki. Mam łuski, pióra, kawał dzioba – wyrosły po ciemku nocą. Muszę to kruszyć, wyłamywać. Doprowadzić się do porządku.

Twoja dwa razy martwa praprababcia, Klinke, ciągnie się za tobą, popycha do szaleństwa. Moja matka stoi nade mną i pode mną w grobie, nakazuje być porządną kobietą. Jej mądrą Klarą. Mamusiu, pochwal mnie, zjem grzecznie mój tampon, żeby z krwi usechł strup dziewictwa. I każdy odłamał sobie z niego, ile ze mnie chce. To było takie ważne, z Joanną czekałyśmy, która pierwsza. Co teraz jest ważne? Który z nich? A ja?

Wróciła wzburzona do hotelu, przeskakując po kamiennych schodach. Julek zaciągnął aksamitne zasłony i oglądał telewizję, pijąc piwo.

– Mam dość – upadła na łóżko.

Nocą przytulny pokój, w dzień był ciężką dekoracją wyłożoną tapetami w złote wzory i zwisającymi stiukami.

– Coś się nie udało? – usiadł obok.

On był jeszcze wczorajszy w dymie papierosów i barowym zaduchu. Ona z rześkiego poranka niby chłodnej wody basenu, w którym pokonała dwie długości – od hotelu, po mieście i z powrotem. Opowiedziała mu o Klinke.

– Napij się – przyciągnął ją do siebie.

Usiadła na brzegu wysokiego łoża i machała nogami.

– Zawsze tak robisz – zauważył. – Mała dziewczynka myśli. Nie miałaś nigdy ochoty kogoś zakłuć?

– Co ty mówisz?

– Tę ćpunkę, na życzenie, złotym ukłuciem – obserwował jej reakcję. – Dostałabyś może w spadku jej dom, skoro nie ma nikogo...

– To były żarty.

Wzięła ze sobą Julka na konferencję. Ktoś z publiczności, jakiś sensat, zadał pytanie o legendarne „Złote ukłucie".

– Pokochajmy się – powiedziała cicho.

– Dziwne – nie dowierzał.

– Dziwne, co?

– Nigdy tego nie mówiłaś, po prostu się kochaliśmy.

– Zrobiłam coś nie tak?

– Nie, nie musisz mi mówić, co mam robić, ja cię czuję.

– I wiesz, o czym myślę? – zamknęła oczy.

Przyłożył usta do jej spoconego od biegu czoła.

– Że dobrze nam razem – zgadywał. – Nie? – przesuwał dłonią pod bluzką, od piersi przez spódnicę do brzucha.

Zastukała pokojówka z odkurzaczem.

– Wyjeżdżamy – odprawiła ją Klara.

– Gdzie? – zdziwił się Julek.

– Nie cierpię tego miasta, tych lukrowanych domków – potrąciła ze stolika butelkę wody mineralnej.

Woda zalała łóżko. Klara zabierała z niego rozrzucone rano ubrania, wkładała do walizki.

– Pakujemy się? – był zaskoczony pośpiechem. – Nic jej nie zrobiłaś?

– Klinke?

– Jedno ukłucie nie do wykrycia – drażnił się z nią. Uraziła go decydowaniem o powrocie. Zachowywała się jak Anka zarządzająca ich małżeństwem. I nie mówiła mu wszystkiego o „Złotym ukłuciu", dając do zrozumienia, że nie jest wart zaufania.

– Mieć kogoś na sumieniu? Sama się niedługo załatwi... Wziąłeś z łazienki? – domknęła torbę.

– To jednak działa... – udało się mu ją podejść.

– Nie ma zbrodni doskonałej, Julek, nie bądź dziecko. Są zbrodnie niewykryte, nikomu by do głowy nie przyszło szukać śladów po igle.

– Dałoby się wykryć?

– Mikroskopem elektronowym. Zwykłe ukłucie przerywa tkanki, trafienie na meridianie w punkt energetyczny zostawia dłużej ślad. Wiry energii – objaśniała szybko, oschle, tonem z wykładów dla swoich studentów.

– Gdzie to jest – podciągnął koszulę, odsłaniając napięty brzuch – Wyżej?

– Dużo niżej – roześmiała się i włożyła mu rękę w spodnie. – Miałam ci nie mówić, co robić? – szepnęła.

Za drzwiami szumiał odkurzacz, zbierając pachnący przeszłością kurz. Klara dostrzegała wszędzie jego drobinki w zabytkowych wnętrzach; domu Klinke, hotelu. Wywoływał w niej alergię, wciskającymi się pod powieki, w pamięć drobinkami cudzej, muzealnej przeszłości. Miała dość problemów z własną. Julek dawał jej o tym zapomnieć. Nie mieli za sobą historii. Cokolwiek robili, było nowe. Pocałunki w pępek, lizanie pośladków. Bawili się sobą i wrzeszczeli, kto ma głośniejszy orgazm. W weimarskim hotelu zagłuszał ich odkurzacz podjeżdżający pod ścianę korytarza. Klara przekręciła się na brzuch. Plecy Julka były pokryte małymi tęczami odbitymi z kryształowego żyrandola.

– Dokąd jedziemy? – zapytał sennie.

– Gdziekolwiek.

– Mogłabyś mnie ukłuć i bym umarł? – przykrył ich koronkową kapą.

– Ty znowu o tym? Nóż też można wbić...

– Trochę widać...

– Zabiłbyś, gdybyś wiedział, że cię nikt nie złapie?

– W samoobronie. Ćwiczyłem dżudo.

– Akupunktura to nie sztuka walki. Po złotym ukłuciu umierasz dwa, trzy dni później.

– Tak na nic? Bez powodu?

– Bez powodu, nie wiadomo po co, to się rodzimy, mój chłopaczku – pocałowała go w ucho. – Umiera się zawsze na coś. Nie pytaj więcej, nie wiem. OK?

Przycisnął Klarę swoim ciężarem, spomiędzy przylegających ciał pachniało seksem.

– Gra na wiolonczeli, pociąganie smyczkiem to piłowanie śmierci. Są takie kawałki, Marais, Bacha, że ciarki przechodzą – mówił, powoli zniżając głos, jakby chciał na nią poszczuć smutek.

– Chodźmy stąd.

– Oboje robimy w skórach i umieraniu – powiedział lekceważąco.

Sądziła, że martwica hotelowego pokoju skłania do ponurych myśli. Julek nie żartował w ten sposób.

– Ja leczę, ty handlujesz. Sama radość, kochanie – szukała między poduszkami pończoch, żeby ukryć zmieszanie.

– Klara, przecież to nieważne, co robimy – położył nonszalancko nogi na stoliku.

W negliżu pogniecionej białej koszuli wygrzebanej z walizki, bez makijażu pasowała do różnych epok, przez które przeszedł hotel.

– Kocham cię – nie ruszył się, mówił przed siebie o czymś naturalnym, nie oczekując potwierdzenia.

Dla niego „Kocham cię" to „Bingo", główna wygrana w loterii! Konfetti, fanfary i gartulacje. Wylosowałam młodego boga – przyjrzała się jego idealnej nagości.

– Julek, jestem w innej sytuacji niż ty.

– Nie zmarnuj tej sytuacji – poradził, dopijając wodę z butelki.

„Kocham cię" było rzucone na przynętę. Dałam się złapać – przyznała Klara. Zaczynała wierzyć w reinkarnację miłości. Po jednej pojawia się następna. Ta sama, lepsza i ostrożniejsza.

W Warszawie nie wychodziła z Julkiem, mogliby spotkać jej znajomych. Knajpki Drezna, po których łazili, nudziły ją. Barowy harmider, dym i wystawanie przy szklance piwa bawiły Julka. Dowcipkował po angielsku, niemiecku, pomagając sobie mimiką i machaniem rąk. Był w swoim towarzyskim żywiole. Twarz Julka przyciągała zaufanie. Dwie, „początkujące" zmarszczki wokół ust podkreślały łapczywość na uśmiech. Słuchając, przymykał powieki, przysłaniając wścibskie, młodzieńcze ja. Twarz Klary zmartwiała w dzieciństwie, gdy przestała się głośno, z serca śmiać, uciszana przez zatroskaną matkę. Mężczyźni, którym się podobała, zachwycali się jej porcelanową buzią. Z biegiem czasu sztywność rysów uchroniła ją przed pęknięciami zmarszczek. Wycyzelowała zgrabny nos, kości policzkowe, nie deformując opuchlizną dojrzałości.

Po wjeździe do Polski, włączyli się w powolny rytm recytowanej z radia litanii „Santa, Santa" przerywanej pieśniami religijnymi. W Warszawie na samochodach powiewały czarne wstążeczki. Nie wymuszano pierwszeństwa, nie trąbiono, jakby energia ożywiająca to miasto przyhamowała w kondukcie żałobnym.

Klara zastała u siebie bałagan rozwleczony z pracowni Jacka. Porozrzucane dokumentacje poniewierały się z pudełkami nadgryzionej pizzy, ciuchami do prania. Uporządkowane były tylko gazety przy telewizorze. Na samej górze kolorowa fotografia Jana Pawła II. Komórka Jacka nie odbierała.

– Chyba nie pojechał do Rzymu? – przemknęło Klarze.

Dzwonił, gdy pakowała się w Dreźnie. Nie mógł sobie znaleźć miejsca. Wychodził do kościoła, co zdarzało się rzadko, w Boże Narodzenie i Wielkanoc. Klara zaspokajała się wiarą w czas, równie wszechmocny, wszechobecny i niewidzialny, co Bóg. Jego wyznawanie polegało na ciągłej adoracji czekaniem. Oczekiwała wyzdrowienia Jacka, spotkania z Julkiem, decyzji co dalej.

Kręcąc się po domu, nagrywała się mężowi, rozmawiała przez telefon z przyjaciółką.

– Co ja ci będę opowiadała, sama zobacz – Joanna zaprosiła ją do swojej cukierni pod Łomiankami.

Dojazd był łatwy, trasą wzdłuż magazynów i bloków wyrastających jak w krajach Trzeciego Świata wprost z piasku. Do niektórych sklepów prowadziły krzywe ścieżki asfaltowej lawy topniejącej latem.

– Ciociu, ciociu! – Michaś bawił się żwirem przed obskurnym, parterowym budynkiem z łatami tynku. – W rurach mamy za dużo coca-coli.

– Aha – Klara pogłaskała go i wsadziła do kieszeni dziesięć złotych.

– Podoba ci się? – przywitała ją Joanna. – Tu będzie zaplecze. Krzesła i stoliki drewniane, w wiejskim stylu, ale bez przesady, prowansalskie tkaniny – rysowała w powietrzu, wzbijając pył z kutych przez robotników ścian.

– Kupiłaś to?

– Nie, wynajęłam. Marek mi dołożył.

Policzono mu połowę taniej zęby. Zaprzyjaźniona dentystka namówiła też Joannę na małe poprawki zgryzu za śmiesznie niską cenę.

– Kiedy otwierasz? – Klara zakasłała.

– Muszą podłączyć wodę – w chustce, dżinsowych ogrodniczkach Joanna dyrygowała robotnikami na drabinach. – Jestem przed bramą, jakby co – zawołała do nich. – Wpakowałam się z tą wodą – wzięła Klarę pod ramię, prowadząc przez podwórko otoczone betonowym murem. – Tu będzie parking – wyjęła papierosa.

– Znowu palisz?

– Nie wyrabiam, rzucę, rzucę, niech się to przewali. Właściciel radził wykopać studnię, taniej, niż ciągnąć rury z ulicy. Ekipa wywierciła i sanepid nie przyjął. Bakterie coli. Powiedzieli, że norma. Budowano nieszczelne szamba, gdzie nie kopać, sracz, Polska stoi na własnym gównie.

– Gabrysia mówi, że w Polsce nie chciało się mieszkać nawet nandertalczykowi. – Michaś oderwał się od swoich tuneli wygrzebywanych w żwirze.

– Neandertalczykowi – poprawiła go Joanna. – U nas był lodowiec.

– Kolo lodów nie lubił? – nie wierzył.

– Lodowiec to nie magazyn lodów, kretynie. To zamarznięta ziemia, nie miałby gdzie mieszkać.

– U nas był lodowiec, a tam, gdzie jest fajnie, nie było – upierał się przy swoim.

– Teraz się mądrzy, niedługo będzie pyskować. Ciesz się, że nie masz dzieci – westchnęła Joanna, wkopując peta i puste pudełko zapałek w ziemię.

– Nie wiem, co tracę?

Klara, rodząc z przyjaciółką, przeżywając z nią dziecięce choroby, komunie i bunty, doszła do wniosku, że wychowanie jest procesem długim i niesprawiedliwym. Rodzice są z góry skazani na dożywocie, a popełnione z niewiedzy błędy są bezwzględnie wyciągane przeciwko nim.

– Misiek, skocz po zapalniczkę – odesłała podsłuchującego synka.

Chłopiec podniósł się z kolan i niechętnie poszedł do magazynu, zostawiając rozgrzebaną zabawę.

– Ale urósł – zdziwiła się Klara.

Dla Joanny dojrzewanie dwojga starszych dzieci było odrastaniem od niej i Marka. Od tego, kim byli w ich wieku: wyznawcami wzniosłych idei głoszonych przez buntowników i poetów: *Hair*, Herberta. W pokoju Gabrysi wisiały postery komercyjnych gwiazdek reklamujących komercję. Bob Dylan reklamował wolność, nie frytki. Kaczmarski nie zachwalałby sportowych butów ani ubezpieczeń. Wolał dać sobie wyrwać zrakowaciałe gardło, niż żyć bez śpiewania. Uduchowionego Matriksa z pierwszej części, na której byli całą rodziną, cofnęło do handlu piwem i motorami. Joanna nie łudziła się, że najmłodszy Maciuś uchroni się od pokoleniowej hekatomby bzdur. Naśladował rodzeństwo, gapiąc się w telewizor, wyciągał rączki po plastki z McDonalda. Malutka główka pokryta blond meszkiem była już rozdrapywana przez znaki firmowe. Neurony jego niewinnego mózgu zajmowały bezpowrotnie marki światowych gigantów: Disneya, Lego. Joanna była bezradną, czyli nowoczesną, matką marzącą w skrytości o ostatecznym rozwiązaniu: budzi się, włącza przy śniadaniu telewizor, a tam trwa terrorystyczny zamach na prezenterów MTV i gadający chłam z pozostałych programów: rozbijani są na piksele, wyemitowani bezpowrotnie w fotony. Razem z nimi eksplodują X-many, bohaterowie stacji Zip Zap, Cartoon, Kids Fox i japońskie potworki. Puste ekrany śnieżą po tej krótkiej atomowej zimie. Na koniec medialnej apokalipsy, kościotrupy Barbi porastają pulchnym ciałkiem. Miś Puchatek zmartwychwstaje z silikonowej hibernacji i staje się znowu pluszowym misiaczkiem. Innym rowiązaniem byłoby urodzić mięciutkiego niemowlaka i nie powtarzać z nim błędów popełnionych przy chowaniu Gabrysi, Michasia i Maćka.

– Zastanawiamy się z Markiem nad czwartym dzieckiem – umorusana remontem Joanna wyglądała na szczęśliwą.

– Zastanawiamy? – Klara, wyczuwając radość przyjaciółki, powstrzymała się od przypominania jej biadolenia: „Marka nic nie obchodzi, jestem zamurowana za życia garami i pieluchami".

– Strasznie trzepnęła mnie śmierć papieża. Nie umiem ci tego wytłumaczyć... nie było cię, nie jesteś za bardzo wierząca... Marek też się zmienił. Dopiero teraz wiem, jak mnie kocha... Człowiek dorasta do pewnych decyzji...

– Josia, umarł papież, więc decydujecie się na dziecko?

Z magazynu rozległo się walenie w ściany.

– Najlepsze, co mamy z Markiem, to dzieci. Piękne, zdrowe.

– Postanowiliście, to postanowiliście. Nie musisz mi tłumaczyć... Bałaś się o pracę Marka...

– Wyjaśniło się, trzeba zawierzyć życiu. Śmierć takiego człowieka... – Joannie do zacieków po kurzu dołączyły strużki łez. – Pewne rzeczy widzi się inaczej, naprawdę. To, co ważne. Gdybyśmy mieli warunki, chciałabym i siedmioro. Nie ma nic piękniejszego od dzieci.

Klara objęła ją, nie będąc pewna, czy wspiera przyjaciółkę w żałobie, czy kolejnym macierzyństwie. Przybiegł Michaś z zapalniczką, powłócząc za długimi nogami. Zawstydziła się dychy wsadzonej mu w kieszeń kurtki. Dołożyła w drugą papierek pięćdziesiątki. Symetrycznie wypchane kieszenie nie mogły przywrócić sylwetce utraconej harmonii, zwinności i szczerej wdzięczności dziecka. Michaś zerknął na matkę i czerwieniąc się, pocałował Klarę w rękę.

Tydzień od śmierci papieża do pogrzebu Klara przeżywała w zbiorowym nawiedzeniu. Pacjenci mówili o przypadkach cudów, półcudów i nawróceń. Niektórzy odwoływali wizyty, czując niestosowność korzystania ze wschodnich metod w obliczu tragedii Zachodu. Jan Paweł II miał być ostatnim białym następcą Piotra, po nim Murzyn.

Wystawione wszędzie zdjęcia schorowanego Wojtyły oceniała okiem lekarza. Znając długodystansowe, mordercze etapy agonii, podziwiała hart jego ducha. Wyłapywała przenikliwe spojrzenie młodszego papieża ze sklepowych witryn i gazet. Nie czuła się prześladowana w swoich myślach, zachowała jeszcze rozsądek. To nie Jan Paweł II skłaniał ją do szukania prawdy: Kim jestem, czego potrzebuję? Sama się nad tym zastanawiała, siedząc w domu z Jackiem, leżąc przy Julku.

Nie zamierzała, jak Joanna, pod wpływem zrywu, w atmosferze podniosłego szaleństwa podejmować decyzji zmieniających własne i cudze życie. Spotykając się z Julkiem wieczorami i w przerwach na obiad, schodzili do jeszcze głębszych katakumb niż sekretni kochankowie. Chowali się nie tylko przed znajomymi Klary i jej mężem. Ukrywali swoje rozerotyzowane szczęście przed żałobą na powierzchni. Klara nie miała wątpliwości – pobożność, o którą się potykała na ulicach, wracając wśród szpalerów lampek i zniczy, szybko zgaśnie.

Jacek dostroił się do nadawanych audycji o papieżu. Puszczał je głośno, żeby słyszeć w łazience i pracowni. Telewizor przełączał na całodobowy kanał informacyjny, gdzie dziennikarz prowadzący kiedyś Big Brother mówił z podobnym przejęciem o Big Father. Klara zamykała się w swoim pokoju z discmanem, paczką herbatników i owijała kocem. Znalazła w płytach Julka album jakiegoś Glenna Goulda. Bez orkiestry, przygnębiającej wiolonczeli, skrzypiec i flecików. Sam fortepian pozbawiony sentymentalnych pipi. „Wypreparowane ścięgna strun uderzane ręką chirurga – lekko i precyzyjnie – tak uważał Julek. – Dlatego go lubisz, jesteście podobni".

Jacek pochłonięty swoim nowym projektem „Polskich dworków" odrywał się od komputera po dolewkę herbaty. Dwie łyżeczki cukru, cztery krople cytryny, nie mniej, nie więcej. Z pracowni wychylał się, gdy w telewizorze pojawiały się nowe wiadomości.

– Kolację? – zajrzał do Klary ignorującej jego uprzejmość.

– Nie, dzięki.

– Zostawię ci sałatkę.

Zamknęła za nim drzwi. Dawniej zostawiłaby uchylone. Sto dwadzieścia metrów podzielonych na pracownię, salon, pokoje. Obecność Jacka, daleko w kuchni, przeszkadzała jej. Łomot garnków, cisza i metodyczne siekanie nożem o deskę. Na co ja czekam? – symptomy wydawały się Klarze zbyt oczywiste, by dalej zwlekać. Nie jestem dwudziestolatką, tego nie załatwia się w ten sposób. Mam wstać i wyjść? Powiedzieć mu, cześć, odchodzę? Nie domyśla się? Jest nadal chory i podejrzewa, że świat wygląda trochę inaczej? Może właśnie to jest moment, mam pretekst: Twoja depresja, odpocznijmy od siebie – nerwowo układała z kraciastego koca fałdy zakrywające nogi. – Śmieszne, nosiłam takie plisowane, szkockie spódniczki w liceum, biała bluzka, latem słomkowy kapelusz ze wstążką, fotokopia Anii z Zielonego Wzgórza – wstała po telefon. – Nie doprowadzę się do tego, że będę zbiegać na dół spotkać się z Julkiem, bo dzwonił, bo ja nie mogę wytrzymać.

– Paweł? To ja...

– Prywatnie? – żartował. – Dzwonią do mnie z ogłoszenia, mam szczeniaki Pati z labradorem... zostawię ci jednego.

– Absolutnie nie, Paweł, nie mam czasu na psa.

– Nie wiesz, co mówisz, nie miałaś pieska.

– Mam tysiące psów w schronisku – jeśli nie zapomniała, zdarzało się jej przy rachunkach wysłać coś na konto polecane przez Pawła. – Przepraszam cię, ale dzwonię, bo Jacek przestał brać leki...

– Wiem, rozmawiałem z nim. Na mój gust jest w dobrym stanie...

– Sądzisz... to przez papieża?

– Mówiłem ci, przyszło, poszło, nie wiadmo skąd. Nie szukaj na siłę racjonalizacji. Coś cię niepokoi?

– Nie, nic... Odzwyczaiłam się od normalności.

– Ja też w ten Wielki Tydzień – westchnął.

– Wiem coś o tym – dla pacjentów Klary nawrócenia chuliganów i złodziei po śmierci papieża były dowodem na istnienie Boga. Joannie wydzwaniającej nocą wtórował Marek. Egzaltowanym, ledwo rozpoznawalnym głosem zachłystywał się proroctwami zaczerpniętymi z internetu.

– Mam swoją teorię Wielkiego Tygodnia – Paweł ziewnął.

– Zbiorowa histeria?

– Gorzej, FAS. Foetus Alcoholic Syndrom. Narażone są na niego dzieci matek pijących w czasie ciąży. Objawy podobne do ADHD; nadaktywność, brak koncentracji, nieposłuszeństwo. Mózgi z FAS są uszkodzone, funkcjonują inaczej... Taki dzieciak ma cię zrozumieć, musisz do niego mówić powoli, patrząc w oczy. Nie słucha, zwróć jego uwagę, potrząsając.

– Od kiedy leczysz dzieci?

– Nie, na FAS cierpią dorośli Polacy.

Paweł po latach terapii nie żywił uprzedzeń złych ani dobrych, zwanych złudzeniami. Dlatego mimo wszystko nie był zgorzkniały. Natomiast coraz częściej czuł się zmęczony; ministrant służący zdebilałej ludzkości. Zasłuchany, w luźnej pozie na swoim fotelu terapeuty był współczesnym Stańczykiem – bezradną, polską inteligencją. Przez konwenans zawodowej etyki nie wolno mu było mówić wprost o tym, co przenikliwie widzi dzień w dzień swojej służby.

– Klara, twoja matka by się ucieszyła, ona uważała polskie powstania za klęski narodowe, prawda? – przypomniał jej drobną postać mamy stojącej w progu pokoju z tacą brudnych naczyń. Paweł zagadywał ją, wypuszczał na ulubione tematy historyczne, przedłużając przerwę we wkuwaniu do sesji.

– Jesteśmy dumni z naszych powstań i odwagi. Innych nie było na to stać, ginąć bez zastanowienia – Paweł popierał swoją teorię przykładami: – Normalne narody nie chlały do upadłego jak nasza szlachta. Z pokolenia na pokolenie. I zalkoholizowane chłopstwo. Nie znam rodziny bez alkoholika, w tym, w poprzednim pokoleniu. To zostaje w genach. Stąd zamiast pomyślunku polski nadmiar energii, typowy dla FAS. Wiecznie rozdygotani, gotowi walczyć za wolność waszą i naszą. Przegraliśmy powstania i nic nie zmądrzelismy, od 89. przegrywamy na nowo... wybory. Pospolite ruszenie do urn, bez zastanowienia, sześćdziesiąt, osiemdziesiąt procent głosów dla idioty albo gangstera. „Nim księżyc dwa razy się obróci", wybraniec narodu spada na dno poparcia, też bez powodu. Odwidział się, polityka nie ma z tym nic wspólnego. To FAS bezrozumnej nadpobudliwości kieruje wyborami tego narodu. Ludzie z FAS są agresywni, bezmyślni, chamscy, tak się mówi o Polakach, nie? Chamski Polak, Hamas Europy, he, he. Śmierć papieża potrząsnęła, coś ten naród pokumał. Dziećmi z FAS też trzeba potrząsać, żeby do nich dotarło, ale na krótko. Mózg z FAS działa inaczej niż u normalnych. Odpowiada tylko na bodziec, nie umie planować, przewidywać. Szybko reaguje i szybko zapomina.

– Jacek myśli podobnie do ciebie – Klara słyszała z kuchni miarowe siekanie. – Nie używa naukowych terminów, ale podobnie widzi Polskę.

– Jego pech, że on to odchorowuje.

– Paweł... – była gotowa powiedzieć mu o swojej decyzji, bardziej jako lekarzowi Jacka niż przyjacielowi. Zawahała się, w kuchni zrobiło się cicho. – Zdzwońmy się, muszę kończyć – przyłapała się na lęku. Jacek wściekłby się, słysząc, że mówi o nim, tym bardziej z kimś tak wprowadzonym w jego chorobę. Przyjmowała pokornie jego oskarżenia i potakując, była myślami przy Julku. Jego długich palcach powtarzających pasaże od góry do dołu jej nagości. Julkowi nie dawała po sobie poznać, co się w niej kotłuje po domowych kłótniach, atakach milczenia. On i tak wiedział.

– Więcej? Mniej? Mocniej? Nic? – odczytywał jej życzenia.

Przykryła się szorstkim kocem. Starała się nie hałasować, nie zwracać na siebie uwagi Jacka. W popielniczce okutej złotymi blaszkami dopalało się arabskie kadzidło z ambry i suszonych kwiatów. Wdychała rozpływający się smugami dym, zapach mieszkania. Nie wyobrażała sobie pakowania walizek, wyjmowania wieszaków z szaf wyłożonych lawendowym papierem. Wyciąganie stąd ubrań, książek byłoby wywlekaniem wnętrzności domu. Ciężkie meble z kolonialnych sklepów były arką przymierza ich wspólnego gustu, zgody na to, co jest użyteczne, piękne i wartościowe. Wiśniowy stół z salonu, dwudrzwiowa szafa – Klara w półśnie robiła spis zostawianych rzeczy. Nie wiedziała, ile w tym nostalgii, ile wstępnej kalkulacji do podziału majątku.

Jacek popchnął z przyzwyczajenia drzwi do jej pokoju, nie otworzyły się. Musiał przełożyć talerze i widelce, uwolnioną ręką nacisnął klamkę. Postawił na ławie miski z sałatką. Klara nie zasypiała po południu, najwyżej kładła się i głęboko relaksowała, wywracając białka oczu do góry. Zapadała w krótki, regenerujący letarg. Była po nim gotowa przyjmować pacjentów do nocy. Jacek uklęknął przy niej, przejechał delikatnie widelcem po dłoni zaplątanej w koc.

„– Przepraszam – Klara gładzi we śnie ślady paznokci na plecach Julka.

– Nie szkodzi.

– Nie będę więcej.

– To nie boli, wtedy nic nie boli – szepcze Julek.

Wystają jej kości miednicy. Między nimi naprężony brzuch i pod nim pakuły owłosienia łonowego chroniące najwrażliwsze miejsce.

– Wiórka – całuje ją.

Znieruchomiała, powiedział to głosem Jacka, tylko on tak do niej mówi. Nie jest ruda, ma ciemnokasztanowe włosy z paroma białymi nitkami.

199

– Nie karmiłaś w Łazienkach wiewiórek? Rzucasz im chleb, ciastka i one hyc, hyc na ciebie i do kieszeni. Wbijają ci się pazurkami przez ubranie". – Julek wydrapuje paznokciami pręgi na jej udach.

Jacek dosłyszał niewyraźne słowo, wydawało mu się, przełykała ślinę. Jej oczy pod zamkniętymi powiekami poruszały się ruchem samochodowych wycieraczek, z lewa na prawo i z powrotem. Sen oczyszczał umysł, ścierał nadmiar wspomnień. Miał nadzieję, że również tych złych, z ostatnich miesięcy. Niebieskawa żyłka na skroni Klary, dziecinnie zaciśnięte usta i pięści. Był z nią, chociaż tego nie wiedziała. Tabletki wysuszały emocje, musiał je odstawić. Coś zaczęło wreszcie w nim szybciej krążyć, pojawiły się łzy.

– Klara – nie chciał jej budzić. Wolałby poprosić o to, co najprostsze, co było dawniej; wspólne szykowanie śniadania; on kroi chleb, ona smaruje masłem i słuchają porannych wiadomości. Czytają przed spaniem i grzeje o niego zziębnięte stopy.

– Wiórko.

„Dopracowanie projektu, by stał się ofertą rynkową" – Jacek skreślił. Miał go już za sobą. Następny: „Znalezienie udziałowca", wydawał się do załatwienia dzisiaj. O szesnastej był umówiony z dwoma krakowskimi przedsiębiorcami inwestującymi w budowę podmiejskich osiedli. Punkt trzeci, najtrudniejszy: „Wylansować wbrew klientowi to, na co czeka, a o czym nie wie".

Jacek obmyślił ten projekt za czasów firmy „Polski Dworek". Odsunięty przez sprzedaż inteligentnych domów mógł się stać przebojowym powrotem do branży. Był to koń trojański, słowiański koń trojański wzorem greckiego oryginału, kolosalny i z drewna. Wprowadze-

nie go w plany inwestorów wymagało od Jacka przebieg-
łości. Marzył o stworzeniu wewnętrznego podwórza, czegoś w rodzaju patio otoczonego stodołami przerobionymi
na garaż, pracownię, domek gościnny czy saunę. Powiedzenie wprost: „Dom jest dodatkiem, w projekcie chodzi
o stodołę", byłoby przyznaniem się do samobójczej pasji.
Musiał podejść inwestorów, pochlebić, wciągając w krąg
wtajemniczonych:

– Czy wiedzą panowie, które budowle przetrwają naj-
dłużej? Nie te najnowocześniejsze – tu przydałoby się
ściągnąć parę sekund implozji World Trade Center, zapisał
w notesie: WTC. – Cóż to jest trzydzieści, sto lat przy kilku
tysiącleciach? Stonehenge, piramida Cheopsa, neolityczne
wały. Co się może stać tak solidnym budowlom? Ostatecz-
nie kiedyś się przewrócą, za kolejnych parę tysięcy lat... Im
starsze obiekty, tym dłużej będą trwać. A na tym nam, panowie, zależy, prawda? – muszę im narzucić poczucie
wspólnoty, postanowił. – Na solidności przedsięwzięcia.
I technice wykonania. Technika bierze się z kultury, kul-
tura to tradycja, umiejętność dziedziczenia. Dlatego zająłem się budową tradycyjnych dworków. Polskie budowa-
nie to nie wolno stojące wille. Słowiańskie budowle oparte
były na planie zagrody. Coś takiego zachowało się jeszcze
w białoruskich chutorach. Podwalina w kształcie okręgu,
na niej stawiano obiekty gospodarcze i mieszkalne. Dlaczego tak? Możemy się domyślać; wewnętrzny dziedziniec
otoczony budynkami zasłaniał od wiejących z różnych kie-
runków wiatrów. Nie zdajemy sobie sprawy z naszych ko-
rzeni, dlaczego czujemy się dobrze w takiej zabudowie –
tutaj przerwa na zamyślenie, wzięcie udziału w wielowie-
kowej tradycji.

Jacek zapisywał plan prezentacji: „Im starsze rozwiązanie, tym lepsze, pamiętajmy o Stonehenge, nawiązać do
najlepszych i atak, podkreślił na czerwono: Prawzorem

słowiańskich budowli jest stodoła. Wyróżnia ją szokujący brak konstrukcji. Pusta przestrzeń zbudowana z patyków. Najważniejsze są w niej więzary, więźba łącząca od góry te patyki czy później belki. Rozwiązanie z czasów neolitu! Stodoły budowano tanio, szybko, z byle czego, bo budynki gospodarcze miały stać jedno, dwa pokolenia, pięćdziesiąt lat. Chałupa zbudowana identycznie, ale solidniej, sto lat, a kościół tysiąc. Łączy je konstrukcja stodoły i spójny system: więzary, strzechy, różni wytrzymałość materiału i czas poświęcony budowie. Klienci mogą w stodołach mieć garaż, graciarnię. Najważniejsze, żeby nie stawiać wyrwanych z tradycji domków, peerelowskich kloców, nowobogackich willi. W naszym klimacie patio zastępuje stodoła. Lekka, tania konstrukcja, z której znaczenia nie zdajemy sobie świadomie sprawy. Chroni od wiatru, daje poczucie bezpieczeństwa i dodatkową powierzchnię. W porównaniu z ceną działki i dworku, stanowi... jedną dziesiątą kosztów. Jest poza tym elementem wyróżniającym pośród ofert; dbamy o tradycję, dziedzictwo i komfort".

Wierzył w swój dar przekonywania. Wzmacniało je dobre samopoczucie. Po podpisaniu umowy weźmie Klarę na wakacje. Prezentacja o czwartej powinna się powieść. Dla firm deweloperskich poczucie misji było moralnym designem pokrywającym prozaiczne zdzierstwo. Jacek miał za sobą sukces firmy matki „Polski Dworek" wspartej szlachetną tradycją i ukierunkowanej na przyszłość. – Panowie – wyobrażał sobie dwie wpatrzone w niego inteligentne, agresywne, czyli energiczne istoty człekokształtne kuszone zarobkiem. Gotowe do zbrodni lub w biznesowych warunkach do ryzyka, od którego zależało ich przetrwanie. – Panowie, burzy się betonowe domy z lat siedemdziesiątych. Przerobienie ich przewyższa cenę budowy. Polskie dworki o lekkiej konstrukcji są okrętami wyruszającymi w przyszłość, podróż w nieznane. – Moglibyśmy wybrać coś egzotycznego, wyspy, planował wyjazd z Klarą. – Nie wiemy, co nas czeka – przeprowadzał dalej swój wykład dla inwestorów. – Może będziemy musieli mieć klimatyzowane domy? Proszę bardzo, w dworku nie ma zabetonowanych fundamentów. Pod spodem jest przestrzeń gotowa do instalacji nowych przewodów i rur – muszę podkreślić solidność i elastyczność.

Jacek zabrał ze sobą na prezentację album *Stodoły skandynawskie i słowiańskie*. Jedyny egzemplarz, owoc jego wieloletnich poszukiwań. Fotografie z polskich, szwedzkich i duńskich wsi. Na Bornholmie znalazł ciąg stodół. Dobudowywane jedna do drugiej nie różniły się niczym poza wiekiem. Pierwsza pochodziła z końca XVIII wieku, ostatnia z początku XXI. Wpatrywanie się w stodołę uginaną wiatrem, skrzypiącą w więzadłach było dla niego kontemplacją dojrzałej formy porównywalną z przyjemnością podziwiania profilu śpiącej Klary. Jej pierwszych wyraźnych zmarszczek wokół ust, powiek opierających się na poduszeczkach opuchlizny. Czterdziestoletnia Klara miała urodę o wiele ciekawszą od Klary spotkanej w biurze wynajmu świętej pamięci wujka. Była doskonała, jej wady konstrukcyjne – sztywność, brak spontaniczności – z czasem stały się zaletą rozwagi. Pozbawiona kobiecej czułostkowości wytrzymała jego depresyjny rozpad. Choroba podzieliła Jackowi życie na połowy – tę przed i po. Druga była wrażliwsza, po rekonwalescencji. W depresji odchorowałem młodość – podejrzewał. – Przeczołgałem się do teraz do stanu pośredniego między dojrzałością a starzeniem.

Nie miał nic przeciwko temu. W architekturze wiedza o starzeniu była ciekawsza od inżynieryjnych wyliczeń ideału. Dawała solidniejsze podstawy przetrwania. Przekonał się o tym, ratując renesansowe sklepienia kościoła NMP w Pułtusku. Wichura zerwała dach i mogła naruszyć konstrukcję. Jacek był świeżo po studiach, nosił jeszcze wąsy i bokobrody nadające mu powagi. Z chlebakiem przewieszonym przez ramię, w wojskowej kurtce wkroczył do głównej nawy i nogi ugięły mu się z przerażenia. Kolumny stały krzywo, niemal przypadkowo. Wyobraził sobie, co się dzieje pod dachem. Renesansowe, kolebkowe sklepienie jest jednym z najtrudniejszych... a skoro budujący nie dali sobie rady z kolumnadą. Pamiętał lekkość wspinaczki po kościelnych rusztowaniach, kadzidlaną wilgoć, zapach kwitnących drzew. Przeganiając gołębie, mierzył strop, łażąc po kościelnym strychu, i nie mógł się nadziwić. Tam wszystko było pod linijkę. Sklepienie przetrzyma kolejne pięćset lat. Zgrzany pracą zdjął koszulę, opalało go wiosenne słońce prześwitujące przez dziury w dachu. Usiadł na belce i kombinował: Budowali to mistrzowie. Tam, gdzie mogli sobie pozwolić, robili błędy. Stawiali pokrzywione, od razu „stare" kolumny, dopasowując je do nadchodzącego czasu. Kościół był na skarpie, duże prawdopodobieństwo obsunięcia – Jacek opluwał siedzące niżej ptaki i celował w nie piaskiem. – Zamurują wam gniazda, won stąd. – W idealnych budynkach naruszenie proporcji rujnuje efekt. Zaprojektowana pozorna ułomność daje przewagę.

Małżeństwo z Klarą też nie było bez skazy. Zdradzał ją na wyjazdach. Nie pamiętał imion. Nic ważnego, znudzone prowincjonalne piękności żujące balonówę, wyrośnięta licealistka dowiadująca się natrętnie o studia artystyczne w mieście. Były częścią krajobrazu, podniecającym kształtem. Starte kolano licealistki miało siniaka jak obite jabłko. Wyciągnęła od niego adres i przyjechała do Warszawy. Klara była wtedy w Chinach. Dziewczyna ułożyła się melodramatycznie do spania na schodach. Mógł znowu skorzystać z okazji, ale udawał, że go nie ma. Szczeniara obsikała wycieraczkę i poszła. Patrząc za nią z ulgą przez wizjer, uznał, że jest nieźle pokręcony. Nie tracił głowy dla nastolatek, plastikowych stringów i tekstów wydyszanych po piwie:

– Nie noszę stanika, bo najlepszym stanikiem są dłonie mężczyzny, takiego jak pan...

Zdradzał Klarę, by mieć poczucie winy, coś, co mógłby nadrobić, jeszcze bardziej ją kochając. Podobała się mu kiedyś Joanna, rezolutna blondyneczka, póki się nie roztyła. W *Medycynie sądowej* schowanej na samej górze biblioteczki Klary widział zdjęcie trupa wypuczonego rozkładem. Gdyby nie sine kolory, można by pomyśleć, że sfotografowany w garniturze facet jest grubasem. Otyłość była dla Jacka obumieraniem proporcji, wypuczeniem za życia. Klara miała szczupłą budowę, on też. Będą się ładnie razem starzeć; para tyczkowatych, dostojnych staruszków, karmiąca gołębie i popalająca dla rozweselenia trawkę w długich, szklanych lufkach.

– Cze! – Gabrysia zamachała do ojca siedzącego przy stole ze śniadaniem.

– Co cze, Che Guevara czy co?! – krzyknął Marek.

Nie złościł się na córkę, swoją ulubienicę. Drażnił go aparat ortodontyczny założony przez Elżbietę, uwierał w trzonowce i kły. Elżbieta o jędrnych piersiach, przytulających się do jego marynarki. Biust Joanny odpychał, oddzielał wałem zwisającego tluszczu. Króciutki, lekarski fartuszek Elżbiety, jej pończochy, samoprzylepne, lepiące się uda – zamyślony Marek wydłubywał zapałką kawałki szynki spod drutów ortodontycznych.

– Cze! Tata – zawróciła od drzwi i udobruchała cmoknięciem w świeżo wygolony policzek.

Ciasno spleciony warkocz córki, o który toczył boje, każąc zmyć z niego farbę i wyprostować trwałą, połaskotał go żałobną aksamitką.

– No, cześć – zadowolony rozbił łyżeczką jajko w kieliszku i przysunął zaległe, nieprzeczytane gazety.

Pod nimi leżał kolorowy zeszyt.

– E, panna, czegoś zapomniałaś!

Gabrysia zatrzymana w pół kroku szła do tyłu, stanęła w tym samym miejscu, co poprzednio, przy stole.

– Za krótka? – naciągnęła spódnicę. – Umyć się? – zatrzepotała prawie niezauważalną doklejką rzęs.

Marek podał jej zeszyt.

– Matma – wzięła z obrzydzeniem okładki w dwa palce i wrzuciła do torby.

Założyła ją na ramię.

– Nie wygodniej plecak? Krzywisz się.

– W plecaku się garbię – odskoczyła, gdy próbował ją przyjacielsko klepnąć w plecy.

Szczypały ją od nakłuć. Dziesięć srebrnych kolczyków wbitych dwoma rzędami wzdłuż kręgosłupa od łopatek do pupy goiło się gorzej niż złote, na które nie uzbierała. Przeciągnie przez nie wstążkę i będzie miała seksowny gorset przylegający do ciała.

– Krzywa i garbata, trudno, może chociaż mądra – Marek przeciwny ćwiekowi w nosie, nie miał pojęcia, na co odważyła się córka. – Wiesz, kim był Che Guevara? – droczył się z nią.

– Producentem beretów – odpowiedziała z przekonaniem.

– Piętnaście zmarnowanych lat – Marek plasnął sobie otwartą dłonią w głowę.

– Eee, no nie – pogłaskała go. – Zabierasz mnie na wakacje – pocieszała ojca – 1934–1972 – wyrecytowała.

– Słucham?

– Che Guevara od 1934 do 1972 – miała w pamięci daty i nazwiska ulubieńców rodziny.

Używała ich w samoobronie przed rodzicielskim truciem. Przydawały się do wyproszenia pieniędzy i prezentów. – Wy to mieliście ciężko, prawda mamo? – przymilała się do Joanny. – Nie mogliście oglądać zakazanych filmów, zabierali wam nielegalne książki. Pamiętasz – naśladowała patetyczny ton ojca – Josipbrodski – co za link? kombinowała, wynalazca choroby? – Przesiedział sześć lat – tyle zapamiętała z internetowej ściągawki o słynnych prześladowanych w latach 1970–1989. – Mama, wsadzali was, a się nie daliście i ja teraz mogę słuchać wszystkiego... Boże, jaka ja bym była szczęśliwa, gdybym miała MP-trójkę. Nie musiałabym zmieniać płyt, kupować nowych... No tak, ale wy niczego nie mieliście... – zmiękczała Joannę empatią i wiedzą. Dosięgała czułego punktu macierzyńskiej dumy – wychować wrażliwe, mądre dzieci. Punkt ten uciskał obszar reagujący prawidłowo pytaniem: Ile?... i wciskał palcem Joanny PIN bankomatu. – Starczy?

Marek bywający w domu w przerwach między pracą został tego ranka sam. Joanna zrobiła mu śniadanie i zabrała ze sobą Maćka do odremontowanej cukierni, dzieci poszły do szkoły. Za Gabrysią jeszcze bujała się niedomknięta furtka. W rytm jej skrzypienia powiewała flaga pośrodku ogrodu. Pierwsze, wiosenne motyle przysiadały na wystrzyżonych klombach.

Śmierć papieża skłoniła Marka do zwolnienia tempa i refleksji. Z namysłem nalewał kawę, normalnie wypijaną w drzwiach. Starannie wybierał czytane artykuły, pomijając sport. Z gazetowych reklam wypadła mu duża fotografia Jana Pawła. Postawił ją na stole, opierając o lampę. Zaczytał się w dziale ekonomicznym, dolewając drugą kawę. Fotografia zsunęła się, zasłaniając felieton. Marek, mając tuż przed sobą zdjęcie papieża, przesunął po nim odruchowo wzrokiem jak po czytanym tekście: W górnym lewym rogu napis „Jan Paweł II" pochyłym białym drukiem, tło czerwone. Zamazany kawałek tronu, biała piuska, czerwony płaszcz z biało-czerwonym obszyciem i zapięciem na kołeczki. Wyraz twarzy papieża badawczy i filuterny zarazem. Usta w lekkim rozkroku uśmiechu. Mogą zaraz wystartować w kazalniczym maratonie albo rozluźnić dowcipem. Prawe oko w cieniu, widać skrawek białka. Melancholijne, przysłonięte niby gałązką wierzby płaczącej siwym kosmykiem brwi. Lewe dwuznaczne. Wilgotne, nie wiadomo, od łez, smutku czy rozbawienia.

Poniewieranie się Ojca Świętego w gazetowym śmietniku byłoby niestosowne. Marek pinezką z korkowej tablicy domowych ogłoszeń przypiął fotografię do drewnianych drzwi kredensu. Kupiony w sklepie z postarzanymi meblami i tak był pełen otworów imitujących dziury po kornikach. Fotografia minimalnie się przechyliła. Marka drażniło to odchylenie. Dopiął drugą pinezkę. Odsunął się, sprawdził, czy prosto. Jego uwagę przyciągnął żywy błysk papieskiego oka. Takiego go zapamiętał; bystrego, rumianego Wojtyłę. Wychudzone ciało na marach w Kaplicy Sykstyńskiej było szokiem. Ile energii musiał mieć papież, by tym drobnym ciałem dokonać tak wielkich rzeczy. Marek zapatrzył się, skupiając spojrzenie na ziarnie fotografii. Dał się wciągnąć w głąb zdjęcia. Podobnie bawił się z dziećmi, oglądając trójwymiarowe obrazki. Wpatrywali się w małe wzorki przeskakujące nagle w trójwymiarowość. Papież też pojawił się w trzech wymiarach, na wyciągnięcie ręki. Złudzenie było tym bardziej zaskakujące, że wizerunek poruszył się.

– Marku – usłyszał papieski głos.

Nieprzetworzony głośnikami, prywatny prosto do serca. Rozpoznał charyzmę Jana Pawła. W największym tłumie każdy był wzywany przez Niego osobiście. Marek przeżywał to podczas pielgrzymek. Papież, przedzierając się przez tłum, mówił specjalnie do niego. Inni dawali podobne świadectwo. Murzynka z Afryki w telewizji powiedziała: Ojciec Święty z drugiego końca placu Świętego Piotra wołał mnie.

– Marku, Marku, dlaczego mnie opuszczasz? – twarz papieża przechyliła się.

– Ojcze Święty... – ukląkł i najchętniej ucałowałby mu dłoń.

Przeczuwał jej obecność, i całej osoby wyciętej zdjęciem do popiersia.

– Wstań – papież westchnął. – Skończ śniadanie, synu.

Marek nie śmiał w najświętszej obecności pić kawy, babrać łyżeczką jajka. Jednak nadprzyrodzona siła przeniosła go na krzesło. Wobec tej mocy był słabym dzieckiem.

– Nie mów do mnie Ojcze Święty – papież pogroził mu placem.

– Ale, ale... wszyscy do Ciebie, Oj... – zasłonił usta filiżanką.

– Jestem Ojcem Świętym i Synem tego narodu, i Bogiem, w którego wierzą. Trójcą Świętą dla ludzkości polskiej, co za dużo, to niezdrowo. A ty jedz, nie wolno zapominać o doczesności. Z góry lepiej widać... Polakom wydaje się, że Polska graniczy nie z realnością, ale z niebem i piekłem. Od Sasa do lasa, albo kogoś wynoszą na ołtarze, albo do polskiego piekła, też po polsku, źle wybrukowanego. Prawdę z góry wyraźniej widać, wystarczy mapa, synku. Z jednej strony Niemcy, z drugiej Rosja. Teutoński konkret, autorytarny ojciec i ruska, zapijaczona matka. Polska jest ich niechcianym dzieckiem i odziedziczyła po zaborach wady obojga. Tyle że odwrotnie: ojciec rozmyty matką, zapijaczony, a matka Polka podszyta ojcem – autorytarna.

- Tak, Janie Pawle Drugi.
- Papieżu albo Karolu. Krócej. Martwię się, Marku, martwię naszą ojczyzną.
- Ja też, my wszyscy, modlimy się za nią – odczuł działanie Ducha Świętego podsuwającego odpowiednie formułki.
- Modlitwa nie wystarczy. Tu trzeba wprowadzić cywilizację, prawem. Dla porównania Szwecja, tam trzydzieści lat temu bito dzieci, hodowano groźne psy. Jak chciano tego zakazać, ludzie protestowali. I co? Wprowadzono nowe prawo i przestali być dzicy. U nas może cię zagryźć bydlę bez kagańca, bo zawsze się znajdzie liberum veto, wyjątek szczególnego przypadku. Wytrzasną skądś schorowanego pitbulla, jedynego żywiciela rodziny, i ustawa do kosza. Wiem, wiem: „Społeczeństwo nie dorosło". Ono nie dorosło i do dziesięciu przykazań. W polskim wyobrażeniu sprawiedliwość społeczna będzie wtedy, gdy zaczną kraść ci, co powinni – papież przesunął do tyłu piuskę, otarł spocone czoło.

Niektóre z przykazań były dla Marka zbyt drażliwe, łatwiej przyszło mu gorliwe zapewnienie:
- Nie uderzyłem żadnego z moich dzieci, nigdy.
- Weź gazetę, tak, tę z wierzchu. Otwórz.

Zadrukowana płachta rozchyliła się na dziale społecznym.
- Zakrwawione ciałka niewinnych – oburzenie odebrało mowę papieżowi. – Zakleić nimi stacje Drogi Krzyżowej, Chrystus się nie obrazi. „Co jednemu z tych maluczkich uczyniliście, mnie uczyniliście", nie wiem, czy dokładnie powtarzam, nie chodzi o literę, ale o sens. O biczowanie dzieci i bicie bez zostawiania śladu. Wytrenowani kaci też to potrafią. W Łodzi, w Ziemi Obiecanej tego narodu, rodzice swoje dzieci pozabijali, ciałka pochowali do beczek trzymanych w domu. I w Łodzi dzicy

łowili skóry ludzkie. Po to urodziłem się w Wadowicach, żeby z Wad, przez wielkie W, z dzikości ten naród wydźwignąć. Bóg bawi się w symboliczne krzyżówki, ma na ich rozwiązanie całą wieczność, lubi to – zaczerpnął powietrza, dawało mu to widoczną radość. – Och, Marku, Marku – znowu się zatroskał. – Ludzie dopiero co przestali być zwierzętami, są świeżo malowani, jeszcze pachną krwią.

– Pójdę do Częstochowy, latem z pielgrzymką warszawskiej inteligencji, pieszo – Marek bez wahania poświęcił urlop.

– Jasne, idź. Pobożny spacer ci nie zaszkodzi. Ale nie w tym rzecz. Święty obraz to nie okienko na poczcie, gdzie obsługuje Panienka Przenajświętsza. Ty, Marku, jesteś solą tej ziemi.

Zadzwonił telefon.

– Z biura – Marek sprawdził komórkę. – Wezmę wolne – nie mógł inaczej postąpić.

– Nie – powstrzymał go papież. – Idź do pracy, duchowy dialog nie przeszkadza w wypełnianiu obowiązków. Widzisz, synu, Polska, wchodząc do Unii, przeszła swój drugi chrzest, ekonomiczny. Niestety, nie bierze udziału w drugiej reformacji.

– Spóźnię się, mam teraz ważne spotkanie – Marek powiedział pospiesznie do sekretarki, nie odrywając spojrzenia od papieża.

– Nie, nie, porozmawiamy później, teczka, synu – przypomniał Markowi wychodzącemu z domu krokiem lunatyka.

Klarę zatrzymał w gabinecie telefon od pacjenta. Zatruł się baraniną polaną niestrawnym tłuszczem.

– Gdzie pan jest? W Iraku? Był pan u lekarza? Nie

mam pojęcia, co oni dodają. Nie, absolutnie nie. Proszę nie brać więcej witaminy C, pan nie jest przeziębiony.

Zajrzała do poczekalni, o tej porze nie powinno już nikogo być. W łazience paliło się światło i płynęła woda z kranu. Krzesło zakrywała znajoma dżinsowa kurtka, spod której wystawały róże.

– Jacek?

– Niespodzianka! – zawołał z łazienki. – Zapraszam cię na kolację.

Klara wystukała SMS-a do Julka: „Nie mogę".

– Dlaczego? – oddzwonił, gdy Jacek wszedł z bukietem.

– Dzisiaj już nie przyjmuję, za późno. Proszę jutro – była przesadnie oschła.

– Jestem pod gabinetem – Julek nalegał.

– Absolutnie nie.

– Jest tam z tobą, tak? Przepisz mi chociaż środki przeciwbólowe – głos mu zadrżał.

Przypływ dobrego nastroju Jacka brał się z udanego spotkania. Przekonał do swojego projektu inwestorów. Był pewny powodzenia. Nie kulił się w sobie, mówił głośno:

– Znowu czuję zapachy – cieszył się, wąchając róże.

Śmiał się, nie zważając na brak entuzjazmu Klary. Prowadził ją przed sobą po schodach. Nie podnosząc głowy, przeszła obok obsypanego płatkami z kwitnących drzew zaparkowanego przy krawężniku samochodu Julka. Dostrzegała każdy biały płatek osobno. Samochód gwałtownie ruszył, ocierając się o nich.

– Wariat! – Jacek osłonił ją przed podmuchem.

Pęd wywinął płaszcz Klary, uniósł bukiet, prostując kwiaty do słońca.

Przekonała Jacka, by wieczór spędzić w domu. Kupił po drodze kilka butelek dobrego, czerwonego wina. Usiedli przy kuchennym stole jak do pojedynku na kieliszki. Klara zamierzała się szybko upić i zasnąć. Jacek celebrował nalewanie, zachwycał się aromatem i barwą.

– Posmakuj – podsunął ciemniejsze.

Było jej obojętne, czy pije znakomitego burgunda, czy włoskiego sikacza. Nie upijała się, przeraźliwie trzeźwiała.

– „Smak wina spływa do serca, nie do żołądka" – Jacek przeczytał z reklamowej metki przyczepionej gumką do butelki.

– Za co toast? – zapytała obojętnie.

– Niech spłonie stodoła! – stuknął kieliszkiem. – Pim, pam, pam. „Golden brown", la, la, to nasza piosenka – dobierał dźwięki, uderzając korkociągiem w butelkę, przedrzeźniał negocjujących z nim deweloperów: „Co pan powie, kapliczkę z pnia, drewnianą znaczy, gratis, przed domem ze świątkiem? Zindywidualizuje nam ofertę".

Upiła się i przejrzała go na drugą stronę, pustą. Wydawało się jej, że Jacek jest z przodu sobą, z tyłu ma dyktę. I te ustawione rzędem butelki, paskami do tyłu. Muszę uważać, a to, a tamto. Nie chcę o tym pamiętać, przechodzić codziennie przez zasieki jego dziwactw, chcę żyć! – zażądała sama od siebie. – Nie bądź patetyczna, Klara – przekonywała tę trzeźwiejszą połowę. – Nie wyciągaj historii sprzed lat.

Nie powiedziała mu o pretensjonalnym głosiku proszącym dawno temu „pana Jacka" i głuche telefony, później. Wyrzuciła je z pamięci jak przejęte przypadkowo liściki, może miłosne, może zupełnie niewinne. Wolała nie zaglądać do środka, nie wypytywać. Poddaj się, Klara, nie masz powodów. Jest, zaledwie jeden, ale mu nie powiesz: Nie jesteś Julkiem. Gorzej, gdyby nie było Julka, nie zauważyłabym, że cię nie kocham. Gdyby nie śmierć matki, może nigdy bym z tobą nie była. Podwójnie sama, zostawiona przez nią i ojca byłam podwójnym dzieckiem. Jedno dorosło i poszło do pracy, dorobiło się pięknego gabinetu, drugim zaopiekowałeś się ty. Dlatego nie mogliśmy mieć prawdziwego dziecka. Brawo, Klara, dziecinko, zajmę się tobą, pomogę – naśladowała Jacka. – Kim ja mam być dla ciebie, teraz? Matką, opiekunką w chorobie? Nie poznaję cię, wolałabym być obca.

– Wiórko, dobrze się czujesz?

– Nie.

– Po dwóch kieliszkach?

Mdli, nie dlatego, że mu zaraz powiem... Pobiegła do łazienki. Nie zdążyła odgarnąć włosów, ochlapała je wymiocinami, klęcząc przed sedesem. Umyła głowę, wysuszyła. Szorowała zęby, nadal czuła smród. Umyła znowu włosy.

– Klara, co ci jest?

Usiadła na wannie z niewłączoną suszarką.

– Muszę pobyć sama.

– Rozumiem – wycofał się.

– Nie, Jacek. Naprawdę sama. Zastanowić się.

– Nad czym?

– Nad sobą.

– Jest ktoś... ktoś, z kim? – powoli do niego docierało.

Zacisnął pięści, gdyby się pochylił, wysunął przed siebie stopę w sandale, za nią drugą, doszedłby do Klary i popchnął ją do pustej wanny. Przytrzymał, żeby więcej nie mówiła.

– Czy ja cię pytałam? Chciałeś, jeździłeś po Polsce.

– Ale ja nikogo...

– Nie. Muszę przemyśleć... twoja depresja... zmieniła dużo.

– Klara... Prosiłem cię... to nie zależało ode mnie.

Nie mógł jej przekonać, nie miał przygotowanych argumentów, wydrukowanych na kartce, przemyślanych. Przestali być Jackiem i Klarą. Ona jest przeciwko nim.

– Pewne rzeczy zależały od ciebie... inne nie – miała

dreszcze, zimna woda z mokrej głowy płynęła jej po plecach.

– Na przykład?

– Wyzdrowiałeś, ja też muszę dojść do siebie, pozwól mi... – jej odwaga się kończyła.

– Na co?

– Muszę pomyśleć.

Włączyła suszarkę, ciepłe powietrze uderzyło ją w twarz. Jacek nie dosłyszał ostatnich słów. Sądził, że w ogóle nie usłyszał, co było pod spodem, o czym naprawdę mówiła. Jej oczy odbijały się zimnym, lustrzanym blaskiem. Przedzielone szczotką kasztanowe pasma podnosiła pod wyjący strumień powietrza.

Co ze mnie za mąż, głuchy – zatoczył się w przedpokoju. – Nie nadaję się. Wytnę sobie serce i mózg jak mój ojciec, będę się przenosił z taboretu na skwerek, szurając, na cmentarz. Już jestem głuchy, raz splajtowałem. Wracał mu natrętnie fragment ze starożytnych pouczeń Witruwiusza. Absurdalny, z biegiem lat coraz prawdziwszy: „Na architekta nadaje się tylko człowiek ze słuchem absolutnym". W starożytności architekt nadzorował maszyny oblężnicze miotające kamienie. Dwie liny wyrzutni musiały być identycznie naciągnięte. Sprawdzano to, uderzając w nie jak w struny. Liny skręcano z najbardziej wytrzymałego i elastycznego materiału – kobiecych włosów. A ja nic nie słyszałem, głuchy mąż i architekt. – Jacek dolał sobie w kuchni wina.

Klara zagryzła wargi. Powiedziała za dużo. Otoczyła Jacka ochronną warstwą słów, nie kłamstw. Łatwiej mu będzie to znieść. Powoli, on też będzie miał czas. Wyjęła z kieszeni komórkę. Julek nie odbierał, w zwrotnej poczcie nie miała potwierdzenia, że otworzył SMS-a od niej. Nie obraził się – na tyle go znała.

W mieszkaniu było ciemno. Nigdzie nie paliło się świat-

215

ło. Weszła do kuchni, Jacek siedział przy stole, pijąc drugą butelkę.

– Klara, a gdybyśmy zaczęli od tego, co najważniejsze?

– Co?

– Nie wiem, musielibyśmy się razem zastanowić. Co dla nas było najważniejsze.

– Może. Idę spać.

Rano leżał odsunięty najdalej, po drugiej stronie łóżka. Cicho nacisnęła klamkę. Poranne czynności dawniej niezauważalne, płynnie przechodzące jedna w drugą, wykonywała ostrożnie, bojąc się, że jeszcze coś może zepsuć, wyłamać z codzienności.

W łazience obejrzała sobie dokładnie język, zmierzyła w przegubie dłoni puls nerek. Zatruła się winem. Źle znosiła alkohol, nie powinna w ogóle pić. Ubierając się, sprawdziła komórkę wyświetlającą nieodebrany SMS do Julka. Odruchowo skręciła wozem do niego, musiała zawrócić.

– W Imię Ojca i Syna i Ducha – Marek zamaszyście kreślił znak krzyża.

Wpatrywanie się w zdjęcie Jana Pawła tym razem nie poskutkowało.

– Przysnąłem po śniadaniu, przepracowanie – ucieszył się. – Nie zwariowałem – odetchnął i wsypał do miarki kawę na espresso. Automat buchnął parą. Marek podstawił filiżankę pod metaliczne wymiona kombajnu kawowego. Rozbił jajko, powtarzając rytuał sprzed tygodnia. Mleczne, postarzane meble obudowujące skomputeryzowaną lodówkę, wentylatory i piecyk, stukały miarowo od naprężeń, podgrzewania i stygnięcia po rodzinnym śniadaniu. Co chwila przerywał czytanie gazety i obserwował przyszpiloną do kredensu fotografię.

– Uśmiech papieża poszerzał się. – Ech, piękny pogrzeb.

– Niesamowity – Marek zerwał się na baczność.

– Dzwony uderzały o niebo, dobijały się do raju.

– Media ucichły.

– Masz na myśli reklamy, Marku?

– Nie nadawali, co za wytchnienie.

– Och, synu, reklamy są zaledwie trądzikiem, wypryskiem tej cywilizacji cierpiącej na prawdziwy trąd. Porozmawiajmy z rana o czymś przyjemniejszym. Widziałeś kardynałów odprawiających mszę pogrzebową? Jak mi było lekko, bez schorowanego ciała, mogłem dokazywać, po sztubacku przewracać kartki Pisma Świętego, szarpać za płaszcze kardynalskie. Zbliż się, coś ci powiem – rozbawiony papież rozejrzał się, czy są sami. – Byłem w tym odrobinę złośliwy. „Chłopaki, po co wam ten przepych, więcej skromności, pokory!". Wiesz, że w chorobie zmuszali mnie protokołem do brania tabletek ze srebrnej tacy? Malutka pigułka na drogocennym talerzu. Tego nigdzie się nie dowiesz, z książek o mnie powycinali. Watykan. A co tam, raz się umiera, więc pozwoliłem sobie ustawić kardynałów przy ołtarzu barokowo w formie, szaty powykręcane wiatrem, kompozycja statycznie renesansowa. Szacunek dla piękna jest ważny, Bóg jest pięknem. Dlatego mam prośbę, powiedz ode mnie Opus Dei.

– Ja już... – Marek się zaczerwienił.

Promienie słońca w swoich kleistych palcach stopiły czekoladkę zostawioną na stole. Oświetliły zdjęcie papieża.

– No tak, tak, zapomniałem, nie wyszło ci, ale starałeś się, aspirowałeś. To ważne. Dla mnie ważna jest sprawa pomnika. Powiedz, komu możesz: Nie upstrokacajcie Polski moimi pomniczkami, popiersiami, nazwami skwerów i ulic. Zwykłe zdjęcie z gazety wystarczy. Lepiej zebrać te pieniądze i wystawić na Giewoncie mój olbrzymi, biały

217

posąg. Widoczny z Krakowa przy dobrej pogodzie. Większy od Jezusa z Rio de Janeiro. To nie pycha, Marku, to pragmatyzm. Atrakcja turystyczna i symbol: Papież błogosławiący nizinom, od Tatr do Bałtyku. Niech Duch zstąpi na tę ziemię. I na niej zostanie, to o wiele trudniejsze.

– Jan Paweł Wielki – Marek odgadł wymowę monumentalnej konstrukcji. Zawartego w niej wyzwania; skaliste podłoże, halny, mrozy. Figura mogłaby zostać nowym symbolem KaTelu.

– To tylko figura – papież odgadł jego myśli. – Żywy Bóg pochyla się tak nisko nad ziemią, że kaleczymy go... dlatego krwawi. Tajemnica krwi jest w bliskości – rozpiął czerwony płaszcz, zdjął piuskę. Wiatr rozwiał mu siwe włosy. – Wiatr słoneczny – przygładził je.

– Wybiorą Murzyna?

– W pewnym sensie – papież odchrząknął.

– Czy śmierć bardzo boli? – Marek odważył się zapytać.

– Umarłem w dzień Miłosierdzia Bożego.

– Wiem.

– Śmierć jest owocem grzechu. Święto Miłosierdzia dniem odpuszczenia grzechów. To nie boli mniej, ale daje nadzieję. Narkozę nadziei. Nie tracąc jej, ludzie potrafią przetrzymać najgorsze. Trzecie tysiąclecie zależy... należy do Miłosierdzia. Dlatego pierwszą świętą kanonizowaną przeze mnie na to tysiąclecie była jego orędowniczka, święta Faustyna, Polka. Ile ja się namodliłem w czasie wojny w jej kościele, teraz sanktuarium Miłosierdzia. Chrystus objawiający Faustynie cud Miłosierdzia, namalowany według jej wizji na obrazie „Jezu ufam Tobie" ma biało-czerwony promień wychodzący z serca.

– Jak nasza flaga! – Marek pokazał za okno, gdzie w centrum wypielęgnowanego trawnika, zraszanego automatyczną podlewarką, stał maszt flagowy.

- Biel i czerwień to dużo subtelniejsza symbolika – papież zamyślił się. – Ale z polską flagą masz rację, synu. Być Polakiem to jakby sobie podciąć żyły i założyć opatrunek uciskowy, żeby się za szybko nie wykrwawić. Straszna jest nasza historia. I nadal życie w tym kraju nie jest łatwe, twoje również, synu. Nasza husaria była chrześcijańskim przedmurzem Europy, teraz jesteśmy jej ekonomicznym przedmurzem. Polscy mężczyźni walczyli o niepodległość, później o biznes, o sobie nie myśląc. Nie mają czasu pobyć mężczyzną. Z żoną porozmawiać, jak mąż z żoną, mężczyzna z kobietą, normalnie. Nie brak ci tego?

- W święto Miłosierdzia odpuszczony jest każdy grzech?

- Szukasz Boga czy ratunku przed sobą? – z troską zapytał papież.

- Myślałem, że to jedno i to samo.

- Ooo – zadziwił się. – Skąd ten przypływ dialektyki rozdwojonej na tak i nie, jak język węża? Podszepty inteligencji łączącej sprzeczności? Marku, zrozum mnie dobrze. Marksizm uwięził XIX wiek w walce klas, psychoanaliza zamknęła człowieka XX wieku w przymusie nerwic, kompleksu Edypa i grzechu pierworodnego bycia dzieckiem swoich rodziców. Chrystus wyzwolił nas z ograniczeń klasowych, rodzinnych, indywidualnych swoim Miłosierdziem. Nie zależy ono od twojego pochodzenia, uwarunkowań społeczno-psychicznych. I w dodatku jest za nic, nie jest wartością dodaną, dodatkową, odpracowaną latami psychoanalizy. Spada na człowieka jak cud, bez zasługi i powodu, bywa, że w ostatnim momencie. Coś niby koło ratunkowe przerobione z aureoli świętych, ratuj się, kto może uwierzyć sekundę przed śmiercią. To jest prawdziwa, nieobliczalna wolność. Wystarczy powiedzieć: Tak... Dla porównania: Łaska jest pasem startowym do raju. Od twojego wysiłku zależy, czy nabierzesz rozpędu. Miłosierdzie to jednostka doborowa Boga, rzucana w najgroźniejszych sytuacjach, beznadziejnych. Ewakuuje cię, bez lotniska, z najgorszej opresji tu i teraz, wystarczy chcieć. – Nie przekonałem cię? – założył piuskę, zapiął płaszcz, szykując się do odejścia.

– Dlaczego ja, dlaczego mówisz do mnie? Walczysz o moją duszę?

– Z tobą, twarzą w twarz. Nie musimy się chować za dekoracje z bibułki, pozłotka i rogów. Nie ma między nami tego trzeciego. Diabła ani anioła. Dobro i zło są w nas, Marku.

– Mam się modlić? – ukląkł przy zapakowanej do pracy teczce.

Pochylił głowę, bardziej czekając na wyrok niż błogosławieństwo.

Przeciąg zatrzaskiwał okna. Uderzały kolejno, jakby odcinały możliwości ucieczki. Ostatnie zamknęły się drzwi tarasu.

– Spróbuj – papież przesuwał pod zdjęciem paciorki różańca i pogrążył się w modlitwie, zapominając o Marku.

Klara obcasami rozgniatała niedopałki, poszarpane serpentyny. Krem z rozdeptanych ciastek wcisnął się w szczeliny desek. Spóźniła się na otwarcie „Słodkich Słówek" Joanny. W sali został przysypiający staruszek z ustami oklejonymi lukrem, jakby jeszcze jedynie lepkie słodycze sklejały go z tym światem. Raczkujący Maciuś plątał się między nogami kelnerki sprzątającej ze stołów.

– Nie mogłam – Klara znalazła Joannę w kuchni.

– Nie mogłam później? – pakowała ciastka. – To dla ciebie – podała jej pudełko ozdobione podpisem „Słodkie Słówka". – Resztę zawiozę do domu dziecka, po drodze.

Obiecałam codziennie podrzucić, co zostanie – zlizała z kącika ust nadmiar szminki i grudkę kremu.

– Na dobry początek – Klara postawiła jedną z butelek kupionych przez Jacka. – Udało się?

– Pani Małgosiu – Joanna złapała wymęczoną kobietę za wykrochmalony fartuszek. – Pani już pójdzie, ojciec czeka – pokazała przez uchylone drzwi staruszka w głębi sali.

– Śpi – wychyliła się. – Zmyję podłogę. Smakowało, czekoladowe wymietli – zadowolona podwinęła rękawy, odsłaniając nabrzmiałe żyły.

– Jutro rano, nie trzeba, już, już – wypchnęła ją z kuchni. Sprawdziła, czy działa migająca zielonymi światełkami zmywarka. – Maciek! – odskoczyła ugryziona w łydkę. Przypięła mu linkę do dziecięcej uprzęży oplatającej śpioszki. – Będziesz niegrzeczny, przywiążę cię – pogroziła. Rozsiadła się na krześle. – Nawet bałagan jest mój! – przeciągnęła się zadowolona.

Wysunęła z nowych szpilek obtarte stopy. Ostatni raz kręciło się Joannie w głowie i narobiła sobie odcisków w sylwestra, przed urodzeniem Michała. Dzisiaj obtańcowywała gości z tacami ptifurek, nadskakiwała nieznajomym. To pierwszy dzień, wyjątkowy. Po rodzinie i przyjaciołach przyszli klienci zaproszeni na darmowy poczęstunek. Za miesiąc, dwa, gdy interes będzie hulał, zorganizuje wieczory kobiece; poezja, feminizm, grupy wsparcia. We wtorki klub szachowy i obniżki dla domu starców z przeciwka. Nie jest handlarą. Ona stworzy atmosferę, ważne miejsce i alibi dla siebie. Ludzie potrzebują słodyczy. Szczęśliwi na smakowanie szczęścia, nieszczęśliwi na pocieszenie – odłamała okruch bajaderki. Wymarzyła sobie ten salonik z lnianymi zasłonami w kwiaty, prostotą gustownych mebli, porcelanowymi filiżankami z wytłoczoną sygnaturą „Słodkich Słówek".

Klara znalazła szklanki po imprezie, oblizała palce umazane kremem: – Dobre.

– Wybitne. Pralinki ręcznie robi kobitka z Żoliborza, mam domową paschę, owocowe zamawiam u mistrza. Żadnej tandety, przesłodzonych kluch. Na mieście wuzetka od drożdżówki różni się ilością cukru, nie smakiem, nie? To spróbuj – podsunęła babeczkę z wiśniami.

– Mhm – nadgryzła.

– Kwadrans szczęścia dla mnie – zdecydowała Joanna. – Potem niech się... Dwadzieścia tysięcy sprzęt, meble, remont. Kierowca i pani Małgosia.

– Tutejsza? – Klary nie interesowała kobieta o urodzie czaszki, ze skórą przyrośniętą do kości. Nie interesowało jej, co było wokół i falowało jak podrzucane z podłogi przez Maciusia serpentyny i baloniki. W zwolnionym tempie opadały emocje, rzeczy. Od rana przesuwała się po dnie akwarium, ze słów wydostawały się nic nieznaczące banieczki powietrza. Ona była rybą rozpuszczalną w wodzie, w swoich uczuciach.

Odwołała wizyty i nakłuła sobie punkty rozluźniające mięśnie, „odcięła głowę". Wahała się, czy wziąć tabletki, zadziałałyby z podwójną siłą w organizmie nieprzyzwyczajonym do chemii. Emocje przerwały tamę jednostajnego żalu. Próbowały się z niej wydostać, wykrzyczeć Jackowi prawdę; Julkowi wściekłość: Nie musisz być mężczyzną, wystarczy, że będziesz nikim!

Próbowała się do niego dodzwonić. Niezbyt przytomna prowadziła samochód, zabrzęczał alarm niezapiętych pasów. Przypominał budzik, ocknęła się. Nie powinna wychodzić w tym stanie z gabinetu, przyjeżdżać do Joanny. Zostając sama, bałaby się nawrotu półświadomej wędrówki przy ścianach, zapaści rozumu. Ściągnięty paskiem płaszcz, spięte włosy, trzymana kurczowo torebka – zaciskające pozory.

Joanna, bujając się na krześle, wyciągała szczegóły nieistotnych historii:

– Dałam ogłoszenie. Przychodziły młode, fajne, wzięłam Małgosię. Harowała pięć lat w kwiaciarni. O szarym świcie przywoziła kwiaty z giełdy, sprzedawała, sprzątała. Bez ubezpieczenia, na umowę. Właścicielka zwolniła ją bez zapowiedzenia, miesiąc temu. W tamtym roku Małgosia zarabiała tysiąc ileś, na siebie i synka. O dwa złote ponad przepisy, więc nie przysługuje jej zasiłek. Rozumiesz? Z czego ona miała odłożyć? Z Monthy Pytona? To jest pomoc społeczna? Sama z dzieckiem i chorym ojcem, z jego emerytury leków nawet nie kupisz. Powiedz mi, gdzie kobieta po czterdziestce znajdzie robotę? Klara, my w tydzień przejadamy pięć stów. Z czego ludzie żyją?

– Biorę stówę za pół godziny – mechnicznie odpowiedziała Klara.

– Gdzie my żyjemy?

– W dupie Układu Słonecznego.

– Bo się zaburzę – rozśmieszyła ją. – Dla mnie nie lej – powstrzymała Klarę.

– Weź do domu, wieczorem opijecie sukces – powąchała wino w kubku, odstawiła.

Nerwy i alkohol były dla niej mdlącą mieszanką.

– Zmarnuje się, zabierz – Joanna, nie ruszając się z miejsca, wyjęła ze śmieci reklamową torbę.

– Marek pości?

– Wziął antybiotyk, ja też.

– Na co? – Klarze nie odpuściło napięcie, przeważyła jednak zawodowa ciekawość.

– Zęby. Jedna silna dawka i spokój.

– Jedna? Czego?

– Sam... Sum... Nie pamiętam, wyrzuciłam... Nie, mam w torebce ulotkę, zostawiłam na wszelki wypadek – sięgnęła do blatu pod oknem.

Szperała wśród kosmetyków kupionych przy okazji w aptece. – Jest!

– Masz stan zapalny, ropę w zębie? – Klara czytała uważnie skład tabletki.

– Nie – Joanna postawiła przed Maćkiem kubek-niekapek. – Dentystka boi się komplikacji, nie chce, żeby bakterie dostały się pod koronki przy otwieraniu kanałów – powtarzała monologi Elżbiety. – Przemiła kobieta, zapraszamy ją do nas w weekend.

– Nie jestem dentystą, ale... to wydaje mi się za mocne... jedna dawka. Zapytam kogoś.

– Ona pracuje ekspresowo, po znajomości, wiesz. Jest strasznie precyzyjna i staranna. Mam już nowe jedynki, są bielsze – rozchyliła wargi. – Zrobi komplet – rzucę palenie – wyjęła paczkę papierosów, wyminęła Maciusia bawiącego się sznurkiem i stanęła w drzwiach.

Jasne mury ogrodzenia odcinały się od zachmurzonego nieba. Z drugiej strony domu przejeżdżały samochody, hamując przy światłach i rozpędzając się z piskiem. Joanna wypuszczała dym w stronę podwórka.

– Zostawiłam Jacka, rozstaliśmy się... – Klara mówiła spokojnie, niemal monotonnie, wkładając cały wysiłek w zmuszenie się do opowiedzenia o spotkaniach z Julkiem. Jeżdżeniu pod jego dom i sprawdzaniu, czy jeszcze się u niego pali w oknach, o podejrzeniach, że przyjechała jego żona. O Jacku dającym jej czas wyprowadzką do biura „Polskich Dworków". Joanna wpatrywała się w betonową ścianę wyżłobioną zaciekami. Kontrolnie zerkała na bawiącego się pod krzesłem synka. Przy okazji obserwowała przyjaciółkę. Gaworzenie Maciusia przechodziło w płacz. Joanna podniosła go, wydmuchując dym na Klarę.

– Obrzydliwe – zakryła ze wstrętem usta, broniąc się przed smrodem.

– Wracaj do Jacka.

– Nie kocham go.

– Kochasz, nie wiesz. Klara, ile ty masz lat?

– Muszę wyjaśnić z Julkiem.

– Gówniarz. Dorośli ludzie...

– Może czegoś nie wiem.

– Wiesz, ma żonę. Klara, co ja ci mówiłam? Daj sobie siana, żonaty facet... – rozejrzała się, szukając dowodu na swoje racje. Maciuś wiercił się i drapał. – Żona jest jak paznokcie. Nie wiem, ile byś przycinała, odrośnie i podrapie. Zostawił cię za karę, to dureń, ucieka, żebyś nie spotkała się z nią, jeszcze gorzej. Ej, Klara... – Joanna złapała ją za pierś, wymacała sutek pod cienkim stanikiem.

– Łaaa, zwariowałaś?

– Jesteś w ciąży.

– Napuchły przed okresem.

– Zakład?

– Nie jestem – zmęczenie, mdłości, podrażniony język i przyspieszony puls złożyły się sensownie. – Tego brakowało... Niemożliwe, nie mogę mieć dzieci.

– Bo co?

– Bo nie.

– Nie zabezpieczałaś się.

– Po co? Jest zdrowy.

– Przed Duchem Świętym, nie słyszałaś o cudach? – Joanna poszukała torebki rzuconej w pudła, poza zasięg Maćka. Wyjęła tester kupiony na zapas z antybiotykiem i witaminami. Planowali dziecko w wakacje. Starsze wyjadą, Marek po zmianach w dyrekcji dostanie urlop. Był spięty do granic wytrzymałości. Przychodził zmienić koszulę i przespać się między naradami.

Po trójce dzieci Joanna nie potrzebowała testera do odkrycia, czy jest w ciąży. Potwierdzał tylko jej błogą pewność biorącą się z intuicji i objawów; wyczulony węch,

225

powiększone sutki, błyszczące oczy, bladość cery podbiegająca z byle wysiłku krwią. Pot ciężarnych kobiet pachniał Joannie mlekiem. Spod lekkich perfum Klary wydzielał się tłusty, matczyny zapaszek.

– Nie będę zasikiwać sobie palców. Nie jestem – broniła się.

– Nie smakuje ci wino, lighty cuchną. Sprawdź.

W ciasnej toalecie Klara rozkraczona nad sedesem dotykała nosem wieszaka z haftowanym ręcznikiem. Firaneczki w kokardy, ozdobne puzderka z olejkami manifestowały czystą kobiecość. Dla Klary lubiącej prostą funkcjonalność bibeloty i ozdóbki były wacikami zatykającymi dobry gust. Dusiła ją przytulność. Obrusiki, koronkowa pościel, infantylne kolorki. Kołyska, niemowlę. Do okienka testera spływały ciepłe krople. Po niebieskiej, kontrolnej kresce pojawiła się nieoczekiwanie druga wskazująca zawartość hormonów ciążowych. Przerażona Klara trzymała przed sobą dwie równoległe kreski, znak bezwzględnej równości z szeregiem matek. Efekt pokrętnego równania, do którego sprowadzało się jej dotychczasowe życie. Z dziewięćdziesięciodziewięcioprocentową pewnością – co było podkreślone w instrukcji.

– Gdybyś nie był złudzeniem, mówiłbyś prawdę – Marek odpiął drugą pinezkę podtrzymującą zdjęcie Jana Pawła. – „Duchy i demony są projekcją umysłu" – zacytował buddyjską broszurkę z poczekalni dentystycznej. Wydana na błyszczącym papierze reklamowała indyjskie SPA z oczyszczaniem ziołami i polewaniem czoła olejem.

– Synu, to nie moja wina, to ty jesteś ziemia-ziemia. Unieś się ponad dosłowność – przechylona papieska fotografia sama się wyprostowała, obezwładniając zmysł krytyczny Marka. – Odrobina lekkości, me-ta-fi-zy-ki. – Papież zaakcentował to, na czym mu zależało.

– Tak znaczy tak, nie – nie. Powiedziałeś, że Murzyn zostanie papieżem.

– Powiedziałem: „W pewnym sensie". Nie musiałeś rozpowiadać kolegom, chwalić się znajomościami. Po co wpadałeś w te wyższościowe tony: „Też jestem katolikiem, ale...". Co ale, Marku? Byłeś bliżej mnie? Mieliśmy wspólny respirator? – zachichotał.

– Dziwny jesteś – Marek był nieufny.

– Bo nie z tego świata. Józek jest na tym świecie najlepszym zastępcą. Nie mnie, świętego Piotra. Teolog, dotychczas scenarzysta w papieskim serialu został raptem gwiazdą tłumów. „Witam Polakuff. Owieczę fas fpelżymce do Poski", nie jest przekonujący? Co się tak uparliście na Murzyna? Już sobie przypomniałem, ta przepowiednia... Więc w herbie biskupów bawarskich, Józek pochodzi z Bawarii, jest Murzynek, chyba jeden z Trzech Króli. Zadowolony jesteś, synku? Benedykta XVI rzeczywiście czeka czarna robota: reformować kler.

– Podobno jest zachowawczy i pancerny.

– Ratzinger? On jest porządny i logiczny. Hippis to on nie jest, ale gorsze rzeczy można wyciągnąć z katolickiej teologii niż celibat i zakaz kapłaństwa kobiet. Nie mówiąc o homoseksualizmie i antykoncepcji.

– Papież jest za?

– Który papież? Marku, pamiętasz tysiące, tysiące świeczek na ulicach po mojej śmierci? Aleje światła Jana Pawła Drugiego...

– Sam zapalałem. Ludzie cię kochają.

Papież pokręcił głową.

– Ludzie nie mieszczą się w Kościele. W takich granicznych sytuacjach, chwilach wzruszenia nie wystarcza im pocieszenie księdza. Wiara przepala mury, świeczkami, żarliwością. Kościół musi iść za ludźmi, nie jechać limuzyną i otulać się bogactwem. Dlatego szarpałem kardynalskie płaszcze na pogrzebie, rozbierzcie się z tej pompy, bądźcie ubodzy. Ulica jest katedrą. Ile hospicjów, przytułków wybudowano by zamiast Świątyni Opatrzności. Jest tak wielka, że będzie pusta...

– Napełni ją pokolenie JP II.

– Aha, w Polsce do pokolenia JP II należą i starcy, i dzieci, a kto nie – ten zboczeniec. Tolerancja jest świecką wersją miłosierdzia, czy to tak trudno zrozumieć? – zalotnie się przegiął i zatrzepotał dłonią, modulując odpowiednio, po aktorsku, głos.

– Nic na to nie poradzę, Karolu, jestem hetero – Marek odsunął się od zdjęcia.

– Homoseksualiści są homo, też na to nic nie poradzą – huknął już ojcowsko. – Są ogniwem w planie bożym. Posłańcem, niezbędnym jak Merkury między Olimpem mężczyzn i kobiecym padołem łez. Zrozumiano?! Jest pewna hierarchia doskonałości. Człowiek pochodzi od małpy. Homoseksualista od mężczyzny, a od homoseksualisty kobieta, ukoronowanie człowieczeństwa. Nie grzesz męską pychą. Lucyfer też się wywyższał i spadł z anielskiej grządki.

– Kocham kobiety.

– Ty je, synu, szanuj. Nie wyśmiewaj się z przyjaciółki żony, nie nadymaj się swoją wiarą, Marku. Widziałeś Klarę przy pracy? Ona tymi igiełkami, szpileczkami fastryguje pacjentom duchowe ciało do przymiarki. Przynosi chorym pociechę nadzici.

– To New Age!

– Tam, gdzie nie sięga twój katolicyzm, nie zaczyna się New Age, człowieku! Co komu przeszkadza dzwoneczek na wietrze? Zaprzecza zmartwychwstaniu Chrystusa? Miliony takich dzwoneczków będą dzwonić na jego ponowne przyjście. Jedni mają ścisły umysł i budują elektrownie wodne. Inni są poetami i napędzają sobie energię kryształem stworzonym przez siły natury Boga. Zachowaj proporcje między wiarą i wyobraźnią. Lenin miał cwaniacką teorię prawdy, parawan przesuwany w miarę rozwoju nauki. Skąd wiesz, co wyjdzie jutro zza tego parawanu, co się okaże naukową prawdą? Wrażliwi ludzie mają różne przeczucia. Więcej pokory, mniej oskarżeń, synu. Chrześcijaństwo jest religią miłości, wystarczy kochać, reszta to administracja. Stanowiska, podziały: prawosławie, luteranizm. Odmawianie różańca nie załatwia sprawy, a przesuwanie paciorków myli się niektórym z ruchami robaczkowymi katolicyzmu. Marku, więcej entuzjamu miłości, otwartości, mniej strachu. Przecież mówiłem: Nie lękajcie się!

– Zaraz, zaraz, uporządkujmy. Zostałeś feministą?

– Na wieczność! A ty co, uważasz, że gdy mężczyźni ewoluowali, kobiety tylko owulowały? Chrystus był duchowo obojnakiem, nie mógł odrzucić jednej płci. Feminizm to nie redukcja do męskich przywilejów, to wołanie o prawdziwe człowieczeństwo. Pokaż mi zdanie, niepodważalne zdanie w ewangelii odrzucające kobiety od kapłaństwa. One, owszem, służą przy ołtarzu, najczęściej na klęczkach, zmywając podłogę. To są współczesne święte Weroniki, ze szmatą, na której zamiast Oblicza jest brud zaciemniający rzeczywistość. Do tego sprowadzono duchową partnerkę mężczyzny.

– Nie wierzę w ciebie, podszywasz się, jesteś protestantem.

– Jeśli ci łatwiej słuchać, niż myśleć...

– Przeczysz sobie, swojej nauce. Kupiłem *Pamięć i tożsamość*, tam mówisz prawdę, jasno i prosto, o tradycji, patriotyzmie.

– Nie napisałem, że Polacy są wyjątkowo zdolni w przerabianiu swoich kompleksów na cnoty?

229

– Nie czytałem, nie mam czasu, ale nie wydaje mi się.
– Będzie w następnym wydaniu, niebieskim. Marku, nie denerwuj się, nie mącę ci w głowie. Stąd jest inna perspektywa.
– Coś innego od niepodważalnej prawdy? Relatywizm?
– Mareczku, ludzkość nie wzniosła się ponad poziom rozkapryszonego dziecka, dlatego dostała grzechotkę teodycei. Bawi się nią, wyrzuca, okłada nią po głowie kogo się da, i gryzie. Chcesz twardych faktów, proszę bardzo: swoim rozwojem duchowym, nie przesyłaniem próśb modlitewnych pasem transmisyjnym, ale naprawdę doskonaleniem zainteresowany jest jeden procent ludzkości. Reszta leci po schematach, od tysiącleci. Zobacz, ludy indoeuropejskie uwielbiają trójpodział, społeczny, religijny. Żydom udało się oczyścić Jahwe z przyczepionych do niego bóstw, a chrześcijanie szybciutko w indoeuropejskim Rzymie skonstruowali sobie Trójcę Świętą. Nieważne, to dygresja prowadząca do współczesności. Trzy wielkie religie, spokrewnione ze sobą, judaizm, islam, chrześcijaństwo, są postrzegane na Zachodzie w trójdzielnych schematach najstarszej religii indoeuropejskiej, czyli hinduizmu: Brahma, najwyższy z Trójcy, tak potężny, że nie przedstawia się jego wizerunku, to judaizm ze swoim najpotężniejszym Bogiem i zakazem Jego malowania. Wisznu, miłosierny pasterz z owieczką, wypisz, wymaluj chrześcijaństwo. Sziwa, ze swoją obsesją seksu i śmierci, to islam. Religia raju pełnego hurys, a Ziemi kobiet w workach i samobójców terroryzujących Zachód.
– Nic z tego nie wynika, intelektualny bełkot.
– Mareczku, kto powiedział, że świat ma sens? Ma być może powiązania prowadzące do apokalipsy, ale nie do morału. Szykuj się lepiej do pracy, zajmij się czymś w międzyczasie.
– Nie pobłogosławisz?

- Wyobraź sobie, że nie.
- *Santo subito*, nie?
- Podejdź do mnie i już się nie odzywaj. Dam ci w zamian naukę pozamałżeńską.

Marek stanął pokornie przed zdjęciem.

- Kiedy niepoliczalna wielość stworzeń, orszak ojców i matek ciągnący się z zamierzchłej przeszłości, ślubuje nieskończoność potomstwa, mających nadejść pokoleń, to jest prawdziwy ślub.

Szkło powiększające w metalowej oprawce leżało na książce odłożonej przez Pawła. Okrąg wypukłej soczewki wycinał ze słów globusy. Zamazana ostrość przy ich brzegach dawała złudzenie pędu, kul opasanych literami po ukrytych przed wzrokiem orbitach. Paweł nie używał do czytania szkła powiększającego. Szukał nim kleszczy i pcheł w sierści swoich psów. Pati spała z wtulonymi w nią szczeniakami – żótymi, bezkształtnymi frędzlami zwisającymi z sutek. Nieufny Znajda chował się w przedpokoju.

Paweł potrzebował też szkła powiększającego do podziwiania budowy egzotycznych owadów zawieszonych w ramkach nad biurkiem; patyczaka, szmaragdowego motyla z Malezji i cykady. Do zaglądania w ludzi nie używał przyrządów. Wbrew wysiłkom pacjentów wychodziły na jaw ich ukrywane intencje. Pomniejszane winy, pomijane wady nabierały w miarę terapii rozmiarów grzechów i tragedii. Bezszelestna mowa ciała bywała w gabinecie terapeutycznym krzykiem rozpaczy.

Klara, jego piękna, podziwiana Klara siedząca na wprost sztywno, z podwiniętymi nogami brzydła, kłamiąc. Jej gesty przeczyły słowom. Obejmowała się obronnie, mówiąc o radości z dziecka. Zapewniła, że rozstała się

231

z Julkiem, jednocześnie pocierając czubek nosa, co było oznaką braku wiary w wypowiedziane przez nią przed chwilą słowa.

– Nie znam się na interesach, przepisywaniu firmy i podatkach. Od tego mam księgową – bębniła palcami o szklankę. – Wsłuchiwałam się w siebie, tak jak mi radziłeś – zdawała mu relację z krótkiej rozmowy z Julkiem. – Zjawił się u mnie w gabinecie. Wymięty, niewyspany. – Żona, dużo, dużo pieniędzy zależnych od niej i gdzieś ja. Nie zrezygnuje z firmy, rozumiem z żony, jest odpowiedzialny. Sam musiałby zaczynać od zera. Zero ojcem? Uwierzyłabym mu... – wyrwała papierową chustkę z pudełka.

– Tak?

– Gdyby lepiej kłamał.

Wybaczyła mu zniknięcie. Przekonująco się z niego tłumaczył, ale źle udawał pożądanie. Nie da się sfałszować siebie, swojego ciała – była upokorzona jego sztucznym, sztukowanym z przeszłości pragnieniem. Przybiegł i żegnał się odciągany przez małżeńską femme fatale, mającą nad nim władzę kredytów. Ładował się cierpieniem z discmana grającego mu w kieszeni operę. Wystające słuchawki nadawały żałobne zawodzenie. – Tak się ułożyło – wyszedł. Znikam i zostawiam ci maszynkę do tortur; nakręca się ją korbką na pamięć.

– Powiedziałaś mu o ciąży?

– Mhm. Nie uwierzysz, pocałował mnie w rękę.

– Znaczące.

– Proszę, przestań.

– Jego? – zakłopotany pokazał na jeszcze płaski brzuch Klary.

– Chyba...

– Zrobisz badania?

– Powinnam w moim wieku i wiedziałabym, czyje... –

bała się nakłuwania monstrualną igłą wciągającą płyn owodniowy. – Ryzykuję poronienie... – znała statystyki partackich badań prenatalnych.

– Powiedziałaś Jackowi?

– Nie chcę go... nie zasługuje – zakryła puchnące nogi kocem oblazłym sierścią psów.

– Nie zasługuje na dziecko?

– Powiem mu za miesiąc, dwa – odsuwała od Jacka gilotynę prawdy. Dla niej prawda była dużo delikatniejsza. Przenikała kanalikami przeczuć i czasu, pozwalając do siebie przywyknąć.

– Kto będzie ojcem...?

– Kupię mieszkanie, będę sama.

– Radykalnie. Jeżeli zejdziesz się z Julkiem, załóżmy – powstrzymał jej protest. – I dziecko okaże się Jacka... – podsuwał możliwości.

Uraziłby ją przypowieścią o myszy brunatnej. Jedynej w naturze samicy dorównującej przebiegłością kobiecie. Pozbywającej się ciąży, gdy pojawia się nowy, silniejszy samiec.

– Boję się jego depresji. Było mi ciężko, a z dzieckiem, co mu powiem, tatuś jest chory i nieczynny?

– To mógł być jednorazowy epizod...

– Dla mnie wystarczyło... Ludzie się zmieniają, ale nie tak... Nie wiem, co w nim siedzi, kim jest, za dużo mnie to kosztowało. Nie chcę.

– Też mówisz o pieniądzach, jak Julek.

– Ja?

– „Kosztowało cię".

– Nie jestem twoją pacjentką, nie czepiaj się słów. Nie wyleczysz mnie. Nikt mnie nie wyleczy, jestem dorosła. Wiem, czego chcę.

– Dziecka?

Nie odpowiedziała. Paweł nie słuchał jej, przepytywał.

Tak jak kiedyś, przed sesją, i sprawdzał, na co ją stać. Zmieniło się od studiów to, że zastąpił egzaminującego. Był najważniejszy; wysokie półki z książkami wmontowane w ściany przedwojennej kamienicy, jego terapeutyczny tron i pudełko jednorazowych chusteczek. Zużyte leżały na plecionym w tybetańskie wzory dywanie. Pięć, sześć – Klara doliczyła się dziesięciu. Zasmarkanych, zapłakanych dowodów jej klęski.

– Świetnie, że masz pieniądze – stwierdził łagodnie.

– To teraz ważne.

– Ważniejsze od obecności Julka i Jacka?– wątpił.

– Najważniejsze jest dziecko. Oni mają swoje problemy.

– Ciąża nie jest odwetem.

– Odwetem za co? Za ich wariactwo i tchórzostwo?

Pogłaskał ją po głowie.

– Klara, masz u mnie zawsze pokój, w dzień i w nocy. Park, trasa wózkowa.

Przestała wyskubywać machinalnie koc. Zbiła w kłębek poszarpaną wełnę. Wrócili do konkretów; wózek, ciąża.

– Tęsknię za nim, nienawidzę i tęsknię. To hormony ciążowe, prawda?

– Rodzaj miłości – rzadko używał samego słowa „miłość". Nie przekonywał go jej wzorzec przetrzymywany w marzeniach i legendach. Po upadku z piedestału świętości reanimowano miłość w serialach i przebojach. Była mieszczańskim tworem, jak powieść. Potrzebowała napięcia pożądań i miękkości salonów – najpierw mieszczańskich, teraz terapeutycznych. Paweł nie obchodził się cynicznie z miłośnie nieszczęśliwymi. Dla zachowania trzeźwości osądu podczas sesji podglądał owady w gablocie. Ciała podzielone wyraźnie na głowę, tułów i odwłok. Myśl, trawienie i rozkosz pomnażania prawidłowo posegregowane w pierwotnym zmyśle natury. U ssaków, niestety, odwłok wtopił się w tułów. Gorzej, człowiek pretendował do naczelnej zasady rozumu podporządkowującej głowie porywy cielesne. W miłosnym amoku, tak jak w psychozie popuszczały popędy. Wysuwał się wtedy ludziom odwłok, rodzaj psychicznego worka, gdzie składali latami urazy i kompleksy. Nieszczęśnicy wyginali się w pokrętnych figurach psychicznych, stykając z nim głowę. Po to, żeby zaznać bez zdroworozsądkowych ograniczeń robaczego szczęścia; ekstazy samca pożeranego przez modliszkę, rozkoszy muszki figowej żyjącej nie dłużej niż jej kopulacja.

– Hormony ciążowe? – Paweł zastanowił się, rozłupując skorupkę pistacji.

Kolor orzeszków pasował do zielonkawych, neutralnych tapet wybranych z angielskich katalogów; szczytu mieszczańskiej przytulności. – Hormony są naszym suflerem, kłopot, że nie rozumiemy już ich języka – wyrecytował jedną ze swoich ulubionych formułek placebo. Nie udzielającą sensownej odpowiedzi, ale pasującą do większości przypadków, z jakimi miał do czynienia.

– Jesteśmy bardziej skomplikowani od zwierząt – Klara znała jego upodobania do psychologii ewolucyjnej.

– Za bardzo skomplikowani, dlatego upraszczam.

– To powiedz mi, dlaczego nie zrobiłam nic, żeby zatrzymać Julka? Właściwie go... wyrzuciłam... – machnęła ręką i trafiła w zmięte chusteczki.

– Twoja matka nie walczyła o ojca...

– Paweł, ktoś cię zostawia, i o co tu walczyć?! Nawracać go, miłość to religia?!

Suka, nieprzywyczajona do krzyku na jej pana, podniosła się czujnie. Potrąciła śpiące szczeniaki. Piszcząc, ślepo szukały utraconego ciepła i sutek.

– Przepraszam – Klara wpakowała chustki w puste pudełko. – Paweł, ja ryczę ze strachu.

– Po to jestem – ukucnął przed nią.

– Egzaminowałeś mnie.

– Nie, podpytywałem. Nie mogę radzić. Ty sama musisz znaleźć rozwiązanie.

– Niech będzie – mijał trzymający od kilku dni ucisk w żołądku.

– Ale mogę dać ci prezent. Ten jest zarezerwowany dla ciebie. – Paweł wyjął z kojca szczeniaka najbardziej podobnego do matki. – Dzieci lepiej się wychowują z psami.

– Gdzie ja z brzuchem i pies, ścieranie kałuż, spacery.

– Nam się nie spieszy – przemawiał w imieniu szczeniaka – poczekamy. To będzie twój psiak u mnie. Nazywamy się... – pokręcił psim łebkiem, czekając na pomysł Klary.

– Nie chcę psa!

– Niechcic. Masz nazwisko, do imienia, stary, dorośniesz – oddał go niespokojnej suce.

Przeszli do przedpokoju „wyrąbanego" po procesie z korytarza przywłaszczonego przez sąsiadów. Paweł pomagał Klarze włożyć płaszcz. Podał go i zapiął. Mocował guziki w dziurkach, przewlekał pętlę kremowego szala. Bywał dla niej miły, w porywach szarmancki, ale nie zdarzały się mu opiekuńcze odruchy.

– Aaa, zapomniałbym – wyłapał jej pytające spojrzenie.

Przyniósł z pokoju otwartą książkę, na której zostawił szkło powiększające.

– Twoi znajomi nie leczyli sumamedem zębów.

– Nie opowiadaj.

– Na mojego czuja chlamydia – pokazał zaznaczony fragment: „Choroba przenoszona drogą płciową...".

Klara nie musiała czytać, pamiętała. Pierwsza myśl, gdy Joanna dała jej pudełko po antybiotyku, była podobna. Chociaż prędzej uwierzyłaby w swoją medyczną ignorancję niż niewierność któregoś z nich. Marek był kutasem, ale cnotliwym kutasem, katolicko podkastrowanym. Skłonność Joanny do romansowania, na studiach chodziła z dwoma, trzema naraz, wyżywała się po ślubie w nadmiarze matczynej miłości.

– Zagadka – Paweł zatrzasnął podręcznik – para małżeńska bierze w tym samym czasie sumamed i nie mają zapalenia gardła, oskrzeli ani rumienia. Pytanie dodatkowe, kto zaraził kogo?

Oparła się o miękką ścianę. Płyty dźwiękoszczelne pod tłoczoną tapetą chroniły terapeutyczne zwierzenia przed hałaśliwymi wtrętami sąsiedztwa. Tłumiły głos, nadając mu intymność w ściśniętej przestrzeni.

– Niemożliwe, gdybyś ich znał... Ona nigdy by nie zdradziła męża.

– Joanna? – Paweł uśmiechał się ironicznie. – Tak? – Był pewien, że to ona. – Pytanie pomocnicze; dlaczego lekarstwo na chorobę weneryczną zapisuje dentystka? Widziałaś ją?

Wzruszyła ramionami.

– Przelotem.

– Wystarczy, oceniamy prawidłowo w trzy sekundy, reszta to zmyłki. Opowiedz, pierwsze wrażenie.

– Piętrowa lafirynda: wypięty tyłek, rozpięty biust, kok – rozpędzała się, uzupełniając opis.

– Dalej, dalej – zachęcał Paweł – Skojarzenia.

– Kok, na nim koczek, no, tort piętrowy – słuchała siebie z coraz większym zdziwieniem. Skąd u niej tyle złośliwości i ukryty przed nią samą... wniosek. – Tort weselny?

Mebel, dla którego jej mąż rozwalił dom. Zostawił rodzinę i dzieci. Łóżko. Joanna, leżąc, podparła się poduszkami, poobkładała nimi jak wałkami tłuszczu. Instynktownie, na zapas, na gorsze czasy głodu. Kiedy będzie za nim wyć. Pod bokiem taca wyłożona lnianą serwetą. Poplamiona kojącymi syropami. Pudełko xanaksu przywiezione przez Klarę. Dzieci u matki. Musi oprzytomnieć, przygotować się do jego powrotu.

Niedługo przyjedzie Marek. Na próbę. Ona wstanie, umaluje się, ubierze. Zejdzie z sypialni, dzieci przywiezie babcia. Marek wejdzie po swojemu tarasem, usiądą przy stole do obiadu. Lękiem złożą się w rodzinę. Przyzwyczają odnawialnym szczęściem codzienności, przerwanym w biały dzień, po pracy, wyznaniem:

– Zakochałem się. Odchodzę – cierpiał z powodu swej szczerości.

Joannie wypadła filiżanka. Wyślizgnęła się z dłoni wykremowanych po zrywaniu bzu w ogrodzie i kopaniu grządek. To był najgorszy moment jej życia. Filiżanka rosenthala ze sprzedawanej od wieku serii Maria przekręciła się w powietrzu, uchem do dołu, zupełnie jak główka dziecka zajmującego właściwą pozycję przed wyjściem z macicy. Skurcze porodowe i ten upadek były nieodwracalne. Po nich już nic nie jest takie samo. Joannę miażdżył skurcz, ją całą, panika. Przed czym się bronić, co ratować? Brzęk rozbitej filiżanki, wydmuszkowe trach wyrwało ją z zastygłego oczekiwania. Niewiedza i oszustwa rozpadły się w raniące odłamki.

– Zakochałeś? – powtórzyła bezwiednie.

– Tak.

– W kim? – spod szlafroka wystawała jej krótka, dziewczęca koszula i bose stopy.

– Nieważne.

Nie zdjął płaszcza ani butów. Był nadal urzędnikiem egzekwującym prawo, tym razem do swojej wolności.

– Oszalałeś? Mamy dzieci, jesteśmy małżeństwem i nieważne?

– Ona nie ma z tym nic wspólnego, to nie przez nią.

– Przez kogo? Co?

Chroni inną kobietę, wstawia się za nią? Zależy mu bardziej? – Joanna była okradana ze swoich przywilejów. Miała gorzej od Arabek gotowych przyjąć w każdej chwili mężowski wyrok: „Odsyłam cię". Obwieszone niezdejmowaną nigdy biżuterią wynosiły się, ratując swój majątek. Majątkiem Joanny było małżeństwo.

– Wezmę parę rzeczy, porozmawiamy później – nie rzucił jej jałmużny spojrzenia.

– Nic nie weźmiesz, nie wyjdziesz. Powiedz mi – potłuczona porcelana sklejała się w myślach Joanny. Dopasowały się popękane, brakujące przedtem kawałki podejrzeń. Elżbieta. Zajęła już część ich domu, pojawiając się bez przerwy w rozmowach: Elżbieta radzi to, tamto, Elżbieta powiedziała, zaleciła, Elżbieta nie wie? Biel nowych zębów odmłodziła Marka. Więcej pracował, miał mniej ochoty na czułości i seks. – Ona? – upewniła się, celując palcem w jego usta.

Najchętniej wepchnęłaby mu pięść, powybijała zęby, powyrywała je z korzeniami.

– Tak.

– Zwariowałeś. Ten skurwiały babon?!

Marek skulił się, dostał pejczem obelgi. Joanna szybko segregowała w głowie emocje, oddzielała je od rozsądku. Wyzwiska, rzucenie się z pięściami ułatwią mu ucieczkę. Wrzasnąć: Wynoś się! – pogorszy sprawę, powie w sądzie, że został wyrzucony. W jakim sądzie? Nie będzie rozwodu. On zwariował.

– Marek, siadaj, rozbierz się. To jest twój dom, nigdzie nie musisz iść.

– Nie, powiedziałem. Nie będę ci kłamał.

– A dzieci? Ich też już...

239

– Dogadamy się. Będę je brał albo tutaj... zrozumieją, w szkole tyle dzieci jest z...

– Dogadamy? Z Bogiem też się dogadasz? Rozgrzeszy cię na spowiedzi?

Wyszedł do łazienki, stanęła pod drzwiami.

– Zaprosimy księdza – Joanna zaskrobała w drzwi. Była swoim adwokatem. Marek nie słucha żony, są jednak nadal małżeństwem. Zajrzała do łazienki. Pakował przybory toaletowe. Jego brązowa teczka wypełniona zawsze papierami była pusta. Śluza próżniowa między jednym, dla niej jedynym, i drugim światem obcej kobiety. Wrzucał szczoteczkę, maszynkę.

– Zostań, usiądziemy jak ludzie, nie wychodzi się po dwudziestu latach bez powodu, opanuj się, Marek.

– Nie znikam, jestem pod telefonem. Tak będzie lepiej, uczciwiej. Nie potrzebuję księdza, jestem buddystą.

– Że co? Chodzisz do kościoła...

Byli w niedzielę na mszy. Nie przystąpił do komunii, zdziwiło ją to, ale oni mają swoje obrządki w Opusie, więc nie pytała. Nie zmienia się wiary w tydzień, żony w jeden dzień.

– Buddyzm nie zakazuje chodzenia do kościoła. Nazwy są ograniczeniem ducha – mówił automatycznie, myśląc o czymś innym – buddyzm to nie wybór, to konieczność.

– Czyje łóżko tego religia? To dla ciebie wybór? – powiedzenie wprost „ona cię przerobiła" byłoby przyznaniem jej przewagi. Postanowiła w ogóle nie wspominać o Elżbiecie. Wrednej kurwie, wdzięczącej się do niej, udającej przyjaciółkę rodziny i wyciągającej domowe sekrety. Na pewno uwalała się na nim cycem, „poprawiając plombcie". Głaskała po policzku: „U mnie nie boli, obciążyłabym sobie karmę cudzym cierpieniem. Jestem buddystką, to raczej filozofia niż religia".

– Do tego trzeba dojrzeć – zostawiał żonę, niższą, zużytą formę jego rozwoju.

W Joannie wezbrała siła zdolna rozerwać go na strzępy. Ale utracenie nad sobą kontroli byłoby stratą punktów. Potem zamiast rozmawiać, przepraszałaby. Miałby przewagę, już ją ma, dyktując warunki; kiedy przyjdzie i co dalej. Zanim wyszedł, wymusiła na nim terapię małżeńską. Na progu rozejrzał się, jakby czegoś zapomniał. Ze zdjęcia papieża kapała woda. Zmoczyło się od bzu ściętego po deszczu. Liliowe gałązki zwisały z wazy postawionej na samej górze kredensu.

Wiesz, że ledwo mi się udało – przemawiał do papieża w myślach. – Łamałem się, Gabrysia, chłopcy. Joanna nie zrobiła mi nic złego, kocham ją. Że nie słuchałem ciebie? Ja nie słucham nawet siebie. Marek zostań, tak sobie mówię i widzisz, co z tego, silniejsze ode mnie.

– Wychodzę – powiedział cicho na pożegnanie do Joanny.

– W czym mogę państwu pomóc? – uprzejmie zapytała terapeutka.

Jej niemaskowana strojem tusza, podeszły wiek, okulary w staroświeckiej, brązowej oprawie rozczuliły i tak bliską łez Joannę. Podobnie wyglądała jej babcia biorąca na kolana małą Asię w swoim sklepie warzywnym. Joanna, pragnąc przywrócić prześwietlone słońcem klisze dzieciństwa, schodziła do piwnicy wdychać butwiejącą marchew, pączkujące bulwy ziemniaków.

Wystające z krótkich rękawów ramiona terapeutki były mleczno piegowate. Otwierały się gestem zachęty, przygarniając nie dziecięce główki, ale kiełkujące z nich dorosłe problemy.

– Słucham, w czym mogę pomóc?

Po paru zdaniach powstrzymującej szloch Joanny, niechętnych odpowiedziach Marka zorientowała się, że nie mają szans.

– Nie widzi pan sensu przychodzenia do mnie, a jednak zdecydował się pan na wizytę?

– Żona się uparła – przyznał, poprawiając krawat.

Od zakochania w Elżbiecie, jej wydepilowanej gładko myszce, mówienie prawdy nieczęsto mu się zdarzało. Natychmiast pobudziło stłamszoną małżeńskimi unikami odwagę.

– Nie będę słuchał pouczeń. Niczego nowego się nie dowiem, strata czasu i pieniędzy! – wykrzyczał w stronę Joanny. – Proszę – wyrwał portfel z wewnętrznej kieszeni marynarki. – Proszę – odliczył połowę honorarium. – Na więcej pani nie zasługuje.

Zbędna żona z niepotrzebną terapeutką par zostały same w obszernym gabinecie.

Za dużo miejsca i za ciasno zarazem – to samo wrażenie prześladowało Joannę od odejścia Marka. Chodziła po jednopiętrowym domu, porządkując rzeczy, odkładając to, czego jeszcze nie zabrał. Na najwyższej półce rozsuwanej szafy znalazła oprawione w ramkę błogosławieństwo papieża dla ich małżeństwa. Seryjna produkcja Watykanu sprzedawana pielgrzymom. Fotokopia podpisu Jana Pawła, pieczęć i wolne miejsce na wpisanie imion. Można było wykaligrafować inne, co za różnica po latach – Joanna włożyła błogosławieństwo do czarnej torby. W szafie powinien być pejcz. Trafiła na niego przypadkowo po Wielkanocy, szukając wiosennych bucików Maćka. Przysunęła drabinkę i wymacała dziwne pudełko.

– Marek, co to jest? – wypadł paragon z sex shopu.

– Och – zmieszał się. – Musiałaś wygrzebać...

– Do czego – rozwinęła ukręcony z czarnej skóry pejcz zwężający się do grubości rzemyka. – To...?

– No wiesz – wypróbowując, klepnął się nim po palcach.

– Aaa, kazali wam? – litowała się.

Od sąsiadki wiedziała o biczowaniu się mężczyzn z osiedla należących do Opus Dei. Dyskretnym umartwianiu wyrabiającym dyscyplinę i wytrzymałość. Pejcz wkrótce zniknął. Uwierzyłam mu, idiotka. Pokuta, akurat, on wtedy przeszedł na seks i buddyzm, zabawiał się z tą kurwą. Marek nie wymyśliłby bicia, on przez dwadzieścia lat nie wymyślił nic pikantniejszego od klapsów w tyłek. A u tej dziwki pejcze, czarne skóry. Z kim ja byłam, Boże – ciągnęła worek ze śmieciami. Pomyślała, że ramka przyda się jej do cukierni, oprawi dyplom za wygranie konkursu na pączki. Wyjęła ze szkła tekturkę, przedarła ją i zgniotła. Przy kredensie chciała zerwać zalane, wyblakłe zdjęcie Jana Pawła. Ech – zrezygnowała. – Widzisz, Ojcze Święty – podsunęła mu zmięte błogosławieństwo. – Bóg stworzył kobietę i spierdolił mężczyznę. Przepraszam – przeżegnała się pięścią i lekceważąco machnęła. W co on wierzył? – myślała o Marku. – Zostawić ją i samego Chrystusa dla modnego bałwana?

Do obrzędów i księży Joanna nie miała szacunku. Wyznawała chłopską wiarę dziadków: nie ufać klerowi i nabożnie czcić Jezusa z Maryją. Jezus był prawdą, Marek poszedł w absolutne kłamstwo. Nie łgał dla oszczędzenia jej cierpień. Chronił siebie, swoją wygodę. Tamtego wieczoru, mówiąc: – Odchodzę – wywalił w domu gruz z ich małżeństwa i odszedł. Sprzątaj sama, babraj się, szukaj swojej winy. Joanna nie mogła mu zapomnieć źle ukrywanej dumy, udawanego żalu, gdy odchodził. Uwolnił się, ocalił siebie. Odchodzi przecież cenniejszy, męski bohater.

Co byś powiedziała na czwarte dziecko? – znieczulał ją chloroformem kłamstw. Znała to z kółka biologicznego w liceum; usypianie chloroformem żab i rozcinanie ich drgających ciał. Klarze szło to sprawnie, Joannę brzydziło. Dlatego zerwała ich dziewczyńskie przyrzeczenie: Zawsze razem. Zrezygnowała z medycyny, zdała na prawo. Od grzebania się we wnętrznościach wolała szukanie prawdy, przyznawanie racji. Dlatego nie przegrała z Markiem. Podpisali u notariusza tymczasową ugodę. Podział zobowiązań względem dzieci, alimenty. Rozwód byłby kosztowny i na razie nikomu niepotrzebny. Joanna błogosławiła swój pomysł z cukiernią. „Słodkie Słówka" dawały jej własny dochód i zmuszały do zajęcia głowy czymś więcej niż rozpamiętywaniem nieszczęścia. Musiała zatrudnić jeszcze jedną sprzedawczynię, towar schodził co do ciastka. W pionie trzymały ją też domowe obowiązki. Nie mogła rozpłakać się przy dzieciach. Starsze wyprawiła wczoraj na wakacje, została z Maciusiem. Położyła go po kąpieli spać. Całowała jego ciepłe ciałko i obiecywała coś lepszego od ojca. Nie wiedziała jeszcze co. Hasłu Moniki Zielińskiej „Pępek – blizna po matce" brakowało drugiej części – blizny po ojcu. Odcinającym się, odrąbującym od rodziny. „Blizna na mózgu" – zaproponowałaby złośliwie, myśląc o głupocie Marka.

Leżąc przy ufnie w nią wtulonym synku, zastanawiała się, co z niego wyrośnie, zostanie prawdziwym mężczyzną? Kimś, kto rozwija się do trzeciego roku życia, a potem już tylko rośnie? Wychowa go inaczej, mądrzej. Była dumna z podobieństwa starszego syna do Marka. Teraz widzi to inaczej. „Moja krew" – powtarzał, gdy Michał upierał się przy swoim, porywał na sportowe wyczyny przekraczające jego możliwości. „Twoja krew? Tylko twoja sperma!" – powinna odwrzasnąć, widząc skutki ojcowskiego wychowania. To podobieństwo ją denerwowało i niepotrzebnie się na dziecku wyżywała. Michał stanął po stronie ojca, robiąc jej łaskę z zostania w domu. – Przedwczesny bunt po przedwczesnym zderzeniu z dorosłością – powiedział Paweł, gdy radziła się, jak postępować ze starszym synem.

Maciuś zakwilił, pokołysała go, łaskocząc w pędzące gdzieś przez sen stópki. Zadzwonił domofon. Na portierni był Jacek. – Jacek Weber – zameldował ochroniarz. Joanna założyła powiewny szlafrok zakrywający piżamę. Jedynym powodem, dla którego mógł się zjawić, i to bez zapowiedzenia – była Klara.

– Przejeżdżałem, wracam z Krakowa – wszedł przez otwarty taras.

Joanna dawno go nie widziała. Wychudł, przygarbił się. Mówił w zwolnionym tempie. Przez ramię miał przewieszone sandały.

– Zostaniemy? – uprzedził zaproszenie do środka. – Ładna noc.

– W porządku – poszła rozsunąć drzwi sypialni, żeby słyszeć Maciusia. – Komary tną, zapal świeczkę. Zapałki w doniczce.

Jacek wyjął je z kwiatów zawieszonych nad ogrodowym stolikiem. Joanna niosła kieliszki. Przełożone przez palce uderzały o siebie, wydając turkoczące dzyń, dzyń. Butelka otwartego wina, z której popijała wieczorem, stała pod wiklinowym fotelem.

– Polujesz? – zastała go wpatrzonego w gwiazdy.

– Co? Słucham?

– Meteory – przypomniała mu.

– Aaa, nie. Gapię się bezinteresownie. Nie piję, leki – powstrzymał ją przed nalaniem wina do drugiego kieliszka.

Joanna nie domyślała się, ile włożył wysiłku w przywleczenie się tutaj. Przekonanie samego siebie, że rozmowa nie jest męką.

Brane na nowo tabletki antydepresyjne jeszcze nie całkiem działały. Nie utkały szczelnego kokonu nerwowych połączeń oddzielających go od gnijącego ja. W przypływie dobrego samopoczucia, po spotkaniu z inwestorami, skręcił z trasy krakowskiej i postanowił odwiedzić Joannę. Dowiedzieć się od niej czegoś o Klarze. Zanim wysiadł i przyszedł do jej domu, tracił motywację, tak jak traci się świadomość, omdlewając ze zmęczenia i wracając do przytomności. Zsunął się na kamienne płyty tarasu nagrzane od słońca i zmuszał do mówienia o niczym.

– Kiedyś ludzie myśleli, że niebo jest ze szkła i obroty sfer niebieskich tak brzęczą – poruszył stopą stolik, obijając o siebie kieliszki.

Joanna spodziewała się pytań, wyrzutów. Jeżeli depresja, co tłumaczyła jej Klara, jest chorobą psychiczną, to Jacek był łagodnym wariatem. Zawsze nim był, z wiekiem przestał po prostu być nieśmiały i już nie ukrywał swoich obsesji. Świadczyło o tym wariactwo kodów paskowych, odejście z dobrze prosperujących „Polskich Dworków" do inteligentnych domów dla nikogo.

– Trawkę? – nie chciała zostawać w tyle, parę machów i spędzą w miarę przyjemny wieczór.

Zapaliła od kopcącej świeczki. Ratowała się przed załamaniem małymi dawkami wszystkiego, co odsuwało rzeczywistość na tyle, by poszukiwać miejsca do bezpiecznego postawienia następnego kroku. Wino, trawka, xanax dawały taką iluzję. Co za różnica? Przedtem żyła iluzją przekonana, że to jej życie.

W dzień była trzeźwa. Przed zaśnięciem pozwalała sobie odetchnąć. Trawę dostała od Gabrysi. – Weź, nie mogę patrzeć, jak się męczysz – córka oddała jej swój zapas. – Mam, bo nie jaram – uspokoiła Joannę szykującą się do matczynego kazania. – Wszyscy mają.

– Marek nie... – Jacek zaciągnął się lekko i oddał skręta. – Nic przeciwko?

– Marek? Wyprowadził się, Klara ci nie mówiła?

– Mówiła, ale nie myślałem, że aż tak.

– Taak? – uśmiech wyszedł jej żałośnie. – Co u ciebie? – usłyszała swoją niezamierzoną złośliwość.

– To samo, ale nie wiem dlaczego. Ma kogoś... – nie wyciągał od Joanny odpowiedzi.

Zrobiło mu się głupio, mogła to zrozumieć jako skargę.

– Myślisz, że ja wiem? – trudno jej było usiedzieć w fotelu.

Jacek podkulił nogi, pozwalając przejść.

– To, że jest ktoś inny, wystarczy? Głupia dentystyczna dziwka? To jest powód? Po tym świecie przewala się tysiące dziwek. Nie wiem, dlaczego zostawia się rodzinę, może bez powodu? – potknęła się o metalowy stolik i upadła na kolana.

– Rozcięte? – Jacek podsunął leżak.

– Sss – opadła z powrotem na ziemię. – Kostka – masowała stopę. – Przejdzie.

Siedzieli w milczeniu. Osiedlem cicho przejeżdżały drogie samochody. Dochodziły odległe śmiechy, jakby domy nie mogły powstrzymać się od radości i upuszczały jej nadmiar oknami i przez zatrzaskiwane gdzieś drzwi. Dzwonki telefonów, głośniejsze od nich świerszcze. Jasny, połyskujący szlafrok Joanny poplamił się od startych rąk i ziemi. Jacek poszedł po wodę utlenioną.

– Nie obudź Maćka – poprosiła. – Śpi u mnie, woda w kuchni na parapecie.

Obok plastikowej buteleczki stały zdjęcia dzieci. I jedno stare, z ich wspólnego wyjazdu w góry: Klara, on, Joanna ze szczerbatą Gabrysią. Odwrócił sprawdzić datę: 1995. Pod fotografią była zakryta druga, odgiął róg: Marek z niemowlęciem.

– Znalazłeś?!

Polał Joannie zdarty naskórek.

– Noga działa – pokręciła stopą. – Obiłam kolano, Boże, kiedy ja sobie obijałam kolana? W podstawówce. Właziliśmy na blaszane garaże i skakaliśmy.

– My chodziliśmy po księżycu.

– Jak?

– Naprawdę.

– No, co ty...

– Kładziesz się na ziemi, wyciągnij się – położył się przy Joannie. – Nogi w górę i proszę, nie rowerek, spacer.

Rozprostowała kolano i robiła to, co Jacek. Szerokie spodnie zsunęły się jej, odsłaniając łydki. W Jacku pojawiła się ochota dotknięcia zgrabnej, kobiecej nogi, przesunięcia palcami po zwężeniu prowadzącym do stopy. Mógłby to zrobić pod pretekstem sprawdzania nadwyrężonej upadkiem kostki. Chciał poczuć siłę naprężonych ścięgien i cienkość skóry. Potargana głowa Joanny prawie dotykała jego. Rozluźnione mięśnie, popuszczone z dyscypliny młodości, nadawały jej wyraz zmysłowego rozleniwienia.

– Wdepnęłam w Drogę Mleczną.

Przechylił się do niej.

– Nie, to Smok. Coś go zasłania.

– Flaga. Wkurza mnie ten maszt – podniosła się. – Nie da się go wykopać?

Jacek wszedł na górkę, gdzie był zamontowany biało--czerwony drzewiec.

– Solidna konstrukcja, śruby, beton, z półtora metra w dół.

– Kopara? – upewniła się. – Obiecał zabrać po wakacjach, a ja muszę całe lato na to patrzeć.

– Da się skrócić – Jacek stuknął w pal. – Masz piłę?

– Elektryczną – pochwaliła się, gotowa, kulejąc, biec do garażu.

– Nie po nocy.

248

– Miałbyś czas wpaść?

– Rano... Mogę zostać? – uszła z niego energia, miał znowu wewnętrzną zapaść.

– Naturalnie. W salonie, w pokojach dzieci, wyjechały. Gdzie ci wygodnie.

Poszła do płaczącego Maciusia. Jacek wybrał kanapę w salonie, najbliżej tarasu. Usiadł zgarbiony. Za dużo wysiłku, cztery godziny jazdy, rozmowa z Joanną.

– Źle się czujesz? – przyniosła mu pościel.

– Nie jestem w formie.

Joanna, nieprzyzwyczajona do męskiej słabości, poczuła się jeszcze słabsza od niego.

– To są wasze sprawy – powiedziała przepraszająco.

Wygłupianie się na tarasie było tymczasowym zawieszeniem najważniejszego sporu każdego z każdym i z sobą. „Dlaczego nie wiedzieliśmy, niech ktoś coś zrobi do cholery!".

– Lubię cię, Joasiu, nie przejmuj się, nie przyjechałem cię przesłuchiwać. Wyrwało mi się, cały czas o tym myślę.

– Wiem, ja też. Dobranoc.

Obudziła się z poczuciem, że coś jest nie tak. Za spuszczoną roletą śpiewały ptaki, te które powinny – w czerwcu o świcie. Joanna nie rozróżniała ich. Skowronek? Słowik? Pamiętała najdziwaczniejszego: samczyka sójki. Beżowy, z niebieskimi skrzydłami imitował słyszane za dnia dźwięki: miauczenie kota, wronę czy ludzki śmiech. Teraz prześpiewał swoje elektroniczne pasaże przypominające alarm samochodowy i ucichł. Maciuś pochrapywał jej w ucho. Otworzyła oczy. Obok Maćka spał zwinięty w kłębek Jacek. Nie zdjął ubrania, nakrył się niepowleczoną poszwą kołdry.

Joanna, kładąc się, wzięła xanax. Symboliczny kawałek, nie mogła przy Maciusiu zapaść w nieprzepuszczal-

249

ny, chemiczny sen. Wydawało się jej, że nocą wybudził ją hałas, mglista sylwetka Jacka przechodząca przez drzwi. To jednak nie był sen. Jacek przyszedł do jej łóżka. Leki, które brał na depresję, wykasowały w nim cenzurę przyzwoitości? Czemu więc nie położył się przy niej? Albo przeciwnie, w swoim szaleństwie ubzdurał sobie noc z nią, po to przyjechał i lekarstwa doprowadziły go do rozsądku. Zasnął przy Maciusiu, próbując, jak to jest mieć dziecko? Czym pachną przepocone śpioszki i skwaśniałe mleko z buzi? Gdyby zastał ich tak ktoś obcy, uznałby za rodzinę: żona, mąż i między nimi syn. Maciuś rozłożył się wygodnie w poprzek, Jacek z pięścią pod głową. Wokół zaciśniętych oczu miał wyżłobione smutkiem granatowe cienie.

Firanka poruszała się podnoszona słonecznym blaskiem. Oddechy mężczyzny i dziecka mieszały się ze śpiewem przebudzonych ptaków. Letni poranek w sielskiej sypialni powinien należeć do niej i Marka. Zwinięty embrionalnie Jacek, w kurtce i dżinsach, był okrutnym żartem. Żałosnym przypomnieniem utraconej normalności. Joanna po wizytach Marka u dzieci włączała zmywarkę na najdłuższy 165-minutowy program, co z tego, że dla jednej szklanki, z której pił, jego łyżeczki i talerza. Nie pozbędzie się śladów po nim. Będą wyłazić w najmniej odpowiednich momentach. Tchórz i kłamca, wbił najwyższy na osiedlu maszt – Joanna ożywiona wściekłością podniosła się raptownie z łóżka. – Najgłośniej się modlił... chyba do siebie, pieprzony hipokryta. Urządził nam życie wokół tego pala, wokół swoich urojeń o porządnej rodzinie.

Zamknęła okna, drzwi. Wyciągnęła z garażu piłę, którą Marek dla rozrywki kroił bale do kominka. Znalazła gniazdko i ją włączyła. Nie będzie czekać na Jacka, na żadnego więcej faceta i ratunek. Ogłuszający zgrzyt zagłuszał jej furię.

– Spierdalaj, spierdalaj z tym swoim totemem!!! – próbowała utrzymać za ciężką piłę.

Pierwsze przeczucie, myśl o dziecku Klara miała w sklepie zabawkowym, przed Wielkanocą.

– Wybierzesz sobie sama – Julek zaprowadził ją po prezent urodzinowy do otwartej na parterze Smyka, przy Alejach Jerozolimskich „Fabryki Misiów".

W koszach leżały pluszaki oczekujące wypchania trocinami i zaszycia im pozytywki z mruczanką. Sprzedawcy ubrani w staroświeckie fartuchy byli bajkowymi chirurgami pomagającymi dzieciom stworzyć własnego mini-Frankensteina. Wystarczyło wybrać skórę i za dodatkową opłatą drewniane serduszko albo pozytywkę. Misie szyto tuż przed wielkimi z wrażenia oczami dzieci. Klarę zdziwiła odporność kilkulatków na wbijanie krawieckiej igły zaszywającej ich misiaczki. Nie przeszkadzało im, że zwierzaki są „zrobione", bezdusznie wyprodukowane. To ją, dorosłą, przerażała emocjonalna pornografia „Fabryki". Chociaż jako mała dziewczynka zaglądała do środka zabawek nie przy ich tworzeniu, ale niszczeniu. Operując, dogrzebywała się trocinowych wnętrzności, drucików podtrzymujących paciorki oczu. Te sekcje nie zachwiały jej wiarą w prawdziwość lalek i misiów. Obdarzonych tajemnym życiem, poświęconym słuchaniu zwierzeń i poddawaniu za to torturom na przemian z pieszczotami.

– Który ci się podoba? – Julek wyciągnął z kosza futrzane flaczki ze zwisającymi łapkami.

Stanął za Klarą, pocierając się o nią potężną erekcją wyczuwalną spod płaszcza, ciągle jej pragnął.

– Ten ciemnobrązowy – wzięła najbardziej ciapowatego.

– Pozytywki są tam – kobieta pakująca misie w pudełka skierowała ich do najstarszego sprzedawcy z hukiem dobijającego ćwieki.

Swoją pasją doskonałości przypominał Minotaura poprawiającego pacjentom nosy. W sali, gdzie operował, stukot narzędzi kujących kość był równie hałaśliwy, co rzeźbienie marmuru dłutem.

– Halo – Julek zawołał do pochłoniętego pracą sprzedawcy. – Prosimy o pozytywkę.

– Jeden – odłożył młotek i uruchomił metalowe pudełeczka mruczące w różnych tonacjach, chrapiące, ziewające – dwa, trzy. Które sobie państwo życzą?

Nie umieli zdecydować. Dźwięki były zbyt mechaniczne.

– Można nagrać samemu – podał im pozytywkę. – Tu się mówi, tu naciska, dziesięć sekund, proszę za zasłonkę – był zniecierpliwiony napierającymi dzieciakami.

W kanciapie wielkości samoobsługowej kabiny fotograficznej zaciągnęli kotarę i całując się, nagrali serię miłosnych pojękiwań. Cicho, by ich ktoś nie podsłuchał, szczytowali w duecie pomruków. Julek zbereźnie mlaszcząc: dodał w ostatniej sekundzie:

– Klarrra, mniam, mniam.

Rozbawieni oddali misia do zapakowania. Po sklepie kręciły się rozkrzyczane dzieci, podniecone szykującymi się dla nich prezentami.

– Imię? – zapytała urzędowo dziewczyna wypełniająca rubryki misiowego świadectwa urodzin.

– Nie zastanawialiśmy się... Puchatek? – zaproponował Julek.

Powaga, by nadać zabawie wiarygodność, musi być autentyczna, więc Klara zajadle walczyła o imię misia:

– Bartek.

– Twój, ty wybierasz – odpuścił Julek.

Pierwszy wspólny wieczór spędzili w Kid's Play. Na urodziny zamiast zwykłego prezentu wizyta w sklepie z zabawkami. Paweł skojarzyłby te dwa fakty – domyśliła się – uznałby, że Julek pod pozorami zabawowej regresji wpycha mnie w rolę matki... Fizjologicznie nie było przeszkód, nie wiadomo, dlaczego jej nie wychodziło z Jackiem, oboje według medycyny byli płodni. – Może nie my wybieramy, tylko rzeczywiście geny – Klara wierzyła w mądrość natury. – Paweł mówi, że podświadomość załatwia to w trzy sekundy, wyszukując z tłumu najodpowiedniejszego partnera. Geny miały na to miliony lat... Gdyby z Julkiem... W każdej sekundzie, gdy na niego patrzę, produkuje tysiąc plemników, tysiąc nowych wariantów mnie...

– Klara! – wyrwał ją z zamyślenia. – To nie nasze pudełko, pani się pomyliła – oddał sprzedawczyni misia wziętego z cudzego pakunku.

Zaśmiewając się, wyszli z „Fabryki". Wyobrazili sobie miny rodziców odkrywających w domu, że słodki miś ma mruczący orgazm.

Ozdobne pudło z widocznym zza przezroczystego wieczka świadectwem urodzenia wylądowało głęboko w gabinetowym biurku Klary. Ten ekstrawagancki prezent był jedyną nieostrożnością, na jaką sobie pozwoliła, ukrywając romans przed Jackiem. Wyjmowała misia, chcąc poprawić sobie nastrój. Tandetna pozytywka zepsuła się tuż przed przyjściem pacjenta. Zacięła się, nie można było jej wyłączyć ani uciszyć, owijając ręcznikami, i schować do szafy. Udawany orgazm, kończący się okrzykiem: Klarra!, wydobywającym się ze śmietnika, byłby kompromitujący. Jeśli nie wszyscy sąsiedzi znali z widzenia przyjmującą na parterze akupunkturzystkę, to pewnie zapamiętali jej imię: przy domofonie wisiała duża, złota tabliczka „Klara

Weber, gabinet lekarski...". Przecięła chirurgicznymi nożyczkami wzdłuż szwów brzuszek misia i roztłukła pozytywkę obcasem.

Infantylny, głupi prezent – oceniła. Nie wyrzuciła go. Uważała, że jest to winna dziecku. Zabawkę – pamiątkę sprzed jego urodzenia, gdy rodzice byli szczęśliwi, chodzili razem na zakupy. Czy dziecko jest Julka? Ale dlaczego po tylu bezpłodnych latach miało być Jacka?

Cieszyła się nim dwa tygodnie. Dostała okres, silny krwotok. Krew wypłukała z niej miesięczny zarodek. Nie dowierzała potwierdzającym to szpitalnym wynikom. Miała zbyt często do czynienia z błędami laboratoriów i musiała odsyłać pacjentów na ponowne badania. Wychodząc z oddziału ginekologicznego, kupiła trzy różne testery. Każdy pokazywał pojedynczą kreskę. Można ją było odczytać: „minus, odjąć". Klara minus dziecko równa się co? – pytała siebie.

Paweł radził terapię.

Odłożyła to na później.

Wracała do równowagi. Ja matką? Nie nadaję się. – Uznała. – Nie marzyłam o tym, natura przez chwilę się zawahała i też ze mnie zrezygnowała – dotkliwiej od utraty dziecka, którego nie zdążyła pokochać, odczuwała odejście Julka. Pogodziła się z jednym i drugim. Z jej ciała krew wypłukała nowe życie. Nie była dla niego wystarczająco bezpieczna. – Brakowało mi instynktu? Tego niezależnego od świadomości odruchu, kurczowo zaciskającego mięśnie, by unieść w macicy dziecko, potem przytulać je po urodzeniu i trzymać przy sobie, póki nie dorośnie?

Widocznie zarodek miał błędy genetyczne, błędem było spotkanie Julka. Dziecko to wszystko komplikowało – przekonywała siebie.

Poruszała się ostrożnie jeszcze ranna w brzuch. Desperacją było sprawdzanie testerów ciążowych, doszukiwanie się w nich zaprzeczenia oczywistości. Minus, minus, odjąć, zabrać, wyrzucić – razem ze zużytymi testerami zapakowała rozprutego misia. Zawiązała foliową torebkę i trzymając się poręczy, idąc powoli blisko ścian, zaniosła na śmietnik.

Mężczyzna do seksu rozpina spodnie, kobieta ciało – Joanna w lustrze sklepowej przebieralni przygląda się plecom sprzedawcy z kucykiem. Jego podkoszulek zmoczyłyby plamy potu. Wyobraża sobie, że zaparłaby się łokciami o ściany. On tak by w niej zmalał, że wytrząsnęłaby go z siebie, podskakując na koturnach przymierzanych butów. Chłopak tarmosiłby jej piersi, zajmując się bardziej zsuniętym stanikiem bez ramiączek. Pocierał się koronkowymi majtkami, z których dyndała metka. Próbował przed wytryskiem znowu się wepchnąć w nią penisem owiniętym koronkami. Nie zdążyłby, sperma rozlałaby się na nowiutką bieliznę.

– Ulało się – pomyślałaby tkliwie o jego dziecięcej niemal młodości.

– Przepraszam panią.

– Za co, kochanie.

Zapiąłby szybko spodnie i wymknął się z przymierzalni na miękkich nogach. Joanna poszła do kasy.

– Plus dwieście za stosunek – podliczyłaby pończochy i stanik.

Nie przyszła do sklepu prowokować muskularnego fetyszystę, zalecającego się przy zakupach bielizny. Pozwoliłaby mu na to, na co miał ochotę, wejść do jej kabiny i uprawiać seks z roznegliżowaną klientką. Po to tu pracował. Nienachalna reklama sklepu. Zaspokoimy nie tylko twój gust. Kasjerka wymieniłaby z nim porozumiewawcze spojrzenia. Ostatnia kabina ratunku dla rozmiaru powyżej czterdzieści – Joanna powściągnęła fantazję.

Potrzebowała mężczyzny, nie przystojnego wibratora. Kogoś, z kim mogłaby rozmawiać i nadawałby się do pokazania dzieciom.

Tam w kabinie, marząc o szybkim seksie, to nie była ona. Zawstydzona pochyliła głowę, przechodząc pod sklepowymi kamerami. Zła, rozzłoszczona matka to też nie ona. Ona się stara. Z Markiem kłóciła się o pieniądze. Dawał mniej, niż się umówili, wyzwała go od palantów. Nie dotrzymał umowy. Nie da się udowodnić, że przestał ją kochać, i to nie podlega karze. On zawalił małżeństwo, ona musi mówić: – Nie wyszło mi. Jedyne, co jej dobrze wychodzi, to cukiernia. Zatrudniła nowe dziewczyny i otwiera filię w Warszawie. Trudniejsza od biznesu jest logistyka samotnego zajmowania się trójką dzieci. Klara przechodziła najłatwiejszy etap – w ciąży przelewa się własną krew. Wychowanie jest o wiele bardziej skomplikowaną transfuzją. Joanna krzyczała do swojej trójki: – Nie wiem, czy to jest dobre, nie wiem, czy za ileś lat to się okaże dobre, ale na razie jest i macie mnie słuchać!

Wracając z zakupów, nie mogła się otrząsnąć. Przyłapanie w śmierdzącej kabinie byłoby mniej poniżające od bycia porzuconą? Sprzedawca udawał pożądanie, był stuprocentowym fetyszystą, zależało mu na ciuchach. Marek, zanim odszedł, też się z nią naprawdę nie kochał. Wsadzał jej rękę między nogi, udając, że pieści, i sprawdzał niecierpliwie, czy jest już mokra. Jest, ciągle jest mokra z wysiłku i połykanych łez.

W ciepły, czerwcowy wieczór impreza ze „Słodkich Słówek" przeniosła się przed kawiarnię na otoczone białym murem podwórko. Joanna udekorowała je drzewkami w donicach i latarniami. Zastanawiała się, czy zakryć materiałem mur, powiesić wieńce złoconych zbóż przeplatanych kwiatami, czy to nie przesada. Dopiero zaczyna w branży. Po sukcesie na przedmieściach otworzy drugie, warszawskie „Słówka" za przyznany jej właśnie kredyt. Świętuje to dzisiaj ze znajomymi i przyjaciółmi. Zapala świece w miniaturowych latarniach, ostrożnie, żeby nie zakopcić szkła, styka płonącą drzazgę z knotem. Drży jej powieka, ma nerwowy tik, dopadający ją w chwilach rozluźnienia. Gdy wszystko jest już załatwione, zorganizowane: papiery podpisane, goście z kieliszkami i jednorazowymi kubkami przechadzają się wśród drzewek. Posągowa Monika Zielińska z nadskakującym jej długowłosym artystą. Panie należące do feminizującego kółka wsparcia, zbierającego się w soboty. Zbici w grupkę szachiści rozgrywający turnieje co wtorek. Przydreptali też z pobliskiego domu starców bywalcy zniżkowych dni dla emerytów, wystrojeni w kapelusze i krawaty.

Przyjechali najbliżsi sąsiedzi z osiedla Joanny, dla których rozpad jej małżeństwa był jak włączony na domu alarm ostrzegający okolicę. Oczywiście przybiegli natychmiast z pomocą, oburzyło ich odejście Marka. Później uznali, że ich reakcja była zbyt pochopna. Nie należy potępiać bliźnich, bo odradza to Jezus i psychologia. „Najprawdopodobniej przenosiliśmy na Marka własne fantazje o zdradzie" – mówili mężowie po przykościelnych terapiach rozgrzeszających ich z męskiej natury. Żony od dawna wiedziały, kto jest winien. Nie da się pogodzić rodziny i kobiecych ambicji. Ktoś będzie cierpiał, na szczęście ona. Znajdzie sobie faceta, to zgrzeszy i nie będzie mogła przystępować do komunii. Już przypieka się na grillu potępienia, doprawiana współczuciem sąsiadek popijających kawę z jej porcelany, wyceniających każdy łyk i cegłę.

Joanna ściśnięta szerokim paskiem prostuje się, łapiąc oddech. Lubi czuć opór, nacisk wymuszający bycie lepszą od innych. Posyła zawistnym sąsiadkom i oczarowanym mężom błysk zębów od Elżbiety. Po pierwszym załamaniu, że płacze przez Elżbietę, a kiedy przestanie, jej sfabrykowany uśmiech też będzie świadczył o mistrzostwie tej dentystycznej kurwy, Joanna postanowiła wyciągać korzyści ze swojej sytuacji: Przez co cierpię, czego nie mogę wyrwać z siebie, bo mnie nie stać, to będzie moją zaletą – obiecała sobie. – Samotność? Proszę bardzo, pracuję za dwoje – wzięła z piramidy owoców jabłko i starannie je gryzła, roznosząc ciastka. Czasami nachodziła ją myśl, czy gdyby wtedy, na Wielkanoc, tak się nie wysilała i nie upiekła tego cholernego mazurka z orzechami, Marek nie uszkodziłby sobie zęba, nie poznał Elżbiety i dzisiaj byłby z nimi...? Miał tyle atrakcyjnych, młodych dziewczyn w telewizji. Dlaczego ona? Może nie trzeba być doskonałą w domu? Wystarczy przeciętnie wyglądać i gotować, zachowując doskonałość do pracy? Tworzyła więc przepisy wybitnych ciastek. Pomagała w cukierni, dokładając ostatni akcent: kandyzowaną wisienkę, orzeszek, przekonana o ich wpływie nie tylko na czyjeś trawienie, ale również losy.

Paweł uwiązał Pati do kontuaru i usiadł z jej szczeniakiem przy boku. Drażnił go heroiczny patos Joanny dogadzającej gościom. Krył się pod nim chorobliwy niepokój przerabiany w perfekcję. Ta wychuchana cukiernia, jej blichtr pouczający gawiedź, na czym polega dobry gust. Przechodząc między stolikami, zbierała śmietankę podziwu; zapracowana, samotna Matka Polka, co tymi rękami... Jej poświęcenie i troska o dzieci – Paweł obserwował ją – to niewidzialny pancerz nagiej piersi Marsylianki na barykadzie egzystencji.

– Nie za głośna muzyka? – podeszła do niego.

– Nie, nie boją się hałasu – skrócił smycz.

– Chyba kupię dzieciom goldena. Mieliśmy kundelka... Po odejściu Marka z psem czulibyśmy się... raźniej.

– Golden retrievery są słodkie, ale głupie.

– Co ty gadasz, one kochają ludzi, przepadają za dziećmi.

– Sama widzisz, najlepszy dowód – zgasił jej entuzjazm. – Masz kupę znajomych – powiedział z uznaniem. – To Gabrysia? – pomachał dziewczynie w czerni, wybierającej płyty. – Wydoroślała.

– Ocierka na maksa! – pogratulowała matce tłumu przychodzących gości.

– Obcięła warkocz? – przysiadła się Klara.

Miała umalowane mocno usta i oczy. Makijaż podkreślał jej smutek, niewidoczną na co dzień melancholijną harmonię rysów.

– Sama obcięła i nie poszła do fryzjera wyrównać – Joanna zniżyła głos. – Złapała nożyczki, ciach, zaniosła ojcu do biura warkocz na patyku, w doniczce. Miał po nią przyjechać i odwołał. Nie było go w pracy, zostawiła mu w biurze kartkę: „Lepiej doniczkowe niż cięte". Zobaczyła, że Marek schował ich zdjęcia. Nie postawił zdjęcia tej szmaty, ale dzieci z biurka zdjął. To Gabrysia zdjęła bluzkę i w staniku poszła na konferencję dyrektorów, przeparadowała ze swoim gorsetem wpiętym w ciało. Marek o mało nie dostał zawału, jego córcia, goła, w kolczykach, przy ludziach!

– Rozsądna dziewczyna, nie bój się o nią – stwierdził z przekonaniem Paweł.

– Odegrała się za swoje i nawias – Joanna rozglądała się, czy gościom niczego nie brakuje.

Paweł założył psom smycz.

– Pozbieram gałęzie.

Miał przygotować ognisko na wydmach, w dawnej

259

kopalni piasku. Poszedł z Klarą prowadzącą swojego Niechcica. Za kawiarnią ciągnął się przerzedzony lasek. Poniewierające się, pozaczepiane o rachityczne drzewka jednorazowe torby były dekoracją zakupowego karnawału podmiejskich centrów handlowych. Doszli nad rozpadlinę, gdzie rdzewiała łyżka koparki. Wybrali dziurę odległą od drzew, do której schodziło się łagodnym zboczem. Z drugiej strony zasłaniało ją piaszczyste urwisko. Paweł przyciągnął przygotowane wcześniej drewniane palety na siedziska i porąbane pieńki. Dołożyli zebranych po drodze gałęzi.

– Łap! – rzuciła kij Pati, odciągając ją od stosu.

Paweł nie namawiał już Klary na Niechcica. Przeanalizował ze swoim superwizorem potrzebę ofiarowania jej szczeniaka: Pragnął czułości, identyfikując się z psem, ofiarowywał Klarze kruchą część siebie. Klara w ciąży szukała u niego potwierdzenia, czy dobrze robi, odchodząc od Jacka i zrywając z Julkiem. W żartach powiedział jej: Wychowanie polega na uchronieniu dzieci przed wpływem mężczyzn. Doszedł do tego wniosku, słuchając narzekań zapłakanych pacjentek. Powstrzymywał się przed powiedzeniem im prawdy: Małżeństwo to mezalians, międzygatunkowy mezalians. Od świata zwierząt różni nas mózg. Mózgi kobiet i mężczyzn się różnią. Krzyżowanie pokrewnych gatunków: osła i konia jest możliwe, ale szkodzi potomstwu, rodzą się bezpłodne muły. Pani małżeństwo, pani związek jest szkodliwy dla rozwoju pani dzieci. Przymula je emocjonalnie!

Oczywiście nie mógł tego powiedzieć, byłoby to nieprofesjonalne. Jego mózg, słuchając horrorów opowiadanych przez zapłakane kobiety, nie reagował po męsku, małymi obszarami wielkości fasolki. Rozjarzał się kobieco pełnią empatii. Klarze, zastanawiającej się nad wyborem samotnego macierzyństwa, podsunął najnowszy numer

„Science". Angielscy naukowcy opublikowali w nim wyniki badań nad dysproporcją budowy ludzkiego mózgu: mężczyźni mają w porównaniu z kobietami słabiej rozwinięte płaty czołowe odpowiedzialne za kontakty społeczne i planowanie. Męski mózg funkcjonuje podobnie do mózgów autystycznych; sprawny w jednej dziedzinie lub skupiony na jednym problemie w innych sferach wykazuje niedorozwój. Bliżsi mu są psychopaci i autyści niż normalni. Klara oddała czasopismo, wzruszając ramionami:

– Trzeba być angielskim naukowcem, żeby to stwierdzić? Nie wystarczy mieć ojca, męża, brata?

Rozważał zamieszkanie z nią. Była jedyną osobą, przy której zbliżał się do stanu, o którym opowiadali pacjenci: utrata kontroli nad sobą, nierozsądne, niewybaczalne zachowania. Rozrósł się w samotności. Z Klarą też, niestety, ciągnął się orszak przyzwyczajeń, można go było potrącić zwykłym przestawieniem talerzy na stole. Ale Pawłowi bardzo zależało, był dla niej gotów kopiować miniaturę miłości, naśladując troskę i czułość. On, zwolennik wielogodzinnych analiz, zastosowałby w swoim przypadku nawet pogardzaną terapię behawioralną. Tresowałby sam siebie. Byłby psem, któremu pobudzano ślinienie dzwonkiem zapowiadającym posiłek. Nagrodą nie byłaby dla niego miłość, nie wierzył w nią. Byłoby dziecko. Możliwość przyglądania się mu od urodzenia, śledzenie postępów uczłowieczania. Tego fenomenu sprawiającego, że dwulatek przerasta inteligencją najmądrzejszego psiaka. Staje się najbardziej okrutną bestią w przyrodzie marzącą o bezwarunkowej miłości. Tak jak on. Krojąc w restauracji nożem, obawia się, czy nie przekroczy granicy dwóch, trzech centymetrów i nie poderżnie gardła komuś siedzącemu obok. Do szaleństwa, do prawdziwej natury człowieka jest przecież krócej niż te marne centymetry. Wie o tym z praktyki. Musi zachować to dla siebie, podobnie jak pytanie: „Zamieszkamy razem?". Od utraty dziecka Klary tym bardziej niepotrzebne.

Paweł wszedł na urwisko, spod nóg sypały się mu strużki piasku. Wyczuwając twardy grunt, nie ruszył się. Klara w dole zabawiała obskakujące ją psy.

– Skaczę – zapowiedział.

– Aha.

– Naprawdę – przysunął się do krawędzi.

Gdyby urwisko zarwało się, groźniejsze od upadku byłoby przysypanie.

– Paweł, odsuń się.

– Za późno – zgrywał się.

– Odsuń się, no odsuń się, wariacie!

Posłuchał jej, przesuwając się parę kroków w tył, ale nie zrezygnował.

– Zrobię to dla ciebie, więcej nie mogę! – wziął rozpęd i rzucił się ślizgiem w dół, przekonany, że bezpiecznie wyląduje na dnie.

Miękko zjechał przed Klarę. Wskoczyły na niego psy, liżąc po twarzy.

– No i czego mnie straszysz – kopnęła go lekko w bok.

– Ale fajnie, zjedź.

– Coś ty – przyłożyła sobie dłoń do brzucha.

– Spróbuj.

– Akurat, nie mam co robić.

– Nie wierzysz mi?

– Wierzę. Lepiej zadzwoń do Jośki o podpałkę, tego się nie da jedną zapałką – oceniła kopiasty stos.

– Nie wrócimy? – wyjął telefon.

– Nie.

Przeszkadzała jej ciasnota „Słodkich Słówek". Jeszcze uwrażliwiona ciążowymi hormonami na zapachy wyczuwała w tłumie oprócz dezodorantów, perfum i potu – podniecenie, lęk. Zalewający ją natłok emocji, mieszający się z jej własnym zagubieniem.

Dłubała kijem, dokopując się mokrego piasku. Paweł uspokajał przez telefon Joannę:

– Wyluzuj – powtarzał. – Przyjdź tu, zostaw to kelnerkom i przyjdź – poradził.

Do Klary docierało wzburzenie Joanny, tłumione okrzyki.

– Przyjechał z sąsiadami jej osiedlowy ksiądz poświęcić lokal – Paweł wyłączył telefon. – Namawiał ją na rozwód kościelny. Powiedział, gdzie z tym iść, nie uwierzysz, na Nowogrodzką, blisko Teatru Roma.

– Co z tego, że tam? Dlaczego Joanna się tak wściekła?

– Skojarzyło mi się z cygańskim zespołem Roma, że oszukiwać, cyganić i w dodatku Roma to Rzym, Kościół rzymskokatolicki. Joanna powiedziała, że po jej trupie. Nie będzie unieważniać iluś lat swojego życia, dzieci nie unieważni.

– Dostałaby rozwód?

– Unieważnienie, musiałaby udowodnić pomyłkę co do osoby.

– Pomyłkę?

– Że Marek ją oszukał, kilkanaście lat udawał.

– Udawał? Absurd.

– Ksiądz nazwał to furtką. Podświadomość jest bardziej konsekwentna od Kościoła, ale ona nie kłamie – dokładał pod spód chrustu i łamał gałęzie. – Nie uznaje rozwodów, jest konserwatywną bigamistką nawet w snach: nowe śluby tak, rozwody nie. Joanna zaraz przyjdzie, patrzeć nie może na swojego księdza, po tym.

– Biedna.

– Nie sądzę – wytarł w dżinsy palce poślinione przez Niechcica wyrywajacego mu patyki.

Klara podejrzewała, że Paweł konkuruje o nią z Joanną. Używając swojej psychologicznej wiedzy i wyciągniętych od niej zwierzeń. Był w tym jak jego przyuczone do aportu psy. Nie można było przy nim nic odrzucić, pozbyć się niewygodnych kawałków przeszłości. Wszystko okazywało się dla niego przydatne w wyłapywaniu ukrytych intencji i sensu. Zdarzenia, gesty, nieopatrznie rzucone zdanie. Jego szczęki zaciskały się na oskarżeniach:

– Joanna potrzebuje nas do podziwiania jej wyjątkowości. Po bożemu może się uwolnić od Marka, ale nie, ona jest mądrzejsza od papieża, ma gdzieś katolicki rozwód. Chociaż, o ile sobie przypominam, niedawno leżała plackiem w kościele i piła wodę święconą. Teraz nie wydziedziczy dzieci z ojca, jakbyśmy żyli za króla Ćwieczka.

– Nie lubisz jej.

– Ja? Imponuje mi. Piękna, energiczna. Chyba na tym jej zależy, zawsze najlepsza. Szkoda, że nie wie, co jej najlepiej pasuje. Ślub kościelny czy rozwód.

– Ty, taki wnikliwy terapeuta – drwiła – czepiasz się Joanny? Jakoś nie słyszałam od ciebie złego słowa o Marku. Łatwiej zwalać na kobietę, co? Jest pod ręką, a facet się wymiksował.

– Nie rób z niej ofiary. Kiedy jej odpowiadało, bawiła się w pobożną żonę i wysyłała dzieci do zakonnic. Nie sprzeciwiała się tym prawicowym oszołomom, bo się nie opłacało.

– Ona tak myślała ileś lat temu.

– Aha, potem myślała co innego, Marek też. Tylko mu się poplątało. Trochę cynicznie wyszło z tą dentystką, ale co tam przyzwoitość. Hippisi mówili, przeżywaj „Tu i teraz". My „Tu i teraz" przeżywamy moralność. „Tu i teraz" jest przyzwoicie i cacy. Nieważne, co przedtem i potem. Zawsze jest w porządku, bo zawsze jest tu i teraz, nie? Bezstresowo, bez konsekwencji, od nowa; *no future, no past*. Tylko teraz i tylko my! Marek z Joanną umieją rozpisać sobie biznesplan, dostaną kredyty, ale plan na życie? Samo się ułoży, dzieci pomogą. Klara, nie widzisz, że oni sami są dzieci? Popierdolone dzieci, krzywdzące własne dzieci – chodził wokół stosu, kopiąc w piasek.

– Hola, hola, Pawełku. A ty nie jesteś popierdolone dziecko? Gdzie twoja normalność, mąż, żona? Łatwiej samemu krzywdzić, niż być skrzywdzonym, co?

– Łatwiej – poddał się, stojąc po drugiej stronie niezapalonego ogniska.

Cały czas miał z tyłu głowy, że Klara poroniła i jest w złym stanie. Reaguje nadpobudliwie, nie wolno jej podkręcać kłótnią.

– Też jesteś pojebany.

– Ale jestem tego świadomy, na tym polega dojrzałość. Nie usiłuję uciec w Bóg wie co... W hucpę i pozory, żeby ukryć badziewie. To nasza polska specjalność. Pokazać się, narobić szumu i dać dupy. Te mazowieckie księżniczki, w superbrykach kupionych przez rozlatanego męża biznesmena, którego nigdy nie ma w domu. One nie wiedzą, z kim są, co on robi i gdzie. Za to mają wyprasowane grzywki i jeżdżą jeepami po wertepach na masaże, stać je.

– A ja? Co ja zrobiłam złego... siedzę w tej dziurze – obrzuciła go garścią piachu – i słucham tych mądrości?

Miała pretensję, że w porę nie wytłumaczył jej własnych błędów: – Nie mogłeś wcześniej powiedzieć tego Joannie? – zasłoniła się przyjaciółką.

– Co?

– Żeby za niego nie wychodziła, nie robiła z siebie nawiedzonej idiotki? Skoro wszystko wiesz, znasz receptę... Guru się znalazł.

– Przedbóg, jeśli już. Tak jak w skokach narciarskich są przedskoczkowie – usiadł przy niej. – Zimno? – okrył ją swoją dżinsową kurtką. – Ty, najbliższa przyjaciółka, też nie jesteś z nią szczera. Powiedziałaś o chlamydii? – korciło go udowodnić Klarze obłudę jej dobroci. – Prawdziwa przyjaźń to bliskość i okrucieństwo prawdy. Ale kogo na to dzisiaj stać i po co?

– No właśnie, co by to dało? – strząsnęła z siebie kurtkę i wstała. – Zdołować ją?

– Trudno konstruować sobie obraz świata bez faktów.

– Odróżniam fakty od świństwa. Z faktem coś można zrobić, od świństwa się udusić.

– Nie jestem wszechwiedzący, nie wiem, który fakt okaże się świństwem, dlatego wolę mówić od razu prawdę.

Nie wytrzymywał jej wzroku. Był bezradny na piękno, rozgniewane piękno. Soczewka zachodzącego słońca przybliżyła Klarę i słyszał jej przyspieszony oddech:

– Jesteś nienormalny. Oceniasz i oceniasz. Zbierasz czyjeś wady i potknięcia dla siebie, dla porównania z sobą. Chyba ci się coś pomyliło.

– Nie mniej niż tobie – powiedział obojętnie.

– Jestem zadowolona.

– Byłaś zadowolona. Najlepsza na roku, mój ideał, Siłaczka i doktor Judym w jednym, lekarskie powołanie. I co? Medycyna w kąt, wzięłaś się za akupunkturę.

– Ubogi się znalazł.

– Ale nie oszaleję pewnego dnia i nie pojadę w Himalaje. Miałaś swoje życie, małe korekty i nagle hop, wpadło w to dziecko i totalna zmiana.To kim byłaś przedtem?

– Rozwój, słyszałeś o czymś takim?

– Wy się ciągle rozwijacie – machnął gałęzią. – Jacek pasjonat dworków, zarwane noce, wielka sprawa uzdrawiania krajobrazu. Potem misja budowania tanich domów. Dzisiaj co? Stodoły. Widzisz w tym logikę... to rozwój? Dla mnie chaos. Zaangażowany, nieźle zamaskowany chaos.

Nadchodząca ciemność ścierała linie graniczne rysowane przez Klarę na piasku. Paweł namazał swoją gałęziami. Pomiędzy nimi biegały psy.

– Ty jesteś konsekwetny, nie? Nic się u ciebie konsekwentnie nie zmieniło.

– Za to wasze zmiany są imponujące.

– Nasze?

– Twoje, Jacka, Joanny, innych znajomych. Wykształceni, inteligentni, a ryjecie jak ślepe krety. Żeby dla siebie, ale wy ryjecie sami pod sobą. Co się któreś wychyli z kopca, to dzieło sztuki: stodoła, cukiernia, rozwód, kochanek. Zniechęciłaś się chorobą Jacka? Ty, lekarka? Nie pogrzebałaś nigdy pod spodem, dlaczego masz go dość? Wcześniej było cacy, a może nic już nie było i mogłaś się odbić od jego depresji, od tego chłopaczka noszącego za tobą torebkę...

– Paweł, nie masz prawa tak mówić – przerwała mu rozżalona.

– Mam, nie narażam się na to wasze szczęście. Nie wymawiaj mi tego, jestem osobno.

– My też, bo kończymy osobno? To chciałeś powiedzieć?

– Nie. Wy, obwiniacie się nawzajem i nie zrobicie nic, żeby sobie w tych łbach poukładać. Rozeznać się w sobie, kto czego chce i co ciągnie za sobą. Każdy musi spłacić dług za siebie, że istnieje. Spłacam, jak umiem, najmniej szkodząc, pomagam innym.

– Pomagasz – ironizowała – w pracy. Nie wiesz, co to prawdziwa odpowiedzialność za kogoś bliskiego. Znasz życie ze słuchowisk radiowych, ludzie przychodzą do ciebie i gadają, gadają. Idę – wygrzebała się z piachu.

– Klara, nie kłóćmy się. Iskamy się jak małpy, przyjaźń na tym polega.

– Myślisz, że chcę się kłócić?

– Myślę, że pewnych rzeczy nie wiesz, zwłaszcza o sobie. O to mi chodziło.

– A ty mi powiedziałeś kiedykolwiek prawdę? Ja okłamuję Joannę, tak? A ty mnie nie? Znamy się tyle lat i nie wiem, co ty naprawdę czujesz, co o mnie myślisz.

Paweł otwierał i zamykał usta, szukając odpowiedniego słowa. Było blisko, przeczuwał jego kształt, układając odpowiednio język. Tak jak blisko była Klara, już ledwie widoczna w zapadających ciemnościach. Stała na wykopie, głęboko oddychając z oburzenia, cierpkim od zimna powietrzem.

– Idą – pokazała chybotliwe światełka zbliżające się szosą do wykopu.

Przodem szła Joanna, prawie biegła, jakby uciekała przed ciągnącym się za nią korowodem poprzetykanym latarenkami. Szachistów, pań rozśmieszanych ich żartami. Gabrysią niosącą na ramieniu radio grające głośno hip-hop. Sąsiadów skupionych przy zakonniku w białej sutannie i mieszkańców domu starców nucących „szła dzieweczka do laseczka", „płonie ognisko...".

Hałdy piasku ułożyły się w faliste wydmy przypominające linie papilarne wiatru. Papież mówi, że Boga.

– Podoba się szefowej? – robotnik w pomarańczowym kombinezonie „Polskich Dworków" zawołał do Klary z dachu pokrywanego gontami. – Osikowe, dobre drzewo, siwieje od słońca.

– Gdzie Jacek? – zadarła głowę, pod słońce nie widziała, kto do niej woła.

– A dzieby, u siebie w stodole – odpowiedział jej śpiewny, kresowy akcent kogoś z Puszczy Knyszyńskiej, z ekipy pracującej od początku dla „Dworków".

Jacek budował model stodoły pierwotnej, idealnej. Słowiańskiej katedry czerpiącej siły witalne z drzew. Szukał proporcji i optymalnego nachylenia dachu. Przeniósł się do niej z sąsiedniego biura swojej firmy. Dworkowa przestrzeń poszatkowana na pokoje i salon ograniczała jego wyobraźnię. Ludzie przeszkadzali mu skupić się nad projektem. Zabrał ze sobą komputer, stół, elektryczny czajnik i materac. Klara zastała go przy makiecie budowanej na ziemi. Nie zdziwił się jej niezapowiedzianą wizytą. W krótkich spodniach, przytłoczony ogromem pomieszczenia wydawał się chłopcem patrzącym radośnie na matkę zabierającą go wcześniej z kolonii. Była przy nim, myślał o niej bez ustanku.

– Wiórka – przebijał się przez taflę leków ścinających emocje. – Napijesz się herbaty? – zaprosił ją do wejścia.

Miał jedną, brudną szklankę. Gardło wyschnięte wzruszeniem w podobnym kolorze, pokryte rdzawym nalotem czekania. Przewidywaniem tego, co będzie, i sięganiem w niekończącą się przeszłość samooskarżeń.

– Gorąco tu – Klarze zrobiło się duszno. – I ciemno.

Stała w progu, na brzegu pustki wypełniającej stodołę.

– To moje okno – wyjął ze ściany nieokorowaną deskę. – Siadaj – podsunął gąbkowy materac.

Zaczynali od identycznego u niego w domu. Klara sprowadziła się z plecakiem. Zniszczone meble ze starego mieszkania wystawili na podwórko. Postanowili nie kupować żadnych gratów. Było przestronnie i ładnie. Tu też jest pusto, mogliby zacząć od nowa. Klara, raniąc, powiedziała mu prawdę. Posypała solą szczegółów: co, kiedy, dlaczego przez te trzy miesiące. Dostał bolesnej egzemy, nie może nosić koszul. Już się zabliźnia, zostaną sznyty jak u Indian pasowanych torturami na mężczyzn.

Napięcie wyostrza Klarze rysy. Upodabnia do tamtej, obcej, gdy po wypiciu wina zemdliło ją i zamknęła się w łazience.

– Muszę się zastanowić nad sobą – powiedziała pierwszy raz coś przeciw nim.

Bardziej od tonu słów zapamiętał wycie suszarki, swąd przypalonych włosów. Rozpędzone, gorące powietrze uderzyło ją w twarz.

– Gdyby można przyspieszyć czas i mieć już za sobą tę rozmowę – Klara ucieka myślami w przyszłość, od tej przesiąkniętej żywicą budy.

Ostre słońce przebiło się przez nierówne deski stodoły. Ułożyło się w kod paskowy światła i cienia, przecinając pokryte czerwoną wysypką piersi i głowę Jacka.

Wydawało się, że on tego nie dostrzega. Powiększonej do monstrualnych rozmiarów obsesji, w której zamieszkał.

– Klara, nie wiem, dlaczego to mnie dopadło, firma się rozleciała, nie wiedziałem, jak sobie radzić.

– Było, minęło. Oboje jesteśmy mądrzejsi.

Szklanka z herbatą stygnie na klepisku. Kurz podświetlony słońcem wiruje im wokół ust.

– Paweł uważa, że nie kocham siebie, możliwe. Siebie nie muszę... kocham ciebie. Jeżeli potrzebujesz... – nie wstydził się żebrać o nią.

Był wychudzony, trzęsły się mu ramiona.

– Jacek... tu w ogóle nie chodzi o miłość...

– To o co?

– Nie wiem.

Przez dziurę po wyjętej desce wlatywały owady. Komar zwabiony spoconym ciałem usiadł mu na ramieniu. Przebił warstwę wilgoci i skóry. Jacek nie poczuł ukłucia. Zauważył robaka na sobie i rozgniótł go. Został ślad jak po pękniętym naczynku krwionośnym. Klara wpatrywała się w czerwoną plamkę. Ona też nie czuła, znajdowała krwawe ślady po dziecku, po ludziach, których kochała. Była lekarką i wiedziała – choroba nie odczarowała Jacka. Wraca do zdrowia, nie ma ściągniętej smutkiem twarzy. Łzawi mu jedno oko. Był jej najbliższą osobą. Nie przyjechała powiedzieć mu – odchodzę albo będziemy razem. Chciała

270

powiedzieć, że jest szczęśliwa, nigdy wcześniej nie była w takim stanie. Ani wesoła, ani smutna, po prostu szczęśliwa. Na świecie odczytywano listę obecności i ona tam była, niecierpliwiła się już od rana; wstać, ubrać się, smakować poranną kawę mocniejszą niż te w środku dnia. Kroić chleb, prowadzić auto, uważnie otwierać opakowania igieł, być zatroskaną, dumną. To wszystko było gotowe, wystarczyło się dopasować swoim rytmem.

Dziękuję Ani i Stachowi Jachymkom z Zagrody Guciów oraz Monice Zielińskiej za użyczenie swych prawdziwych postaci dla mojej fikcji.